LA REDACCIÓN

OLGA RUIZ MINGUITO

LA REDACCIÓN

Papel certificado por el Forest Stewardship Council®

MIXTO
Papel | Apoyando la
silvicultura responsable
FSC® C117695

Penguin
Random House
Grupo Editorial

Primera edición: marzo de 2024

© 2024, Olga Ruiz Minguito
© 2024, Penguin Random House Grupo Editorial, S. A. U.
Travessera de Gràcia, 47-49. 08021 Barcelona

Printed in Spain – Impreso en España

ISBN: 978-84-9129-595-2
Depósito legal: B-21.401-2023

Compuesto en Mirakel Studio, S. L. U.

Impreso en Rotoprint by Domingo, S. L.
Castellar del Vallès (Barcelona)

SL95952

Para Carlos

Nota de la autora

En beneficio del relato he contravenido todas las normas del periodismo y me he tomado la libertad de concentrar en unos pocos meses acontecimientos que tuvieron lugar a lo largo de dos años. La ley de prensa, el viaje de un grupo de periodistas españoles a un hospital de campaña en Vietnam, la encíclica de Pablo VI *Populorum progressio* o el rodaje de *Doctor Zhivago* me han ayudado a contextualizar esta historia de ficción donde todos los personajes son inventados y cualquier parecido con la realidad es producto de la casualidad.

1
La boda

En general, Madrid consideraba que Mercedes Salvatierra había perdido su belleza. Tanto era así que cuando la directora de la revista *Dana* pasó al lado de Chata Sanchís, la máxima autoridad en cuestiones de elegancia de las dos últimas décadas y, en otros tiempos, la más ferviente defensora del estilo inclasificable de la mayor de las chicas Salvatierra, esta hizo como que no la veía y se enfrascó en una encendida conversación con una joven de moderno corte de pelo huevo y largos pendientes de azabache acerca de la inconveniencia de utilizar a modo de maceta las grandes ánforas de terracota de la entrada.

Con un delicado gesto con la mano derecha, y mientras la poderosa gurú del buen gusto y la crónica rosa explicaba que lo que siempre había contenido vino no podía recibir rosas, Mercedes le dio dos toquecitos en la espalda a modo de saludo y siguió la estela de condecoraciones que destellaban en el sobrio abrigo negro de una princesa italiana que, acompañada del nuncio, se abría paso entre los invitados.

El jardín olía profundamente a lilas, los preciosos lilos blancos y violetas que tan afanosamente la madrugadora madre de Julián Ordiola se había empeñado en plantar cuando la histórica nevada de 1947 destrozó la que todos consideraban la rosaleda más bonita de Madrid. Sustituir las rosas por lilas, jacintos y otras flores aromáticas más propias de un jardín de Gloucestershire que de un palacete en Zurbano fue el resultado de uno de los famosos arrebatos de Rachel Ordiola.

«Mi querida Rachel». Mercedes no tenía que hacer memoria para recordar a la enérgica inglesa de ojos vivaces, con sus medias de estambre color café y esos zapatones marrones de cuero perfectamente lustrados, dando instrucciones sobre la humedad de la tierra o los arriates de geranios a su jardinero jefe, siempre dos pasos por detrás de ella. Nunca se adaptó a la sociedad de Madrid. Quizá también habían empezado a verla a ella como una inadaptada. Le vino a la cabeza su reciente encuentro con Chata y pensó en lo extrañamente liberador y reconfortante que era haber dejado de salir en las listas de las más elegantes y lo comparó a cuando hace años dejaron de preguntarle en las bodas si la próxima en casarse sería ella.

Dos mariposas revoloteaban sobre el agua del estanque, tan nítida que parecía que se había clorado como si fuera una piscina. «Pobres barbos», se compadeció. Ni una hoja, una brizna de hierba, una marca de humedad, un puñado de florecillas pegajosas que hubieran escapado del cepillo del jardinero; ningún rastro revelaba una pequeña impericia o desatención. Hasta los rododendros, más que brotar, habían explosionado, como si las flores compitieran entre sí. «A este jardín solo le falta una pareja de pavos reales. Ah, no, que están allí», se rio para sus adentros, saludando desde lejos a Horacio y Guadalupe Salazar, dueños de una de las últimas azucareras que aún quedaban en el sur, tan pequeño él y tan mujerona ella, ambos rebosantes de artificios. «Rachel estará removiéndose en su tumba».

—Querida Mercedes, qué alegría verte. Me han dicho que te vas a Casablanca. —El ala del tocado y la aproximación lateral para simular besarla sin rozarla le impidieron ver de quién se trataba, pero enseguida reconoció la voz y el perfume. Esa vainilla golosa de Shalimar, la fragancia de Guerlain…

—¡Asunción! Perdona, estaba ensimismada. Estos lilos me han hecho acordarme de tu suegra. —Fue casi imperceptible, pero el pequeño mohín de su anfitriona la impulsó a cambiar de tema—. Qué día tan magnífico y qué bonita ceremonia. Precisamente, acabo de ver al nuncio, ha llegado justo antes que yo.

No tenía la más mínima intención de darle detalles de su próximo viaje porque sabía que a esta mujer tan desconfiada le perturbaba hasta el infinito cualquier color que no fuera el suyo y cualquier olor que desconociera. Qué nítidamente recordaba a Rachel, imitando a su nuera el día que coincidió con la mujer del embajador de Etiopía en su casa, arrugando la nariz como los perrillos arrugaban el hocico ante un extraño. Y se acordó de lo que su amiga dijo a continuación: «Pero se guardará mucho de reconocerlo, ni siquiera de hacer un comentario, no es tonta». Enseguida se dio cuenta de que había perdido el hilo de la conversación, así que intentó prestar atención a lo que le decía su anfitriona.

—… y no he tenido la oportunidad de darte las gracias por la salsera de plata que le has regalado a Victoria. Imagino que aprovecharías uno de tus viajes a París para acercarte a Mellerio.

—Me alegro de que te haya gustado. —Mercedes sabía que la consideraba una esnob. «Las estiradas Salvatierra», decía siempre que se refería a ella y a sus hermanas con más amargura que rabia. Intuía la razón. Pero hoy se casaba su hija, así que decidió ser buena y confraternizar—. Me recordaba a una que tenía mi abuela, era igual que esta, parecía un cazo. Te diré que un día se la tiró a la cabeza a mi abuelo, y está abollada. Pero es la favorita de mi madre. No tiene nada que ver con las convencionales. Es más… bruta. ¡Te aseguro que no hay nada mejor si tu hija tiene que darle un escarmiento a su marido!

Arrancar siquiera una sonrisa cortés a Asunción era, como dice su propio marido, más difícil que sacársela al mismo Generalísimo. No obstante, sonrió un poco.

—¿De qué estáis hablando?

Jaime, el primogénito de los Ordiola, sostenía una copa rebosante de champán y, pese a su pericia, a punto estuvo de derramarla, primero sobre el vestido de Mercedes al darle un beso, y luego sobre el increíble collar desmontable de esmeraldas de su madre en un intento de colocarlas —¿o tal vez aplastarlas?— sobre el cuerpo de su traje de Balenciaga, en precioso crepe de seda de color azul celeste.

—Disculpa, Mercedes.

Su hijo había conseguido esa copa y no sabía muy bien cómo. Con un tono de voz más grave de lo habitual y un asomo de preocupación en la mirada, Asunción se hizo con la copa de su vástago, la escondió en la parte interior de un seto de boj recortado en forma de cuadrado y se encaminó hacia la carpa en la que ya se iban concentrando los invitados en corrillos.

Unas grandes estatuas de dos sirvientes, realizadas a tamaño real en madera policromada, flanqueaban desde tiempos inmemoriales la escalera principal de la casa. El caballero lucía una librea, chaleco y calzón corto muy elegantes de color verde pato, peluca con coleta y lazo, y sujetaba una bandeja con las dos manos. La señora vestía un severo traje negro adornado por un vistoso cuello de encaje, esclavina y canesú; un cinturón del que colgaba una anilla de metal con un manojo de llaves y una cofia anudada a la barbilla con cintas de seda. Ambos tenían los ojos de cristal de manera que no quitaban la vista de encima se situaran como se situaran los invitados, como comprobaban las tres mujeres jóvenes que alborotaban en el hall.

—Cuanto más los miro, más miedo me dan.

Entre las grandes virtudes de Ana María Miranda, redactora de belleza de la revista *Dana*, nunca estuvo el don de la oportunidad. No había terminado la frase cuando el dueño de la casa, acompañado del arzobispo de Madrid y del ministro de Información y Turismo, les pidió con una sonrisa que por favor se hicieran a un lado y liberaran el paso de la escalera. «Reverendísimo señor, excelencia, por favor, síganme». Las chicas se apartaron para dejar paso a los próceres, que se dirigieron hacia el piso de arriba. No podían desviar la mirada del curioso espectáculo que componían las espaldas de los tres hombres: los faldones de las levitas de los dos chaqués flanqueando a la sotana con faja de color rojo amaranto, a todas luces más rezagada en la subida. Mejor habría sido que hubiesen dejado a monseñor a un lado, lo que le hubiera permitido aferrarse a la barandilla. Pero el pobre gordinflón no había tenido suerte, así que, sin parar de resoplar, aprovechó el descansillo para hacer una parada y, con el pretexto de ver de cerca la fotografía del papa Pablo VI, situada junto a la de Francisco Franco sobre la repisa del ventanal, tomó aire.

Todos volvieron la cabeza al escuchar a las chicas reírse, pero enseguida reanudaron la marcha; cuando desaparecieron de su vista, las jóvenes se centraron de nuevo en las estatuas.

—Mira que eres miedosa, hija. —Rosario Sebastián comprobó que el prendido de su melena estaba en su sitio, guiñó el ojo a su compañera de mesa en la redacción, la avispada Teresa Arranz, e inició su explicación—: Deben de ser el señor y la señora Palomares. Me contó Pilarín que su abuela inglesa hacía unas fiestas muy sonadas a las que todo el mundo quería ser invitado. Pero, si querías repetir, antes de marcharte tenías que hacer una reverencia muy ceremoniosa a la señora Palomares y dejarle unas monedas en la bandeja a su marido. Y que si no lo hacías ya podías olvidarte de que volvieran a convidarte.

—Pues ¡vaya tontería!

—Tú quieres que te inviten otra vez, ¿no?

Ana María nunca sabía a ciencia cierta cuándo la responsable de organizar los consultorios de *Dana* le estaba tomando el pelo y cuándo hablaba en serio, así que en estas ocasiones tomaba la determinación de no abrir la boca. Echó un vistazo a su alrededor para ver si localizaba a su marido entre los invitados, pero no lo vio y como le aterraba la opción de deambular sola entre tanta gente importante, pues qué pensarían al verla tan desamparada, optó por aguantar.

—¡Te has quedado petrificada! ¡Ni que fueras una estatua tú también! —dijo Rosario palpando su monedero—. Por cierto, Teresa, ¿tienes una moneda? Solo he traído un billete de cien.

De manera teatral, la redactora jefe revolvió en el pequeño bolso de cocodrilo que le había prestado su madre para la ocasión hasta encontrar lo que buscaba. Y mientras la desvergonzada Rosario depositaba la pieza sobre la bandeja del señor Palomares, Teresa conminó a Ana María con una mirada urgente mientras se cogía primorosamente la falda de su vestido e iniciaba una reverencia. A Ana María solo le bastó ese gesto. Se situó frente a la estatua del ama de llaves como si de la reina de Inglaterra se tratase, bajó la cabeza, colocó una mano sobre la otra y se inclinó. Uno, dos, tres, cuatro. Pausa. Cinco. Se fue levantando. Seis, siete y ocho.

Las estruendosas carcajadas de sus dos amigas hicieron que se tambaleara no solo su equilibrio, sino también su confianza. Pero enseguida se recompuso y, como hacía a menudo en la redacción, empezó a reírse ella también para dar a entender que, más que la víctima de una broma, era su promotora. O al menos que no era una aguafiestas, o una sosa. Pero por dentro estaba furiosa porque sabía que ya había diversión garantizada a su costa para varias semanas entre el equipo de la revista.

—Ah, ahí está Pablo —dijo—. Os veo luego.

Rosario y Teresa no podían parar de reír.

—¿Has visto la cara que ha puesto? —comentó una de ellas.

Y así, recordando los detalles del divertido momento que acababa de protagonizar su compañera, ora la cara, ora la rodilla casi pegada al suelo, atravesaron el hall de entrada del palacete y salieron a la triple escalera que daba al jardín, con sus preciosos peldaños ovalados en el tramo central. Se detuvieron en lo alto para contemplar la carpa de madera levantada en la parte oeste —donde tendría lugar el almuerzo— y a los invitados, la mayoría de ellos mayores, significados, condecorados... Claramente, eran compromisos sociales, profesionales, de negocios, de los padres de Pilarín Ordiola, la relaciones públicas de la revista *Dana*, su querida compañera y amiga, y además la hermana de la novia.

—Mira, Teresa, qué guapa está Pilarín.

Pese a que la veían habitualmente, la desenvoltura, la simpatía y la belleza de la pequeña de los Ordiola nunca dejaba de maravillarlas. La vislumbraron entre la multitud, saludando a una mujer mayor con el pelo blanco como un armiño, que llevaba el vestido más asombroso del día: un caftán bordado en oro y un collar de perlas de tantas vueltas que parecía una armadura. Le estaba haciendo una pequeña reverencia seguida de dos besos, por lo que intuyeron que sería una princesa árabe, una emperatriz repudiada, una reina en el exilio o algo por el estilo. A continuación, vieron cómo le susurraba algo al oído y se hacía a un lado para presentarle a Ignacio, su novio, que se cuadró ante ella como si fuera un soldado ante Napoleón, lo que provocó una carcajada de Pilarín. Parecía una diosa, tan rubia y sensual, con ese vestido de color lavanda en raso natural, guantes largos y zapatos a juego, en punta, de tacón plano, abiertos por detrás y sujetos con una pequeña tira.

Las periodistas analizaron a los invitados con ojo clínico y determinaron que, si exceptuaban a los pajes, era la única mujer de más de dieciocho años que llevaba el pelo suelto sobre los hombros: nada de sombrero, ni tocado, ni siquiera un sencillo prendido de flores; únicamente ese flequillito que solo les sentaba bien a Audrey Hepburn y a ella.

—Te diría que es la única que no lleva moño, ni, por supuesto, postizo. Acuérdate de cómo los abomina. Pelo de rata, los llama —comentó Rosario, comprobando de nuevo el broche que llevaba en el pelo, no fuera que se le hubiera desprendido.

—¿Y cómo es posible que siempre esté bronceada?

—Será por el tenis.

Mientras las chicas de *Dana* se encaminaban a la carpa, solo la perspicaz Chata Sanchís —capaz de predecir con la precisión de un meteorólogo los pequeños o grandes cataclismos que pueden producirse en cualquier cita mundana— intuyó la crisis que estaba a punto de desatarse en el mismo corazón del clan Ordiola. A escasos diez metros de donde se encontraba el pequeño grupo reunido en torno a la princesa Habiba de Marruecos, una pareja de ancianos cogidos del brazo, y escoltados por un joven, se aventuraba con paso vacilante a la mesa que tenían asignada. Pero el joven en cuestión era Jaime Ordiola, que no era de fiar, así que en un segundo se encontraron solos entre mucha gente importante que no habían visto en su vida. Se pararon en mitad del salón y dando una vuelta sobre sí mismos, cada uno hacia un lado, como las agujas de un reloj alocado, buscaban desesperadamente una cara familiar o, en su defecto, la chaquetilla blanca de un camarero, alguien que les ayudara a encontrar su sitio.

Si no hubiera sido por su desconcierto, nadie se hubiese extrañado de la situación, pero la seguridad en uno mismo estaba en el código genético de los poderosos. Chata comprendió al instante que tampoco parecían encontrarse cómodos con su perfecta vestimenta oscura, tan rígida para personas que no estaban acostumbradas a ella. Afortunadamente, Pilarín acababa de verlos y corrió hacia ellos, se situó en medio de ambos, abrazó la espalda del hombre y asió la mano de la mujer y les empujó hacia el centro, donde la princesa árabe esperaba.

—Alteza, me gustaría mucho presentarle a mis queridos abuelos, Carmen y Luciano. Abuelos, la princesa Habiba era una buena amiga de la abuela Rachel.

—Pobre Rachel, cómo le hubiera gustado estar aquí hoy, con el jardín tan bonito como está —se lamentó Carmen, mientras su marido le daba la mano a la princesa—. Queríamos mucho a Rachel, mucho. ¿Y cuándo dice que se conocieron ustedes dos?

Desde su puesto de observación, Chata adivinó lo que en un abrir y cerrar de ojos iba a ocurrir. Y, efectivamente, ocurrió. Asunción Ordiola atravesó la estancia como un caballo desbocado con la mirada fija en el grupo. Iba con la intención de disolverlo cuanto antes.

—Alteza, disculpe a mis padres. Madre, no entretengas a la princesa, que tengo que acompañarla a la mesa. Ya estamos todos esperando.

La princesa Habiba cogió el brazo de Carmen con la intención de que se apoyara en ella para caminar, dando por hecho que los abuelos de la novia estarían, como es habitual, en la larga mesa presidencial, de cara a los invitados.

—Disculpe, Alteza. Yo acompaño a mis abuelos —intervino Pilarín, con una sombra de tristeza en la cara—. Presiento que mi madre ha tenido otros planes para ellos.

Chata Sanchís pudo percibir cómo la princesa hacía un gesto cómplice a Mercedes Salvatierra que, como ella, estaba pendiente del desenlace de tan incómoda situación. Habiba, por lo que sabía, conocía a las Salvatierra desde que eran pequeñas. Porque, aunque a la directora de *Dana* no le gustara hablar de sus raíces, eran bien conocidos los estrechos lazos que su familia, y sobre todo su abuela, tenían con miembros de muy distintas casas reales, aristócratas y no tan distinguidos artistas y creadores.

—Me he enterado de que has decidido meter títulos en la portada. —Justo antes de entrar en la carpa, Mercedes Salvatierra escuchó a su espalda la voz de la persona que menos le apetecía escuchar. Se giró para atender al editor de *Dana*, Román Colomina que, tal y como esperaba, inició una de sus acostumbradas recriminaciones en ese tono de superioridad al que le tenía acostumbrada y que, con el tiempo, había entendido que solo denotaba los complejos del editor—. ¿No crees que deberías haberme consultado tu decisión?

—No lo he considerado necesario. Como sabes bien, jamás tomo decisiones precipitadas. Nadie conoce a mis lectoras como yo porque hablo con media docena de ellas todas las semanas.

—Te has equivocado. Y vamos a pagar muy cara tu decisión. La portada va a perder tanta fuerza que hasta tus lectoras cautivas van a dejar de comprarte.

—Precisamente las cautivas, como tú las llamas, no van a dejar de comprar *Dana* nunca. Es a las otras a las que tenemos que convencer. Y lo haremos con los títulos. Los títulos son el reclamo de lo que van a encontrar dentro por solo diez pesetas.

—Mañana domingo, a primera hora, quiero la portada en mi casa. Y el lunes, a las 8, a ti en mi despacho. Estoy harto de «tus ocurrencias» —concluyó en tono ofensivo.

Mercedes asintió, se giró y le dejó plantado. Sabía que al menos una persona de entre todos los invitados había estado muy pendiente de este encuentro. Así como a su entrada había hecho como que no la veía, ahora parecía que Chata Sanchís estuviera muy interesada en ver cómo su jefe le recriminaba. Sabiéndose observada, eligió cuidadosamente su lenguaje gestual: bien erguida, hasta situarse un palmo por encima de la estatura de su interlocutor; las cejas y la barbilla levantadas; la mirada fija en Román cuando era ella la que hablaba y apartando descaradamente la vista cuando él tomaba la palabra como si cualquier objeto o persona del salón consiguiera captar más su atención. Quería mostrar su desdén, y vista la espantada del editor que, al darse impetuosamente la vuelta, a punto estuvo de tirar la bandeja repleta de copas sucias que un afanoso camarero retiraba a la cocina, estaba claro que lo había conseguido. Con la sonrisa más mundana que fue capaz de conseguir, se dirigió a su sitio.

En la mesa presidencial todos esperaban de pie a que se sentara el emisario del papa. No era fácil ni rápido, ya que algunos de los presentes no habían tenido todavía la oportunidad de saludarle y se apresuraban a acercarse al bonachón y besar, en señal de respeto, el anillo episcopal que llevaba en el dedo anular de la mano derecha, encima del guante: una majestuosa aguamarina montada en oro y coronada con cuatro rubíes más pequeños. Ni siquiera las repetidas instrucciones de Asunción a los miembros de su familia y al reconvenido *maître* consiguieron evitar el pequeño revuelo que se organizó cuando, una vez se cumplimentaron los respetos al arzobispo, todos tuvieron que volver a su sitio en la larga mesa situada de cara al resto de los invitados. Pero finalmente lo consiguieron y, a la señal de la anfitriona, los camareros empezaron a servir el vino.

Sentada justo en la mesa de enfrente, Mercedes Salvatierra pasaba revista a los protagonistas del día con la mirada avezada de una periodista acostumbrada a observar para contar. No conocía mucho a la novia, pero visto lo feliz que parecía la madre del novio, la única con traje largo y mantilla, estaba claro que era su sueño hecho nuera: una mujer dulce, sonriente y sin complicaciones. Parecía que la estuviera oyendo relatar a sus amigas la suerte que había tenido su Luisito con ese tesoro de chica con la que iba a casarse y «a cuya familia conocemos de toda la vida». Por el contrario, no podía imaginar una sola alabanza de boca de la madre de Victoria Ordiola hacia su yerno, pues, aunque sus familias se conociesen «de toda la vida», Asunción medía sus afectos por la categoría social que ostentasen aquellos a quien ella decidía dárselos. Y, en este caso, aunque no lo dijese directamente, estos no tenían la relevancia suficiente.

Mercedes recorrió con la vista la mesa presidencial adornada con dos centros de rosas pálidas y gladiolos como lanzas, donde se alternaban hombres y mujeres en estricto orden de significación social.

Qué aburridos parecían todos… Exceptuando al anfitrión, que conversaba con el ministro ignorando a la mujer sentada entre ambos, al grupito de cuatro que se alborotaba en torno a la princesa árabe y a los novios que hablaban entre ellos, el resto o bebía o se mantenían sonrientes y erguidos en su sitio sin hacer nada, con la mirada al frente. «Ay, pillinas. Si estáis ahí». Justo cuando los camareros iban sirviendo el consomé con pequeñas *quenelles* de merluza, reconoció en el extremo de la mesa a las tías de la novia, que se levantaban acompasadamente la redecilla del tocado, que les cubría media cara, para meterse en la boca trocitos de pan.

—¿A quién estás despellejando? —No había visto aproximarse por detrás a Juan Nadal, director de *El Ciudadano*, la revista semanal de tirada nacional más aperturista del momento, que la besó en la mejilla—. Mercedes, me gustaría presentarte a un amigo del que te he hablado a menudo, John Lyndon. Es el corresponsal de *Newsweek*. Y su amigo, Ben Newman.
—Mercedes no había terminado aún de girarse en la silla para

saludar a los recién llegados cuando Nadal concluyó la presentación—. Mi adorada Mercedes Salvatierra, directora de *Dana*, la mejor periodista de este país.

—Con poco que conozcan a Juan sabrán que nunca hay que creerle, excepto cuando se quita la chaqueta, y eso solo ocurre en la redacción de *El Ciudadano* —se burló la directora tendiéndoles la mano—. Señores, encantada de conocerlos.

Había visto alguna foto de Lyndon, compañero de tenis de su amigo, pero le sorprendió encontrar junto a él a un militar norteamericano. Ben Newman llevaba uniforme de gala azul marino, con las insignias de la hoja de roble plateada en las trabillas de los dos hombros que le acreditaban como teniente coronel, y el pelo cortado a cepillo. Sin el lenguaje silencioso de la ropa, los zapatos o el toque del peluquero, la primera impresión de alguien solía resultar errónea. Y tampoco había emitido sonido alguno, dejando a su compañero protagonizar la cháchara, de manera que no sabía qué voz tenía. El militar simplemente le sonrió y apretó lo justo su mano al estrechársela mientras mantenía la mirada —¿un poco juguetona, quizá?— en ella.

—Me temo que este no es sitio para quitarse la chaqueta, señor Nadal. Y si hacemos caso a la señora «Salvatiewra», va a estar usted mintiéndonos durante todo el almuerzo.

El americano hablaba un buen mal español, con la dificultad que tienen todos los anglosajones para enlazar en una palabra más de tres sílabas seguidas. Pero su voz era profunda y suave y le había bastado una frase para conseguir la atención de toda la mesa. O quizá ya había captado anteriormente el interés de las damas…, tenía cierto parecido con un actor famoso.

Juan Nadal levantó la mano derecha y juntó los dedos índice y corazón extendidos en señal de promesa, lo que provocó que todos se rieran.

—Esta va a ser la mesa de los mentirosos —dijo dirigiéndose a su sitio—. Mi dulce Mercedes, ayer olvidaste felicitarme por mi cumpleaños y estoy desolado.

—Noooooo. ¡Cuánto lo siento, Juan! —exclamó Mercedes—. Fue un terrible olvido… intencionado.

Todos reían cuando el camarero llegó con la bandeja de consomés.

Situada justo enfrente de Mercedes en la mesa redonda de diez comensales, Pilarín Ordiola le hizo un gesto con la mano y las cejas. Sabía que su jefa era alérgica a las conversaciones pesadas, que nada le aportaban, y su vecina, la marquesa viuda de Roser, íntima amiga de la madre de la novia, llevaba un buen rato informándole, con nombres y apellidos, sobre aquellos que habían sido incluidos en cada una de las tres listas que había manejado Asunción para la boda: la de los invitados a la boda, la de los invitados solo a la ceremonia y la de las participaciones.

—Y hay muchas personas agraviadas que no se lo van a perdonar —continuaba su perorata—. Sé de buenísima tinta que los Lerma están furiosos. Ellos invitaron a Asunción y a Julián a la boda de su hijo el año pasado. Comprendo que celebrar el almuerzo en el jardín de casa no es como hacerlo en el Castellana Hilton, donde caben quinientas personas. Pero, al menos, podrían haberles invitado a la iglesia, ¿no crees? En San Francisco el Grande cabe mucha gente, mucha… Recibir una tarjeta de participación me parece un poco humillante, Mercedes. Tú eres de otra forma, aseguraría que casi te alegrarías de que no te invitasen, pero lo que no es correcto, no es correcto. Es como algunos, de los que no voy a decir el nombre, que han enviado a Victoria como regalo de boda un convoy de vinagreras de cristal, ¡y se han presentado cuatro al banquete! ¡Cuatro! No me extraña que Asunción, y mira que es prudente, que jamás hace un comentario, dijera lo que dijo... No te voy a decir lo que dijo, porque no es propio de ella.

—No, por favor, no me lo digas.

—Tranquila, que te voy a ahorrar el disgusto. Si es que es una santa. En fin. Solamente levantar esta carpa de madera les ha llevado dos meses, y han tenido que encargarla a Barcelona. Imagina el presupuesto. Pero, bueno, qué te voy a decir a ti que tú no sepas.

Cómo alguien podía beberse una copa entera de vino sin respirar era ya de por sí sorprendente, pero lo que realmente tenía fastidiada a Mercedes era la rítmica sucesión de toquecitos apremiantes que le infligía en el brazo para reclamar constantemente su atención y que no le dieron ni tres segundos seguidos de tregua.

—La cantidad de convoyes de vinagreras o de aperitivos que les han regalado a estos pobres —repetía en letanía—. ¡Y samovares!, ¡había una docena! Igual que portafritos... Hace falta tener poca imaginación. También había regalos maravillosos. Cuberterías y juegos de café de plata, alguno de Mellerio, y también de Menesses; porcelana de Sèvres, ¡magnífica!; una pareja de candelabros franceses que me hubiera llevado a casa conmigo, ma-ra-vi-llo-sos... Me apenó no coincidir contigo en alguna de las meriendas que organizó Asunción para que viéramos el ajuar de la niña. Lo tenía todo dispuesto en el comedor. Ya sabes lo meticulosa que es, que no deja nada al aire. Todo perfecto, ¡impecable! Las sábanas, los manteles... Todo primorosamente bordado con sus iniciales. No recuerdo si me dijo que se lo habían bordado las clarisas de Rapariegos o las de Badajoz... Bueno, da igual. ¡Y qué ropa de dormir! La misma emperatriz de Persia no la tendría mejor. ¡Ma-ra-vi-llo-sa!

«Maravilloso, maravillosa, maravillosos... ¿Cuántas veces habrá dicho la palabra, por Dios? En masculino, en femenino, silabeada, enfatizada mediante un susurro o en altavoz. Y todavía vamos por el primero», pensaba Mercedes. En un vistazo rápido percibió que la conversación en la otra parte de la mesa debía de ser mucho más interesante. Pilarín, Juan y el militar se habían enzarzado en una discusión que provocaba grandes carcajadas entre ellos.

—La familia, es decir, la mujer, los hijos y, por supuesto, el piso que tienes que comprar para albergarlos a todos —Juan Nadal había tomado la palabra— es un canto de sirena. La mayor trampa contra la libertad de uno. Por eso yo nunca pasaré por la vicaría. —Si a Mercedes siempre le había gustado esa faceta de su amigo de navegar por la vida a contracorriente, nada le divertía más que su querencia por la controversia. Vio cómo levantaba la copa hacia su rendida audiencia, pero solo la miraba a ella cuando en un tono más alto de lo aconsejable, brindó—: ¡Por la libertad!

—¡Por la libertad! —replicaron Pilarín y el militar elevando sus copas de vino.

El novio de Pilarín se había quedado al margen y parecía disgustado. A pocos metros, el ministro de Información y Turismo se había percatado del brindis y, sonriendo, le hacía una observación al anfitrión, que estaba molesto.

—Disculpa.

Mercedes se levantó, dejando a su vecina sola con su cháchara. De inmediato, por cortesía, los señores de la mesa se levantaron también. Se encaminó al tocador con la intención de escapar un rato, lo más largo posible, de la plomiza marquesa.

Cuando Mercedes volvió a su mesa, el plato principal ya estaba servido.

—Vamos, que se te enfría —le conminó la marquesa.

El entrecot con tuétano a la bordalesa despedía un aroma delicioso a vino, fruta, chalotas y huesos empalagando los sentidos; era como si el caldo hubiera estado madurando y macerando con una fórmula secreta más allá del vino, que pocos serían capaces de identificar. Solamente los artistas. Era el plato enseña de Guillermo Gattinara, el misterioso dueño del restaurante Gatti. Para unos, un hombre fascinado por su trabajo; para otros, un hombre con secretos. Ambas apreciaciones servían para ilustrar lo poco que Gattinara se dejaba ver, no ya en sociedad, sino incluso en el salón de su propio local. Por eso hoy era la comidilla de todas las mesas: hacía falta ser mucho más que buenos clientes para que Gattinara desplazara a su legión de cocineros desde sus fogones de la calle Villanueva para servir una boda en un espacio privado. Cómo Asunción Ordiola lo había conseguido era un enigma. Pero ahí estaba y todos lo celebraban.

En la misma mesa, identificada con una cartela manuscrita con delicada letra en la que se leía «Rosa de Damasco» —todas las mesas llevaban nombres de rosas: Eglantyne, Graham Thomas, Cardenal Richelieu, Molineux…— a Ben Newman también se le estaba quedando el plato frío. Pilarín estaba sometiéndolo a un tercer grado, claramente fascinada con lo que contaba el piloto, y la situación estaba incomodando bastante a su novio, que fumaba un cigarrillo tras otro.

—Pero me gustaría saber cómo se siente uno en el aire —inquiría con la terquedad y la zalamería que la caracterizaban y que, indefectiblemente, terminaba con el teléfono de la relaciones públicas de *Dana* en el bolsillo de su interlocutor o interlocutora y con la promesa de hacer un gran reportaje para la revista.

—En el aire yo me siento muy bien. —Se notaba que Newman intentaba buscar las palabras adecuadas que no desencadenasen un sinfín de preguntas—. No hay nada. No hay nadie.

—Pero estuviste combatiendo en la Segunda Guerra Mundial. Estarías rodeado de cazas japoneses, alemanes, italia-

nos... dispuestos a derribarte. Unos «nadie» muy peligrosos.
—Pilarín era inasequible al desaliento.

—Estuve en la guerra, pero en el frente, como soldado de infantería. Me alisté muy joven, no me hice piloto de caza hasta después.

—Da gracias —intervino Juan—. Los pilotos eran a menudo casi adolescentes. Caían como moscas. —Esta apreciación poco delicada no pareció ofender al militar—. En muchos casos era la aventura y la gloria lo que los impulsaba a alistarse. Lo entiendo bien a esa edad. Yo estuve a punto de alistarme en la División Azul. Afortunadamente, mi padre me encerró hasta que entré en razón.

—Será una broma. —El americano dudaba si el idioma le estaba jugando una mala pasada—. ¿O estás «jugando a las mentiras», Juan? —dijo señalándole la chaqueta.

—No, es cierto. Fue lo único bueno que hizo mi padre en toda su vida.

—En la Segunda Guerra Mundial los pilotos ya eran más experimentados. No como en la Primera que, como dices, eran prácticamente niños. Los pobres no llevaban ni paracaídas. —Sacó de su chaqueta un paquete de Lucky y un encendedor Zippo negro, mate y rugoso. Pidió permiso a la mesa para fumar y ofreció un cigarrillo a Pilarín y a Juan, que aceptaron. Encendió los pitillos de ambos y a continuación el suyo, y tras dar una calada larga y profunda, continuó hablando—: Más que morir derribados, lo que realmente les aterrorizaba era que su avión se incendiara. Por eso llevaban un arma.

—Para utilizarla en el caso de que su avión se incendiara —concluyó Juan Nadal su frase—. ¿Estuviste en Alemania? —Su curiosidad no tenía freno.

—En la liberación, sí.

—¿Dónde? —En la mesa todos habían enmudecido.

—Al sur de Alemania. En Múnich, Frisinga...

—¿Y en Dachau? —insistió Nadal.

Juan apagó el cigarrillo, aunque aún estaba a medio consumir. Era un gesto que repetía habitualmente siempre que estaba concentrado. En esos momentos se olvidaba incluso de exhalar el humo, de manera que le entraba en los ojos, y estos se le irritaban y lagrimeaban un poco.

Ben asintió. Con la mano izquierda apoyada en la mesa, se pellizcó el labio inferior, de forma que la mano le tapaba la expresión de la cara.

—¿Entraste al campo? —El periodista no le daba tregua.

—Juan. —Ben sonrió de manera limpia y fraternal, como pidiendo cortésmente perdón sin pedirlo, y prosiguió—: Estamos de celebración, en una mesa llena de mujeres inteligentes y hermosas y este entrecot está estupendo. Por cierto, Pilarín, has prometido presentarme al artífice de este banquete. Y yo siempre tomo la palabra que me han dado. —Se levantó, retiró la silla a la pequeña de las Ordiola para ayudarla a salir y la siguió en dirección a donde se encontraba Guillermo Gattinara, de pie tras el anfitrión.

Cuando abandonaron la mesa, el novio de Pilarín se levantó con tal ímpetu que tiró la silla y no se molestó en levantarla. Un camarero acudió rápidamente. Juan siguió con la mirada fija en Mercedes y reclamó su atención, ignorando el altercado.

—Muchos de los soldados americanos que entraron en Dachau no consiguieron sobreponerse al horror de lo que vieron allí: auténticos esqueletos ambulantes, derrotados, con la mirada inerte de los que han muerto hace mucho tiempo, quizá cuando se salvaron por segunda o tercera vez de la lista de los que mandaban a la cámara de gas. Y allí se plantaron los pobres soldados, a las puertas del infierno. Trataron de alimentarles con lo que llevaban, galletas, chocolatinas… Y lo que hicieron fue matarlos por exceso de comida. Qué terrible paradoja, ¿verdad? Matarlos por intentar alimentarlos.

Tal y como había relatado la historia, Mercedes comprendió enseguida que Ben Newman acababa de ganarse un aliado en Juan. Eran hombres cortados por el mismo patrón. También Juan era más de lo que se veía: un ex corresponsal de guerra, curtido en mil batallas, que sabía más de los hombres que todo el selecto plantel de políticos, empresarios y hombres de Dios que aprovisionaban hoy sus cuerpos con las delicias de Gatti.

Llegó el tercer plato: suflé de vainilla a lo Carème. Mercedes se disponía a dar la primera cucharada a la deliciosa receta clásica de la chef francesa del XIX cuando, a una docena de metros, divisó a Pilarín y a Ben Newman charlando con Guillermo Gattinara. Repentinamente, a lo que pareció una expansiva señal del americano, Costa, el fotógrafo de la boda, se aproximó para intentar conseguir una instantánea de ellos. El dueño de Gatti, alertado, se dio la vuelta no sin antes recriminar enérgicamente al gráfico su intromisión. El gráfico, que había conseguido varias fotos, intentó tranquilizarlo gritándole que no le había dado tiempo a apretar siquiera el disparador. Pero Gattinara se alejó enfurecido sin escucharlo.

Además de por su complicado carácter, Costa era conocido por sus retratos sobrios e incisivos. Era el fotógrafo del momento, bien considerado tanto en el círculo artístico como en el periodístico. Mercedes imaginó lo que la anfitriona le habría tenido que ofrecer para rebajarse a cubrir la boda; debía de ser una cifra desorbitada.

Conforme avanzaba la tarde, el cielo se tornó plomizo y un calor pegajoso e inmisericorde fue haciendo mella en los invitados. Muchas señoras hicieron uso de sus abanicos, pero ni aun así pudieron evitar que su maquillaje comenzara a deshacerse; a los caballeros, las pecheras de las camisas se les pegaban al cuerpo y, pese a seguir con la chaqueta puesta, muchos se desabrocharon el chaleco y se aflojaron la corbata. El champán corrió por las mesas como si fuera agua, también el whisky, los cigarrillos y los puros habanos. Los invitados de más edad y los de mejor posición se encaminaron a la salida, aprovechando la espantada de monseñor, que a punto estuvo de que le diera una lipotimia. El resto se arremolinó en grupos, bien de mujeres, bien de hombres, en torno a las mesas, que ya habían perdido la buena presencia que tenían hacía unas horas: copas desordenadas medio vacías o medio llenas, manchas de vino por doquier en servilletas y manteles, ceniceros llenos de colillas...

«Las hay que no pueden evitar meterse algo en el bolso», observó Chata Sanchís. Conocía bien a la aristócrata que con magistral disimulo acababa de envolver en su servilleta una de las bonitas conchas de porcelana en las que Gatti servía las pastas de té. Esta última, al sentirse descubierta, entendió que era demasiado tarde para devolver el preciado objeto a su sitio. Envió una mirada de desprecio a Sanchís, a la que ella respondió con una sonrisa y una inclinación de cabeza.

Escuchó su nombre, alguien la reclamaba a sus espaldas. Pero como era perra vieja, la periodista no se hizo ilusiones. Sabía muy bien que pese a los halagos que acostumbraba a recibir de la mayoría de los que estaban allí, en el fondo la odiaban. Les había dado demasiados zarpazos como para que olvidaran. Demasiados. Y lo que es peor, después de tantos años escribiendo sobre ellos, conocía muy bien el mayor de sus secretos: los peores enemigos de los ricos y poderosos no son los comunistas ni los anarquistas, ni siquiera los periodistas. Son los otros ricos y poderosos. «Veamos quién va a despellejar a quién esta vez», pensó. Por un instante dudó si acercarse o no. Todavía tenía que escribir la crónica y su editor la esperaba en... «¡Dios santo...! ¡Si ya son casi las siete!». Además, el pescado estaba vendido. Recogió el bolso, la estola de visón que se había convertido en su seña de identidad y se marchó sin despedirse.

Nada más atravesar la entrada y antes de enfilar el sendero de lilos, se detuvo a encender uno de sus puritos finos y a aspirar bien el humo hasta que notó que este le raspaba las paredes de la tráquea. El tabaco era su gasolina. Y más que eso: hacía ya más de cuarenta años que utilizaba el tabaco para construirse una imagen de independencia y de autoridad. Siempre se había considerado una mujer adelantada a su tiempo. De hecho, aunque sus puritos eran femeninos, a menudo le decían que fumaba como un hombre. Como un hombre lo encendía y como tal lo sostenía en los labios. Le gustaba fumar así. Dio una última calada y cuando se disponía a tirarlo, escuchó una conversación. Una pareja discutía cerca, junto a un sauce.

—Me decepcionas. Toda la comida babeando por el americano. Como una perra en celo. ¿Se puede saber qué soy yo para ti? ¡Contéstame! —El novio de Pilarín Ordiola la aprisionaba, sujetándola por los brazos.

Ella se mantenía rígida como un palo, sin oponer resistencia, con los brazos caídos, callada. Pero había desafío en el gesto brusco que hizo con la cabeza antes de empezar a hablar con convicción.

—¡Cómo te atreves a hablarme así! ¿Una perra, dices? —Y mirándolo como si fuera un desconocido, repitió—: ¿Una perra en celo?

Él la soltó.

—Sabes que no quería decir eso. —Llevó sus manos a la cara de ella en un intento de acariciarla.

Ella se zafó.

—Pero lo has dicho. Lo has dicho de nuevo. ¡Perra, zorra, puta, golfa!, ¿sigo? Estoy cansada de tus insultos, de tus arrepentimientos de después. ¿Qué es lo siguiente? ¿Que se te escape una mano?

—Sabes que nunca haría una cosa así —dijo.

—Haz el favor de marcharte. No querrás que nadie te vea en semejante estado.

—¿En qué estado? —La cogió de un brazo y la zarandeó—. ¿Porque me he bebido una copa para no partirle la cara al tipo que se comía con los ojos a mi novia? ¡Claro que me largo! —Se alejó, pero pareció pensárselo mejor y volvió sobre sus pasos—. ¡Por el amor de Dios! —Le deslizó la mano lentamente por la espalda en un nuevo intento de neutralizar su enfado—. Cariño, creo que eres tú la que deberías irte. Sabes que no te sienta bien beber. Vete a tu habitación y descansa.

—Yo estoy estupendamente —replicó Pilarín, dándose la vuelta—. ¡De primera!

«Niñatos», dictaminó Chata Sanchís desde su atalaya improvisada. Solo había podido escuchar frases entrecortadas de la disputa. Había demasiado ruido en la carpa. «Parece que a la relaciones públicas de *Dana* no le van demasiado bien las cosas en el plano sentimental», conjeturó con sorna.

Nunca le perdonaría a Mercedes Salvatierra la forma en que rechazó su ofrecimiento para formar parte del equipo de su revista. Le dijo que no le interesaba incluir crónica social entre sus contenidos, que quería diferenciarse de la competencia. ¿Diferenciarse? ¡Quién se había creído que era! «Tú no habías nacido cuando yo ya brillaba como columnista en los mejores periódicos y revistas de España», le dijo en su momento. Y lo peor fue su respuesta: «Pues ya ves». Ni siquiera la mediación de Román Colomina consiguió que cambiara de opinión. «Colomina, menudo calzonazos. Parece bravo, pero es un mindundi. Salvatierra y su nuevo periodismo para las mujeres. La salvadora Salvatierra. ¡Una mierda! En fin». Decidió encenderse otro purito para calmar su ira. Sabía que era contraproducente para atacar la columna, y ya iba tarde. «Vamos, vamos, Chata, no sigas dándole vueltas a lo mismo. Ella se lo pierde».

Estaba a punto de parar un taxi en la calle cuando una algarabía dentro de la casa llamó su atención. Mejor que volver sobre lo andado, decidió circuir por la acera la antigua verja de forja que rodeaba perimetralmente el palacete. Tuvo suerte: justo en el hueco que quedaba entre el panel de hierro y la valla de granito vislumbró, en el estanque de la casa, al mayor de los Salvatierra y a sus amigotes. Un lío de chaqués, calzoncillos y calcetines se apilaban sobre la cabeza de tritón de la que emanaba un chorro de agua. Estaban todos borrachos y en cueros. Dos simulaban nadar en el escaso medio metro de profundidad que tenía el estanque. Sus nalgas quedaban al aire. Los otros tres se perseguían corriendo y salpicándose, con botellas y copas de champán en la mano. La escena le hizo reír a carcajadas. ¡Y decía que el pescado estaba vendido! Qué va. Todavía quedaban peces en el estanque.

Pese al válium que había tomado, Asunción Ordiola no conseguía dormirse. La cabeza le iba a mil por hora.

—El maldito calor ha arruinado la boda —le dijo a su marido, desplomado encima de la colcha, en calzoncillos, en la cama de al lado.

Percibía en la penumbra que ni siquiera se había molestado en abrirla.

—Son esas malditas píldoras amarillas que te traen de América. Te vuelven loca, Asunción —le contestó tan somnoliento que apenas se le entendía—. Ha estado todo perfecto.

—Julián. —Encendió la luz de la mesilla y se sentó en el borde de la cama. Hasta con camisón y medio drogada Asunción Ordiola estaba perfecta—. Julián —repitió más alto—. Haz el favor de escucharme.

Su marido se dio la vuelta y se puso la almohada sobre la cabeza. No tenía intención de aguantar otra de sus letanías.

—Está bien. Tú, como siempre.

Asunción, refunfuñando, se puso la bata de piqué de color melocotón que acababa de hacerle la modista y salió de la habitación sin apagar la luz. «Que se fastidie». Encaminó sus pasos a la habitación de su hijo mayor. Sabía que las pastillas podían hacerle efecto en cualquier momento y, en el fondo, no dormiría tranquila hasta que Jaime volviese a casa. «Es un chico encantador, inteligente, ingenioso… Todo el mundo le aprecia. Es verdad que le gusta divertirse, pero a quién no a su edad. Ya madurará. Algún día, alguna buena chica le hará sentar la cabeza». Notó que las pastillas empezaban a adormilarla, de manera que se tumbó en la cama del primogénito. Así, si se quedaba dormida, cuando Jaime llegara no tendría otro remedio que despertarla. Intentó mantenerse alerta a los ruidos de la escalera, que siempre delataban su llegada. De pronto, pensó que tampoco recordaba si Pilarín había llegado ya. ¡Cualquiera sabía!

La ventana estaba abierta y las llamadas al sereno la despertaban de vez en cuando. Una de las veces, escuchó unos pasos acercándose por la gravilla del camino y minutos después percibió el crujido de la madera de los peldaños de la escalera. No se oían los pasos, así que intuyó que sería Pilarín, que solía descalzarse para no despertarlos. Consultó su reloj de pulsera y marcaba ¡las dos! Se levantó de la cama y, renqueando, se dirigió a la puerta.

—¿Se puede saber qué horas son estas? —le espetó sin esperar a que llegase al rellano.

Su hija le dedicó una sonrisa amplia y siguió subiendo ligera.

—Mamá, no quería despertarte. Lo siento mucho. Lo estábamos pasando tan bien que…

Asunción le interrumpió.

—Pues lo has hecho. ¿Qué mujer decente llega a casa a las dos de la madrugada? Mañana mismo hablo con la madre de Ignacio.

—Ignacio no ha venido. Hemos discutido, mamá. Esta vez para siempre. He salido con unos amigos de Mercedes. Hemos estado en…

—¡Cállate! —A punto de perder el equilibrio, se apoyó en la barandilla e intentó cerrarse la bata, que había olvidado abotonarse—. No quiero ni saberlo. Vete ahora mismo a tu habitación. Me avergüenzas.

Pilarín no insistió. Conocía bien a su madre. Sabía que era despiadada. Así que cuando pasó a su lado no le sorprendió oír, una vez más, lo que desde muy niña estaba acostumbrada a escuchar de sus labios: «Nunca serás una verdadera Ordiola».

Cuando Jaime despertó a su madre, el servicio ya había comenzado a trajinar abajo. Asunción podía escucharlos. El pobre estaba hecho una piltrafa, tanto que se dejó caer en la cama sin darse cuenta de que ella estaba allí, ocupándola. Le dio un buen golpe y masculló un «mamá, lo sientooo». Había bebido. Las malas compañías. Se prometió a sí misma hablar con él al día siguiente, en cuanto bajase a desayunar. Sería tarde. «Pero no importa, es domingo». Le desanudó los cordones, le quitó los zapatos, le tapó con el batín que colgaba en su armario y salió de su habitación.

Recordó que el periódico ya habría llegado, así que bajó las escaleras y se dirigió al comedor donde ya habían dispuesto el desayuno. No tenía hambre, pero pidió que le sirvieran un café bien cargado. Cogió el periódico y lo abrió por el final. Sabía que la crónica de Chata Sanchís solía estar en las últimas páginas. Por fin la encontró. «Los peces del estanque», decía el titular. Y se dispuso a leer.

2

La oficina

B uenos días, señora.
—Buenos días, Martina.

Aunque a las siete y media de la mañana ya era pleno día, la asistenta fue encendiendo una por una las luces de todas las salas y saludó mecánicamente cuando pasó por delante de la puerta del despacho de la jefa. Estuviera en penumbra o en oscuridad total, ya ni intentaba buscarla. Después de los sustos que se había llevado hacía ya bastantes años, cuando empezó a trabajar en «la oficina de las señoritas», conocía bien las costumbres de la directora.

—Recuerda que a doña Mercedes no hay que molestarla a primera hora —le decía a su sustituta en las contadas ocasiones en que tenía que ausentarse por vacaciones o por una cita médica—. Tú solo dices «buenos días, señora» desde el pasillo, y ni se te ocurra entrar a limpiar hasta que no la escuches en la cocina encendiendo la cafetera.

—¿Y está siempre así, a oscuras? —le preguntaba la chica.

Lo mismo cada vez. No había visto nunca una joven tan olvidadiza ni tan tragona. A menudo había tenido que rechazar la galleta María que le ofrecía y pedirle además un poco de concentración. Consideraba que lo que le tenía que decir era importante, pero la glotona no paraba de meterse las galletas en la boca, de dos en dos. Una y otra vez, la conversación se desarrollaba más o menos en los siguientes términos:

—A las siete y media, que es tu hora de entrada, doña Mercedes suele estar ya en su despacho. A no ser que esté de viaje. Ella viaja mucho al extranjero a hacer sus cosas para la revista.

—Pues menos mal que me lo has avisado. ¡El susto que me hubiera llevado! —Ilustraba sus palabras poniendo los ojos como platos y llevándose la mano al corazón.

—Por eso te lo digo —afirmaba Martina condescendiente, aunque era la enésima vez que se lo contaba, más para evitarle el susto a la señora que a ella.

—Pues ¡vaya bicho raro! —remataba indefectiblemente su sustituta barriendo con la mano las migas de galleta de la encimera—. No entiendo cómo le tienes tanto aprecio.

—¿Te molesta? —le decía poniendo los brazos en jarra. Y luego añadía—: Y deja ya de comer, que vas a acabar con la caja entera.

Y a continuación se ponía los guantes, cogía el estropajo, los trapos y la lejía que necesitaba para limpiar los baños y se daba la vuelta dando por zanjada la conversación.

Es cierto que apreciaba a doña Mercedes, y no solo por lo del trabajo de su hijo en la casa de Ronda de los padres de la señora. La apreciaba porque sentía que la conocía bien, que era igual que ella pero con formación. Su padre, que no había tenido mucha paciencia, nunca paró de repetirle: «Martina, para; para, Martina; Martina, ¡quieres parar ya!». Cuando era pequeña y le acompañaba al patio a fumar, y veían a los vencejos aleteando y planeando sobre sus cabezas y cazando insectos al vuelo, le decía que era como los vencejos, que volaban durante meses y meses sin posarse. Pues lo mismo, así veía ella a Mercedes Salvatierra: como un vencejo en constante e infatigable vuelo, que se reservaba el reposo fuera de la vista de todos, a primera hora de la mañana, en ese sillón giratorio de ratán que hacía un pequeño chirrido cuando se movía.

—Esa silla necesita aceite, señora —se lo dijo una vez, cuando ya había cogido confianza.

Había días que tenía los ojos abiertos y otros los cerraba —en este sentido no tenía una regla fija—, pero igual que los monjes cuando oraban, lo mismo ella había ido adquiriendo con el tiempo unas costumbres, que según quien las observase, también podían ser manías. Le gustaba sentarse frente a la mesa y quitarse las horquillas de plata cordobesa o el pasador de carey del pelo. Estos adornos dotaban de una tirantez extrema al pequeño moño de bailarina con el que se peinaba cada mañana. Se los quitaba con urgencia, utilizando las dos manos, y los abandonaba sobre la mesa, junto al carro de la máquina de escribir. Luego, con el pelo suelto sobre los hombros, su fibrosa espalda se retorcía unos milímetros en el ratán hasta dar con la postura idónea: la cabeza apoyada en el respaldo, las piernas estiradas y ambas manos sobre el regazo, mientras giraba la silla levemente a derecha e izquierda. Cricrí, cricrí, cricrí. Cuando la silla empezaba a sonar como un grillo, entonces Mercedes Salvatierra dirigía sus pensamientos a cosas importantes.

Si la luz que entraba por la ventana clareaba lo suficiente la estancia, era posible ver con qué maestría se sacaba hasta el borde del dedo medio un gran anillo, cómo lo giraba llevándolo hasta la punta de la yema y cómo después lo rotaba de nuevo hacia los nudillos. Jamás se lo quitaba —ni siquiera para lavarse las manos, vistos los arañazos de la pastilla de jabón de su lavabo— y muy pocos conocían su procedencia. Esa extraña joya se convirtió incluso en la protagonista de una estúpida columna de Chata Sanchís unos años atrás en la que aseguraba que esa piedra era una suerte de condena; similar al castigo que Zeus infligió a Prometeo por robar el fuego sagrado para los hombres y que le supuso vivir encadenado a una roca durante miles de años. El asunto no tuvo otra trascendencia que convertir un anillo no especialmente costoso en leyenda y que Salvatierra siguiese utilizándolo a diario como única joya… Precisamente ella que, como decía la experimentada reina de la crónica social, podría hacer uso del impresionante joyero de su abuela, la portuguesa.

Mercedes echó un vistazo a las agujas del reloj con forma de sol que había sobre su mesa. Todavía tenía quince minutos antes de subir al despacho de Colomina. Para hacerle llegar la portada tal y como este le exigió, el domingo por la mañana había tenido que molestar al jefe de confección que, como estaba en el pueblo, había avisado a su vez a uno de los auxiliares del equipo para que se acercara a la redacción en la Glorieta de Bilbao y llevase a casa de Mercedes la última prueba que sacaban antes de enviar la portada a imprenta.

A las nueve y media de la mañana había llegado con el sobre en su ciclomotor. Mercedes ya había desayunado y leído la crónica de la boda Ordiola que con tan mala baba había escrito Chata. Sin pensárselo dos veces metió también, en el sobre que contenía la portada, el periódico abierto por la columna de los peces, además de una nota en la que escribió: «Por si Montse no ha caído en enviártela» (en referencia a la subdirectora de *Dana*, Montse Salvador). A continuación, puso su coche en dirección a la casa de Colomina, en Ferraz, y entregó el sobre al portero del edificio.

—Dígale al señor Colomina que no he podido subir porque no había sitio para aparcar.

El portero, mirando hacia la calle desierta, asintió.

Mercedes sonrió al recordar que no había tenido noticias al respecto.

El aire del despacho olía a flores y a plantas frescas. Los aromas de las jaras se mezclaban con los del correquetepillo, las malvas, las amapolas o el precioso gladiolo púrpura que le traían semanalmente de la casa de sus padres en el campo.

Siempre había intentado evitar fumar en el trabajo, pero casi nunca lo conseguía. Sacó del primer cajón de su mesa un pequeño cenicero de plata con el escudo del Real Madrid que le habían regalado, una caja de cerillas de cocina y un paquete de Winston. Echó un vistazo rápido a las anotaciones de su agenda y observó que tenía varias cartas sin abrir en la bandeja de entrada del correo. Entre algunas invitaciones y textos de colaboradores encontró una carta de Felicidad, su lectora favorita, que cada quince días le escribía desde Sevilla para comentarle las impresiones del nuevo número, le enviaba un pequeño relato y, a veces, pocas, hasta le solicitaba un consejo. «Mercedes», siempre empezaba así, «¡preciosa *Dana*!». En ocasiones sustituía esta expresión por un «¡Bonito porque sí el último número de *Dana*!». En la carta, Felicidad aludía al reportaje sobre el fenómeno Twiggy, esa joven de dieciséis años que se había convertido en el símbolo del *swinging London* y que se había criado en un suburbio. «Quiero aprender inglés», apostillaba. De la exclusiva de la princesa Sofía con las dos pequeñas infantas en la Zarzuela, opinaba que «da alegría mirar las fotos»; y sobre la moda centrada en el color azul, añadía que «muy sugestivas las tonalidades de azul. Es mi color. Acabo de comprarme un vestido camisero del mismo color en El Corte Inglés». Y para terminar escribía un sempiterno «con afecto» que Mercedes sentía verdadero. La cartita había conseguido relajarla más que el pitillo, que se había consumido en el cenicero sin darle apenas dos caladas.

Le gustaba la perspectiva que tenía desde su despacho de la redacción. Su habitáculo estaba un poco alejado del bullicio de los teléfonos y del tecleo de las máquinas de escribir de las redactoras, pero no lo suficiente como para aislarse. La sala del consejo con la larga mesa y la docena de sillas de escay era la frontera entre ambos espacios. Al principio en su despacho todo era escay, pero poco a poco, y dado el poco tiempo que pasaba en casa, los queridos muebles de una fueron sustituyendo a los despersonalizados del otro, de manera que ahora, como decía Juan Nadal a menudo, trabajaba en un palacio y vivía en una celda.

Las siete cincuenta y seis. Con la escrupulosa puntualidad que había aprendido de jovencita en el St. Mary's, Mercedes sacó a volar sus manos largas y huesudas para estirarse bien el pelo y hacerse un moño tan apretado que le doliese, sujetando los pelillos rebeldes con sus horquillas y el pasador. Cogió varias revistas, el cuaderno y el bolígrafo, y subió por las escaleras a la cuarta planta.

—A mí siempre me enseñaron que era así como había que mirar la portada de una revista, tal y como las disponen en el quiosco.

Mercedes tiró de la prueba de la portada de *Dana* para quitarla de la pared y, con el mismo papel celo, la pegó sobre la cubierta de otra revista. Solo entonces lanzó al suelo el invento. Siempre le había parecido sospechoso ese parqué tan encerado del despacho de Colomina, tan lustroso como las botas de un sargento de la guardia real.

—Ni me gusta en la pared ni me gusta en el suelo. Quiero parar la impresión.

—Estamos a día 13 de junio. El 15 está en quiosco. La revista está impresa y en distribución —le dijo. Y a continuación, aunque sentía en su interior una especie de erupción volcánica, supo que lo prudente era rebajar el tono—: Román, nunca pensé que fuera necesario enseñarte esta modificación. De hecho, ya habíamos introducido algunos títulos, no es nuevo.

46

Colomina rebuscó en el montón de revistas que se apilaban en su mesa y tiró al suelo, pero con violencia, el ejemplar de mayo que buscaba. Llevaba dos líneas de títulos bajo la foto de portada, por supuesto sin pisarla, con la letra apretada y con un cuerpo muy pequeño: «Un día con el Cordobés». «*Dana* en la Zarzuela». «Timidez, cómo combatirla».

—¿Te refieres a esto? —lo dijo en un tono calmado pero amenazante, seguramente el mismo que empleaba con los chicos cuando fue director de una residencia universitaria.

Mercedes se agachó para recoger del suelo el ejemplar antiguo y lo sustituyó por la prueba de portada, que rodeó de varios números de las revistas de modas francesas y americanas que traía de su despacho. Quería demostrarle a este editor de feria que lo que él llamaba ocurrencia ya se hacía en muchas cabeceras de otros países, y que incluso había una ciencia al respecto que estudiaba el impacto de los títulos en función de dónde estaban emplazados: en la parte derecha o izquierda de la portada, arriba o debajo.

Pero lo que le vino a la cabeza le hizo levantarse de inmediato. Recordó lo que una amiga periodista, que la había invitado hacía unos años a su fiesta de despedida de soltera en su casa del pantano de San Juan, le reveló. Se habían bebido entre las dos la única botella que había sobrevivido a la celebración. Era de Anís del Mono, lo recordaba bien, porque sufrió la peor resaca de su vida con aquel improvisado disfraz de mujer gato.

Su amiga y Colomina trabajaban juntos. Él era entonces editor de una publicación para la mujer y el hogar y ella tenía el puesto de jefe de redacción de la misma. Y algo ocurrió que enfadó a Colomina. Cuando se lo contó a Mercedes, ni siquiera se acordaba de qué fue exactamente, pero la discusión entre ellos llegó a un punto sin retorno. Ella recordaba perfectamente cada palabra de lo que se dijeron.

—Lo siento, Román. Ya no sé cómo decirte que lo siento. No sé qué más puedo hacer, ¿ponerme de rodillas?

—Sí, puedes ponerte de rodillas —contestó él.

—Es una broma, ¿no?

—No, no lo es.

Y su amiga se puso de rodillas. Le explicó que por más que analizaba por qué cedió, nunca supo si fue la ambición, el miedo, el desconcierto o todo a la vez lo que motivó que cayera en esa humillación. A Mercedes le vino a la cabeza el asco de su amiga al contárselo, lo avergonzada que se sentía y la vileza del otro.

—Santa Catalina se tomó la copa de pus que supuraba el pecho de una monja enferma, ¿lo recuerdas? —A su amiga siempre le habían gustado las historias truculentas de santos—. Ella lo hacía para mortificarse. Yo me mortifico con ese recuerdo cada día. No consigo sacármelo de la cabeza.

Rememorando aquella situación, Mercedes se incorporó del parqué brillante con una náusea que casi le hizo vomitar.

—Dame tres números, un mes y medio, y analizamos la respuesta de compra —le dijo—. Si no aumentamos las ventas, volvemos a la portada antigua. —Estaba a punto de salir por la puerta cuando le recordó—: Por cierto, ya hemos reservado hotel en París para ir a ver las propuestas de los franceses. Ahora lo llaman desfiles. Te lo comento para que el contable acepte la factura cuando llegue.

—Para pedir dinero, sí… —contestó rápidamente su jefe.

Esa capacidad de Colomina para convertir una conversación profesional en una burda escena casera le desesperaba. Pero lo que realmente le inquietaba era su convencimiento de que al editor no solo no le asustaba el dolor, sino que disfrutaba provocándolo.

—¿Qué quieres decir? —se enfrentó a él.

—¿Qué quiero decir? ¿Tú qué crees que quiero decir?

«Peor que los malos modos es la vulgaridad», pensó Mercedes. «¿Y hay algo más vulgar que contestar a una pregunta con la misma pregunta?». En su fuero interno había tomado la determinación de verlo así, más como un tipo mediocre que como alguien violento. Sin despedirse, abrió la puerta del despacho y se alejó sin cerrarla. Sabía lo que le molestaba.

***

Clementina Ortiz siempre madrugaba. Se acostaba y se levantaba pronto y, entre medias, solía tener los días organizados con una anticipación propia del presidente de un banco. Cuando sonó el despertador, llevaba media hora en danza, porque se había asegurado de que todo lo que se iba a poner estuviese perfectamente colocado en el respaldo de la silla, que los zapatos se notasen bien blancos y que su bolso contuviese lo necesario.

Respiró aliviada al comprobar que los bigudíes habían hecho su trabajo durante la noche, así que los fue soltando suavemente y, tal y como le habían recomendado en la peluquería, se peinó los rizos de su corta melena utilizando las yemas de los dedos. No habría apostado un duro por ellos, de hecho, hasta le habían quitado el sueño, no sabía si porque le apretaban en la cabeza o porque definitivamente no era ese el día de hacer experimentos.

Necesitaba tener todos los aspectos de su vida bajo control, una característica suya que había trabajado desde muy niña. No tenía ni once años cuando se le empezó a caer el pelo y una calva del tamaño de un puño asomó en su coronilla. Su madre nunca supo que fue lo que desencadenó aquello, tampoco ella era capaz de recordarlo, pero sí que la inflaron con unas vitaminas carísimas que tenía que administrarle un practicante que venía a casa. Llorando, le pidió a su madre que le cortara el pelo como a un chico. Afortunadamente su progenitora no accedió a su petición y le explicó, con infinita paciencia, que con el pelo largo podía hacerse una cola de caballo para disimular la calva.

—Uf, demasiado rizado por arriba —pensó mirándose en el espejito de su cuarto, y se aplastó tanto el pelo con el peine que se le rompieron dos púas.

Al final decidió que lo mejor era mojárselo un poco, así que fue al cuarto de baño e intentó domarlo, lo que consiguió relativamente. Luego se quitó el camisón y se lavó por partes, como hacía cada mañana, más para refrescarse que por higiene. La pastilla amarilla de jabón Lux, «el jabón de las estrellas de cine», solo la utilizaba por la noche cuando se bañaba.

De vuelta a su habitación se puso el sujetador, las bragas, y estaba subiéndose los mejores panties que tenía, los de licra, cuando notó que el sol ya calentaba lo suyo; imaginando que el día iba a ser infernal, se preguntó si había elegido adecuadamente su ropa. Había optado por un traje de falda y chaqueta de cuadritos blancos y azules… «Una chaqueta corta y cruzada, con doble botonadura y manga francesa», como lo había descrito de manera muy profesional su querida Julita. La noche anterior, además, esta le había asegurado que la Gamba había llevado «exactamente» ese mismo traje de Chanel a las carreras de caballos. A Clementina le vino a la memoria la conversación que habían tenido ambas al respecto.

—¿La Gamba?

—Ya sabes, la modelo.

—¿Te refieres a Jean Shrimpton, *the Shrimp*? —dijo Clementina exagerando todo lo que pudo la pronunciación con su perfecto inglés.

Le gustaba hacer rabiar a su amiga, que se bloqueaba tanto con los idiomas que hasta era incapaz de decir correctamente el nombre de Alan Ladd, pese a que era su actor favorito. Sonrió de nuevo, recordando.

—Clemen, cuando te pones esnob no hay quien te soporte. —Eso sí que lo decía bien Julita—. Y no te pongas esos zapatones con el traje, quedan fatal. Mejor los de bailarina —dijo señalándole los blancos, bajos y tan escotados y en punta que precisaban de una tira fina sobre el empeine para sujetarse, como las zapatillas de ballet—. Y dales bien de betún, hija, porque están para el arrastre.

—Me temo que no tengo betún blanco. —La cara de Clementina era un poema cuando volvió al cuarto tras buscar por toda la casa

—¡Pues pintura!

Eran las diez de la noche cuando una preocupada Julita estaba dándole a las puntas y a los tacones de sus zapatos el Baldosinín que utilizaban en su casa para blanquear las juntas de los azulejos de la cocina y el baño.

—¿De verdad puede haber mayor suplicio que este? —decía Clementina, quejumbrosa, tirada en la cama pero sin mover un dedo.

Tenía abierto por la mitad un librito de André Gide en francés titulado *La symphonie pastorale*, que leía en voz alta: «Les premiers sourires de Gertrude me consolaient de tout et payaient mes soins au centuple». Estaba lleno de anotaciones a lápiz, tantas como palabras que no entendía y que había necesitado traducir. «En qué hora habré dicho que hablo bien francés», pensó. Aunque lo cierto es que conseguía hacerse entender e incluso pensaba que tenía un buen acento, fruto de las horas interminables que se pasaba escuchando a Francoise Hardy. «Tous les garçons et les filles de mon âge, se promènent dans la rue deux par deux...».

—Es tu primer día. Tienes que causar una buena impresión —contestó su amiga que, tras poner los zapatos bajo la lamparita de la mesilla, parecía satisfecha del resultado. Bien pegada a la luz, su melena pelirroja se tornaba incandescente, como el filamento de la bombilla.

A Clementina le habría gustado disponer de más tiempo para preparar su llegada a *Dana*. Pero el jueves la directora de la revista la había entrevistado y el viernes ya la había llamado para anunciarle su incorporación. «Desde luego no es una mujer que se ande con rodeos», pensó una vez colgó el teléfono. Tras un escueto «Buenos días, Clementina», Salvatierra le había enumerado cuatro mensajes tajantes: que empezaba el mismo lunes con el siguiente horario, de nueve de la mañana a siete de la tarde con dos horas para comer; que los lunes a las diez había consejo de redacción y que llevara tres temas preparados; que cuando se incorporase, hablarían de sus condiciones y que esperaba mucho de ella.

Así que aquella mañana, como el café con leche se le quedó frío sobre la mesilla, no se lo terminó de beber. Repasó mentalmente lo que llevaba en la bolsa de deporte y que intuía que iba a necesitar: un cuaderno grande y uno pequeño, una carpeta con recortes, bolígrafos azul y rojo, los diccionarios de inglés y francés y la cámara de fotos. Se aplastó de nuevo el pelo a ambos lados de la raya, se dio un toque de polvos Gemey, «antes y después de los grandes momentos», en nariz y mejillas y, esta vez sí, se acordó de apagar el tocadiscos que se había dejado encendido toda la noche. Cuando salió de casa, solo pensaba en cómo concretar en titulares los tres temas en los que había trabajado todo el fin de semana, tal y como le había sugerido Daniel por teléfono.

**

—Sí que te lo dije, Montse.

Rosario Sebastián estaba muy enfadada. Y como siempre que le ocurría, su cara y sobre todo su cuello adquirían un tono bermellón profundo, como si toda la sangre de su cuerpo se agolpara allí. Después, instintivamente, no se sabía si lo hacía para aplacar su furia o porque le picaba, echaba mano de la cadena donde llevaba colgada una medalla de la Virgen del Pilar, con tanto brío que se arañaba la piel.

Como no pasaban mucho tiempo en la sala de reuniones, solo las dos M. S. de *Dana* —Mercedes Salvatierra y Montse

Salvador, directora y subdirectora de la revista— tenían un sitio asignado en el cabecero de la mesa. El resto del equipo se apiñaba aleatoriamente en torno al feo mueble rectangular de contrachapado con las alas desplegadas. Las sillas de escay verdes que resultaban gélidas en invierno, en verano cogían tal temperatura que, cuando las periodistas se levantaban, una pequeña mancha de sudor se dibujaba en la parte trasera de sus vestidos. En el caso de Montse Salvador, que siempre había padecido hiperhidrosis, el cerco ocupaba toda su falda. «Cistitis en invierno y en verano parece que nos hemos hecho pis», decía a menudo al concluir la reunión dándose la vuelta a la falda por la cinturilla para comprobar el estropicio. «¡Malditas sillas!», remataba alejándose hacia su mesa. Paradójicamente, era siempre ella la que se ocupaba de regar las dos cintas que reposaban en el antepecho de la ventana. Esas dos macetas constituían los únicos objetos innecesarios en ese espacio impersonal.

—No lo hiciste —respondió la subdirectora, aunque sin demasiado convencimiento, ya que, conociendo muy bien la autoexigencia casi enfermiza de la redactora, era posible que se lo hubiera dicho y lo hubiera olvidado—. De cualquier forma, es tu responsabilidad administrar los consultorios.

—No podemos desatender una carta como esta, ¡cuántas veces lo he dicho! —dijo Mercedes Salvatierra sin levantar la voz, pero con esa mirada fría que dejó a todas pegadas a las sillas. Tenía la carta en la mano—. Esta pobre mujer habrá ido al quiosco a buscar ayuda, quizá la única vez que se ha atrevido a pedirla, ¿y qué encuentra? Nada. ¡Por Dios!

—¡Lo siento mucho, Mercedes! —exclamó Rosario—. Ahora mismo me encargo de incluir una llamada en el próximo número. ¿Os parece bien algo así? —E improvisó, rápida y profesional—: «Rogamos a Emilia, de Valladolid, nos envíe una dirección para poder contestarle particularmente, o si lo prefiere, nos llame al número de teléfono que aparece a pie de página».

—Está bien —concluyó Mercedes—. Pero repito, nunca, y digo nunca, puede volver a ocurrir esto. Que una mujer a la que su marido pega y patea se decida a escribirnos y no obtenga respuesta es inexcusable.

—¿Y no sería mejor responderle directamente en la revista? —intervino Teresa Arranz, la redactora jefe.

—No, en temas tan... privados... —repuso la directora, para luego rectificar—, tan inaceptables. La respuesta tiene que ser enérgica y contundente. Hablaremos con el comisario Echevarría para ver cómo proceder. Más cosas, Rosario —apremió.

—Cada vez recibimos más cartas pidiéndonos consejo o información sobre temas legales y, ojo, profesionales. Nos preguntan sobre cursos por correspondencia o cómo formarse para ATS o azafata de tierra..., pero también nos consultan sobre turismo, farmacia y hasta ciencias exactas.

—Nos mondábamos con una que quiere ser guardia de tráfico ¡y nos ha enviado una foto suya con los guantes, el casco y el silbato de su hermano haciendo la T! —interrumpió Ana María Miranda, la redactora de belleza y que tenía la gran virtud de relajar cualquier reunión tensa.

—Pues la pobre se va a quedar con las ganas —dijo alguien, en alusión a la imposibilidad de que las mujeres entrasen en ningún Cuerpo de Seguridad del Estado.

—Lo que quería decir, si-me-de-jan —recalcó Rosario, que no soportaba que la interrumpieran—, es que deberíamos dar una página entera a estas secciones del consultorio y reducir el espacio en moda, belleza o decoración, que ya tienen muchas páginas en la revista.

—Prefiero no comprometer espacios fijos, porque al final se convierten en espacios rutinarios. Ya lo sabes, Rosario. Mejor decidimos cada número en función del interés de las cartas —concluyó Mercedes—. Prepara las del siguiente y lo ves con Teresa.

—Llevamos tiempo hablando de sacar un especial dedicado a la mujer profesional. —Fue Montse Salvador quien tomó la palabra—. Y creo, Mercedes, que es el momento. La ley de derechos de la mujer nos capacita, prácticamente, para el ejercicio de cualquier profesión.

—Menos de policía —dijo Mercedes con sorna—. Te recuerdo que las mujeres casadas necesitaban autorización del marido para trabajar hace no más de ¿qué?, ¿cinco años? Tenemos que correr. Dicho esto...

La directora se detuvo unos instantes, se sacó el anillo hasta la segunda falange y comenzó a girarlo sobre su dedo antes de volver a hablar. Ya había dejado de sorprenderla que la mayoría de las mujeres que trabajaban fuera de casa con las que hablaba fueran solteras o viudas, las que tenían que mantenerse. Casadas, muy pocas. «¡Qué cantidad de prejuicios por derribar!», pensaba.

—... Tienes razón, Montse —retomó la palabra—. Ponemos en marcha un número especial sobre mujeres y profesión. El viernes me marcho a Casablanca, así que el jueves por la mañana hacemos un consejo de redacción. Quiero que indaguéis en lo que no es obvio. Busquemos a mujeres en la ciencia, en la ingeniería, enlaces sindicales, jefes de imprenta...

—En la calle Elfo hay un instituto donde las chicas estudian electrónica —dijo Teresa—. Me contó mi prima que salen colocadas y con sueldos de unas cuatro mil pesetas, que no está nada mal.

—Me parece interesante. Vete allí con Yllera —dijo Salvatierra refiriéndose al fotógrafo de la revista—. Nuestra posición editorial es la de siempre: animar a las mujeres a salir al mundo. Montse, hay que preparar un reportaje que nos ayude a situarnos: porcentaje de mujeres que trabajan en España y en otros países de nuestro entorno; qué tipo de estudios han realizado; analicemos también las jornadas de trabajo, la compatibilidad con la familia; insistamos en que trabajar es un derecho y, aunque a todas las que estamos aquí nos parezca obvio, en que no por trabajar la mujer es menos femenina.

—Y también en que en ningún caso se puede abandonar el hogar o los hijos —dijo con énfasis Montse Salvador que, al ver el casi imperceptible mohín de su jefa, aclaró—: No nos pongamos en el disparadero, porque polémica va a haber.

—No tiene por qué —dijo Mercedes—. Desgraciadamente, pasarán muchos planes de desarrollo antes de que la mujer pueda influir seriamente en alguno. Pero démosles argumentos razonables.

—Pido una entrevista con el ministro de Trabajo. Están a punto de aprobar la nueva ley de seguridad social de la mujer —dijo Montse.

Las chicas de la redacción tomaron nota de todo. Si había dos mujeres en el mundo que estaban en las antípodas la una de la otra, estas eran las dos M. S. Pero había una cosa que las unía: amaban el periodismo, les excitaba tanto como a un niño un Chupa Chups. Y les apasionaban las buenas historias bien contadas. Y las dos las sabían buscar y contar, aunque a veces diferían, y mucho.

—Para apoyar que la formación de la mujer es clave, deberíamos entrevistar a Pilar Primo de Rivera —sugirió la subdirectora.

No era la primera vez que proponía a la fundadora de la Sección Femenina y siempre encontraba la misma respuesta.

—No lo veo, Montse. El falangismo de vieja guardia ha desaparecido, ya no está. Vivimos otros tiempos…

—¡Son veinticinco años de servicio a la mujer española! —le retó de nuevo Salvador, que no en vano había iniciado su andadura profesional en la revista *Teresa*, de la Sección Femenina.

—No lo niego, Montse —contestó conciliadora—. Pero seguro que tú y yo, como mujeres solteras que somos, no compartimos algunas de sus ideas, como que el fin primordial de las mujeres es el matrimonio, por ejemplo.

—Sabes que el señor Colomina está muy interesado en que la entrevistemos —insistió.

—No ahora y no para este número —zanjó Mercedes—. Te recuerdo que fue ella quien dijo que el trabajo de la mujer casada fuera de su hogar no es un bien, sino un mal. ¿Qué opináis, Ana María, Teresa...? —Se dirigió a las periodistas casadas de la redacción.

—En fin. —Observando cómo una bajaba la cabeza y la otra asentía mientras la miraba, añadió—: Veo que estamos todas de acuerdo. ¿Qué os parece si para cerrar el número pedimos a Rafael Azcona o, mejor aún, a Conchita Montes... que nos escriba un artículo de humor sobre la colaboración que esperamos de los hombres en la casa?

—Que vamos a levantar ampollas —aseguró la subdirectora.

—Querida Montse, quizá estés algo desconectada del mundo —suspiró.

Pero la frase, envenenada, parecía una represalia, un desquite por su insistencia con la Primo de Rivera, por chivarle a Colomina lo de la nueva portada con títulos, por su deslealtad, o por todo a la vez...

Nadie podía negar que Clementina Ortiz estaba determinada a convencer a Mercedes Salvatierra de que había hecho un excelente fichaje. Todavía resonaba en su cabeza lo que la directora le dijo cuando la entrevistó: «En cierta ocasión, el mejor jefe que he tenido me dijo: "Si acierto con uno de cada tres periodistas que contrato, voy bien". Así que, Clementina, si decido contratarte, ¿cuál de ellos vas a ser tú?». No recordaba lo que le contestó, probablemente no había hecho más que farfullar algo poco inteligente, pero poco importaba ya. Estaba en *Dana*, en su primer consejo de redacción, preparada para brillar en cuanto la directora le diera cuartelillo.

—Clementina, ¿tienes algo? —preguntó, como si le hubiera leído el pensamiento.

—Me gustaría proponer un tema social controvertido: el biquini —comenzó. Las risitas no la amilanaron y continuó—: Algo así como: «Biquini, a favor o en contra. Investigamos en la playa».

—Sigue —le conminó Mercedes.

La nueva había conseguido despertar su curiosidad al usar la palabra «investigación» y sonrió mientras pensaba: «He aquí una chica lista».

—La idea es viajar a Benidorm, donde es posible ver a las turistas luciendo esas dos piezas. Todavía hay muy pocas españolas que se atrevan a llevarlo. ¿Por qué? La Iglesia lo ha tachado de inmoral. Ha habido hace poco un intento de agresión de un grupo de personas a una chica extranjera que se estaba comprando un helado. Tengo muchas preguntas: ¿por qué unas se arriesgan a ser insultadas por llevarlo?, ¿por qué otras no se atreven?, ¿por miedo o porque les resulta indecente, una provocación…? ¿Qué opinión tiene un párroco de Benidorm?, ¿y la Guardia Civil?

—¿Qué dice la ley? —inquirió la subdirectora.

—Hay una circular muy antigua, de 1951, del Ministerio de Gobernación. Dice así: «Queda prohibido el uso de prendas de baño indecorosas, exigiendo que cubran el pecho y espalda debidamente, además de que lleven faldas para las mujeres y pantalones de deporte para los hombres».

—Pero esto ha quedado obsoleto —reconoció Mercedes—. Las mujeres hace años que utilizamos traje de baño sin falda. Pero ¿y el biquini?, ¿está prohibido?

—No en Benidorm, eso seguro. El alcalde, para promocionar el turismo, consiguió hace años que se dictara una ordenanza que convertía esta ciudad en zona libre para usar biquini. Respecto al resto de España tendría que investigar —remató.

Qué duda cabía de que el tema era controvertido. Salvatierra observó cómo se formaban corrillos en su equipo para pronunciarse rotundamente a favor o en contra… o a favor o en contra, pero con condiciones. Ana María Miranda, redactora de belleza, estaba claramente en contra: «Me sentiría demasiado desnuda», aseguraba tapándose el pecho como si estuviera en la playa. Sin embargo, Rosario, que había visto fascinada cómo Ursula Andress emergía de las aguas en *Agente 007 contra el Dr. No* con ese biquini blanco, era un sí sin condiciones. «Vale en la playa, pero, si estás en un chiringuito, tienes que cubrirte», le rebatía Elvira, la redactora encargada de la sección de cultura a quien un momento antes Salvatierra había felicitado por su magnífica entrevista a Adolfo Marsillach y por conseguir que Raphael se pasase por la redacción la pasada semana.

—Buen trabajo, Elvira. Entre unas cosas y otras no te había dado la enhorabuena. Vayamos a por otros cantantes que nos visiten antes de que nos copie la competencia —le había pedido en el consejo—. ¿Qué te parece continuar con Los Brincos?

Más allá del contenido musical que habían publicado, por lo que Mercedes Salvatierra estaba realmente satisfecha era por la campaña de comunicación gratuita para la revista que la visita del cantante de Linares había supuesto. Dos centenares de fans enloquecidas se habían concentrado en torno al portal de *Dana*, colapsando la Glorieta de Bilbao. Algo que no desaprovechó la vital relaciones públicas de la revista. Pilarín Ordiola envió a Yllera a hacerles fotos y rápidamente las distribuyó en todos los periódicos y televisiones con una nota que decía: «Raphael en *Dana* desata más locura que los Beatles». La noticia salió en todas partes.

Tras ese inciso, estaba de nuevo atenta a todo lo que acontecía en ese instante en la sala del consejo. La conversación sobre el biquini no languidecía.

—No es que me parezca indecente, sino simplemente de mal gusto —intervino finalmente—. Pero como el tema tiene miga, vamos adelante con él. Prepara el viaje, Clementina, te vas con Yllera.

—Pero yo misma puedo hacer las fotos. Tengo cámara y no se me da mal —contestó la periodista.

—Te vas con Yllera —dispuso la directora—, no sea que uno de esos grupos a favor o en contra del biquini la tomen contigo. Por cierto —recordó—, ¿tú hablabas bien francés, verdad? Pues me vas a sustituir en la corresponsalía de París. —Se rio—. Búscate un buen seudónimo y estúdiate bien el *Paris Match* y otras revistas semanales francesas. La sección es tuya.

A continuación, se levantó, recogió los papeles y estaba a punto de dar por terminada la reunión cuando recordó algo.

—¿Quién está persiguiendo a Omar Sharif?

—Voy yo mañana a Canillas. A ver qué traigo —contestó Rosario.

—Ya estás tardando.

—Por cierto —apuntó Montse Salvador—, hemos llegado a un acuerdo sobre la exclusiva de los artículos que escribieron los Beatles en el periódico inglés. ¿Qué te parece si empezamos por el de Paul McCartney y los damos por entregas, uno en cada número? Podríamos titular algo así: «Primer capítulo de nuestros colaboradores los Beatles».

—Perfecto —dijo Mercedes. Y continuó—: *Après la pluie, le beau temps.* —Pero nadie entendió bien lo que quería decir.

3

Intimidades

M e cuesta mucho imaginarlo, pero se puede hablar —le había dicho Ben Newman, cuando le llamó a primera hora de la mañana, en un tono educado pero apresurado.

Pilarín Ordiola había colgado con la certeza de que lo que realmente había pillado desprevenido al piloto americano había sido el pretexto y no su llamada, que parecía que la esperaba, lo cual le irritó. Pero la obsesión —tan común entre las chicas de su edad— no había sido nunca una de las peculiaridades de la relaciones públicas de *Dana*, que decidió olvidar al instante lo sucedido y ocupar el día en las mil gestiones que tenía que hacer con la embajada de Marruecos para preparar el viaje a Casablanca.

A las seis y media de la tarde salió de la redacción sin tiempo para cambiarse de ropa; le bastaron un rápido cepillado de melena y un retoque al maquillaje. El oscuro traje de falda corta y chaqueta entallada era mucho menos aburrido con la camiseta de punto y esas sandalias planas de color piel tan ligeras que parecía que llevaba los pies desnudos y dorados por el sol.

Cuando, siguiendo las indicaciones del soldado negro, aparcó el coche a quince metros de la garita de la base aérea de Torrejón de Ardoz y salió del coche para fumar un cigarrillo mientras esperaba a que Newman la fuera a recoger, una sinfonía de silbidos provenientes de los hangares cercanos, la cancha de baloncesto y hasta de la lavandería le hicieron sonreír. En consideración «a estos pobres chicos a los que más pronto que tarde van a destinar a Vietnam», hizo una graciosa reverencia. El jeep del teniente coronel Ben Newman aparcó a su lado cuando los silbidos ya habían tornado en una gran ovación, pero rápidamente enmudecieron.

—Señorita Ordiola —le dijo, tendiéndole la mano para ayudarla a subir a su coche. E inmediatamente arrancó—. Le ruego que excuse a esta panda de delincuentes.

—Voy a elevar una queja al general. En un cuartel español los habrían fusilado —contestó muy seria, antes de estallar en una carcajada.

—Apuesto a que es a ti a quien meterían en el calabozo.

—O me impondrían el corazón púrpura por resistir al fuego enemigo —dijo poniéndose las gafas de sol mientras hacía un intento para mantener a raya su pelo, totalmente fuera de control por el aire.

«Así que ha llegado a tiempo de ver mi pequeña provocación a las tropas…», sonrió para sí misma. Newman, más que conducir, volaba. Todavía llevaba puesto el mono de vuelo, por lo que concluyó que no le había dado tiempo a pasar siquiera por la taquilla. Había algunas cantinas a ambos lados de la carretera, pero pasaron de largo. También surtidores de gasolina, economatos y barracones perfectamente alineados. De vez en cuando Ben le explicaba algo relacionado con la vida en la base, pero nada que ver con el *American way of life* plagado de rock and roll, boleras, frigoríficos gigantes, mazorcas de maíz y cereales Wheaties que tanto divertían a Pilarín, sino más bien con el excéntrico comportamiento del general con la comida o la refriega de tres soldados, uno evangelista, otro adventista y el tercero judío, no a causa de Dios, sino por unas botas de vaquero.

—La cosa fue a mayores y acabó con el adventista y el evangelista en el hospital gritándose versículos enteros de la Biblia. —Rio.

—¿Y el judío?

—¡Se quedó con las botas!

Llegaron a una especie de club, más elegante que cualquiera de las cantinas y bares por los que habían pasado. Tenía hasta una mesa de billar en la que no jugaba nadie, con los tacos alineados en la pared mediante unas pequeñas sujeciones de madera. Todo parecía nuevo, sin estrenar. Newman pidió dos Jack Daniel's en la barra, saludó a dos oficiales y guio a Pilarín hasta unas butacas de piel naranja en una de las cuales la invitó a sentarse mientras él lo hacía en la de al lado. Con las piernas separadas, el whisky en una mano y el brazo contrario extendido sobre el respaldo de la butaca, su postura demostraba una confianza y una seguridad aplastantes que lejos de intimidarla, la estimularon. De manera que también ella se acomodó en la silla huevo con las piernas cruzadas, el cuerpo ligeramente girado hacia él y el brazo extendido sobre el respaldo. Los dedos de ambos casi se tocaron. El americano no pudo evitar una sonrisa.

—Bien —dijo—. ¿Cómo puedo serte útil?

—Como te he explicado por teléfono, vuestro relaciones públicas no hace más que darme largas. Hace tiempo que estamos intentando hacer un reportaje con fotos dentro de la base y no hay forma de atarlo.

—¿Qué has propuesto?

—De todo. Primero un tema de estilo de vida: una semana viviendo a lo americano. La idea era probar vuestros coches, vuestros electrodomésticos, una lista de la compra en vuestros supermercados, entrevistar a las mujeres de los soldados… Conocer a fondo el *American way of life*.

—¿Y?

—Ni caso. Meses después le propuse hacer unas fotos de moda con una actriz famosa dentro de la base, por supuesto en los espacios permitidos.

Tenía calor, se quitó la chaqueta, hizo una seña al camarero para que le pusiera dos cubitos de hielo en el vaso y sacó del bolso su paquete de cigarrillos.

—Eso lo veo más complicado.

—Creo que es un error no permitir a los medios un acceso más fácil. Este secretismo no os conviene, genera desconfianza, da muy mala imagen.

—¿Desconfías de mí, Pilar Ordiola? —le preguntó Newman riéndose con los ojos, y le pidió un cigarrillo.

Pilarín contestó vagamente que no se refería a él, aunque si hubiera sido totalmente franca tendría que haber respondido con un sí rotundo. Pero lo pensó mejor y encendió dos pitillos, uno para cada uno, dispuesta a jugar a su juego, que prometía ser delicioso. Él cogió el cigarrillo que le ofrecía y sin soltar el vaso lo sostuvo entre los labios.

—Pero ahora quiero más —contestó Pilarín retomando el hilo de la conversación.

—*Sometimes much is too much* —replicó él.

Ella se irguió, prevenida, y se alejó del cuerpo del militar con la coartada de apagar su cigarrillo en el cenicero que había sobre la mesa. También él apagó el suyo, limpiamente.

—Sé que España está participando en la guerra de Vietnam de manera directa. En un hospital. Un equipo sanitario español, formado por militares cirujanos, médicos y practicantes, está operando en un lugar próximo a Saigón. Sé que algún director de periódico ya está informado.

—No tengo conocimiento de lo que me estás hablando ni de que se vaya a realizar próximamente una visita

—Estoy en mi derecho de dudarlo. No te pido que intervengas en favor de mi revista. Solo que me digas cuál es la vía correcta para hacer llegar nuestra petición a la persona adecuada.

—¿Y la petición es?

—Viajar en uno de vuestros aviones de reemplazo a Saigón y de allí en helicóptero a... —revisó sus anotaciones— Gô Công. Y contar en qué se concreta el apoyo de España a esa guerra. Es decir, un día en el hospital, un relato de cómo se deja la piel la misión sanitaria española, cercada por el Vietcong, operando, amputando, sanando, y vuelta a casa.

—Perdona, pero no entiendo muy bien qué pinta en una guerra una revista de modas.

—Ganarnos el respeto de nuestras lectoras, como hacemos con cada número. —Hizo una pausa y lo miró fijamente para captar totalmente su atención—. Y de muchos hombres, por cierto, aunque veo que no de todos.

—No era mi intención molestarte. —No dijo «lo siento», quizá por falta de costumbre—. No pretendo entrar a discutir la relevancia de *Dana*, simplemente te adelanto qué tipo de argumento debería acompañar tu petición.

—¿Me darás ese nombre?

—Lo intentaré. Pero si lo que dices es verdad, y desconozco si lo es, yo iría también por la vía de la embajada.

—¿Puedes darme entrada con el embajador?

—No, pero tu padre seguro que sí —dijo extendiendo los dos brazos en el respaldo.

«Ni loca», pensó Pilarín. Sin embargo, conocía a la mujer del embajador, un sistema más lento, pero mucho más fiable.

—Dame ese nombre y te debo una —insistió.

—Basta con que aceptes que te invite a cenar a Gatti. Muero por repetir ese entrecot a la burgalesa.

—A la bordalesa. —Rio—. Burgos es más de morcilla.

Él también se rio a carcajadas. «Vaya frase para un clímax», pensó la relaciones públicas. Los primeros compases de

«Wouldn't It Be Nice» empezaron a sonar. A Pilarín Ordiola le pareció premonitorio y comenzó a tararear la canción de los Beach Boys:

—*Wouldn't it be nice if we were older?*

Newman había pedido que le trajeran la botella y un cubo de hielo. De repente, se dio cuenta de que ella cantaba muy bajito.

—*Then we wouldn't have to wait so long.*

—*And wouldn't it be nice to live together* —le acompañó él.

A continuación entonaron los dos:

—*In the kind of world where we belong?*

Ben Newman se levantó, la arrastró a una pequeña pista de baile y empezaron a bailar. Él la guiaba a un ritmo más lento que el de la canción. Pese a lo que le había parecido, no era mucho más alto que ella y olía a lavanda. Pilarín pensó que cuántos años le llevaría, ¿diez?, ¿quince? Se preguntó si estaría casado. «Dios mío, cómo me gusta».

Ciertamente, Clementina Ortiz tenía una extraordinaria capacidad de síntesis. En la escasa hora y media que había durado el consejo, no solo había conseguido memorizar los nombres de todas las redactoras, sino que se había hecho una idea muy clara de la función de cada cual y de las relaciones de poder de ese pequeño enjambre que era la redacción de *Dana*, girando en torno a la abeja reina.

Sabía que le había causado una buena impresión a Salvatierra, pero ¿y a las redactoras? Esta pregunta rondaba por su cabeza mientras caminaba por la calle con la cabeza ligeramente inclinada hacia el suelo. Le atormentaba el recuerdo de Rosario y de la relaciones públicas de la revista, la tal Pilarín, riéndose tras la puerta metálica que daba paso a la azotea, y el silencio tan violento que se hizo a continuación cuando, al abrir, la vieron allí, fumando. Habría apostado su mejor par de medias a que estaban hablando de ella; por eso, masculló una excusa sobre el texto que tenía que entregar, aplastó el cigarrillo contra la barandilla y lo tiró a una de las macetas que, a todos los efectos, hacía las veces de cenicero comunal. «Qué tonta eres, Clemen. Con lo fácil que habría sido sonreír y ofrecerles uno de los tuyos. Tan segura en unas cosas y tan torpe en lo demás».

Cuando entraba en esta espiral, Clementina se veía a sí misma como esas bailarinas que recogían los brazos para girar más y más deprisa, pero que no controlaban lo suficiente la ejecución del movimiento para frenar. «Y en la vida es muy importante saber frenar, hija», le había repetido su madre a menudo porque la conocía bien. Además, como las buenas bailarinas, que sabían que bastaba con extender los brazos para crear resistencia, también ella tenía su técnica, pero a veces la olvidaba. En estos pensamientos negativos andaba la joven periodista cuando, de repente, a punto estuvo de tropezar con él.

—Olvídate de mí, que no es mi santo —masculló, apartando con un ademán firme el trapo rojo y manchado que el muchacho blandía como un capote y simulando que ella fuese un toro.

Ya había conseguido esquivarlo cuando le escuchó un «Niña, esos zapatos no han visto gloria» que le hizo cambiar de opinión. El chico no tendría más de dieciséis años y era delgado como un alambre. Clementina abrió la boquilla del bolso y, a falta de monedas, sacó una chocolatina de las que le enviaba su hermano de América, mostrándosela en señal de pago. El joven limpiabotas asintió y, muy ceremonioso, la invitó a sentarse en la banqueta en la que había escrito con muy mala letra: «Eugenio, artista del betún», sin acento. Clementina se quitó la chaqueta y se sentó con excitación, porque ya tenía el título para la siguiente crónica de *People from Madrid* que periódicamente enviaba a su hermano Daniel al otro lado del océano. Sabía que le encantaría.

—Pero ¿qué les has echado? —dijo el limpiabotas en cuanto puso la vista sobre los zapatos, señalando la plasta de Baldosinín—. Estás sin gorda, ¿eh?

Clementina hizo como si no le hubiera escuchado.

—¿Aceptas cheques o pagarés? —preguntó muy seria.

Aquello le hizo gracia al betunero que, al reírse, mostró la boca más desdentada que la periodista había visto en alguien tan joven, pero enseguida se puso manos a la obra. Sacó de su caja de madera betún blanco, cepillos y la lata de crema Tractor con siliconas para abrillantar, lo dispuso ordenadamente en el suelo y empezó su ritual, sin dejar la cháchara.

—Por mucho que lo quiera esconder, lo que descubre al que está sin gorda son los zapatos —dijo guiñándole un ojo con descaro—. Yo siempre sé si alguien tiene dinero o no.

—A ver si es verdad —le retó la periodista—. Te propongo un juego: sin levantar la vista, solo mirando los pies de los que pasan junto a nosotros, me tienes que decir si tienen o no dinero.

Eugenio, «artista del betún», volvió la vista a la acera. Era hora punta. Recién salidos del trabajo, los hombres se apresuraban por reunirse en el bar con los amigos o por llegar pronto a casa. El limpiabotas acompasó su veredicto al paso de los transeúntes.

—Tie, tie, no-tie, no-tie, no-tie, no-tie, no-tie…

Asombrada, Clementina comprobó que el chaval clavaba su diagnóstico. Era idéntico al suyo, tras inspeccionar rápida y certeramente si los paseantes llevaban o no reloj, el tipo de corte de pelo, la barbería o peluquería en la que se lo habían hecho o quién había confeccionado el traje o el vestido que llevaban. «El tío no falla una», pensó. El chico se dio cuenta de que la había impresionado.

—Es lo que tiene trabajar de cara al público —le soltó.

—¿Y qué me dices de ti? ¿Ha habido un primer artista del betún en la familia o tú eres el primero? —le preguntó Clementina, que no perdía el tiempo, sacando del bolso la libreta y el boli.

—Tercera generación. La mejor silla de Madrid —contestó el chaval, y continuó orgulloso—: Y abuela, madre y hermana, castañeras. Las castañas más famosas de Madrid. Mi hermana tiene el puesto en Cascorro.

—Pues como tu hermana ase castañas como tú limpias zapatos, estáis apañados —le dijo viéndole rematar su obra—. ¿Me dejarás hacerte una foto cuando termines?

—Mira qué peineta, Enriqueta —contestó el betunero mostrándole el dedo corazón, interrumpiendo el abrillantamiento por un instante.

Les había puesto tantas capas de emplaste y brillo que los zapatos parecían mármoles.

—Como nuevos —le dijo incorporándose mientras se limpiaba las manos con un trapo menos sucio que el resto. Y, a continuación, sonriendo a más no poder con sus pocos y malos dientes, añadió—: ¿Qué hay de esa foto?

✳✳✳

—Son las whisky *o'clock*. —Al otro lado del teléfono Mercedes escuchó la voz de Juan Nadal.

«Qué extraño», pensó. Era demasiado pronto para que saliera de la redacción o demasiado tarde si luego tenía que regresar.

—Dame treinta minutos. —Pero enseguida se dio cuenta de su error e intentó rectificar—. Juan. —Demasiado tarde, el director ya había colgado.

Sabía que tendría que esperarle. A Juan Nadal, treinta minutos le parecían una eternidad, así que estaba segura de que se habría quitado la chaqueta, la habría dejado hecha un gui-

71

ñapo, olvidada en cualquier silla de la redacción, y se habría puesto a revisar y cambiar el reportaje de portada, o a llamar a gritos a un corresponsal o al columnista de turno para decirle que lo que había mandado era una mierda. Más de una vez le había escuchado al teléfono en la siguiente conversación:

—¡Una mierda! ¿Cómo que no? ¡Te lo digo y te lo repito!, ¡lo que has mandado es una mierda! ¡Estoy harto de vagos y dipsómanos! ¿Y quién diablos crees que va a contratarte? Tienes veinte minutos para enviar mil palabras. ¡¡¡A quien le va a dar el infarto es a mí!!!

Y, a continuación, colgaba de forma tan ruidosa y abrupta que parecía que la baquelita del teléfono iba a estallar en mil pedazos. Poco después podías encontrártelo con el interfecto tomando una copa en Chicote como si fueran dos colegas del alma. Esa era una más de las singularidades de su explosiva naturaleza: nadie era capaz de exasperar tanto, pero resultaba imposible continuar enfadado con él más allá de dos horas o dos días, según la capacidad para el rencor de cada cual.

Que Juan la llamara pasadas las ocho puso en alerta a Mercedes. «Espero que no haya tenido otro problema», pensó. Recordó que el Jurado de Ética Profesional ya le había sancionado al menos en una ocasión por aquel famoso editorial titulado «En este reino sin rey». De manera que, aunque los textos de las redactoras se amontonaban en su mesa y tenía una llamada pendiente, se encogió de hombros y rescató del montón la entrevista que Elvira le había hecho a Concha Piquer tras su último viaje a Nueva York y la crónica «desde París» de la chica nueva, que la subdirectora le había dejado sobre la mesa con una anotación en rojo: «Promete». Sabía que Juan llegaría tarde, de manera que los introdujo en su bolso: tendría tiempo de leerlos mientras le esperaba en el St. James. «Vaya, qué arrugada llevo la blusa», pensó al verse reflejada en el espejo de su despacho cuando salía, pero no era cierto, hasta ese punto llegaba su afán perfeccionista.

Una ligera brisa hizo ondear su falda cuando salió del portal a la calle. Era una tarde preciosa de verano, así que decidió ir caminando en lugar de coger un taxi como solía hacer cuando iba con el tiempo justo, al fin y al cabo, solo tenía que enfilar los bulevares hasta llegar a la Castellana. No había andado ni cien metros cuando, cruzando un semáforo, los vio. No pudo reconocer el coche, por lo que imaginó que Leo había sustituido su mil quinientos por este nuevo, descapotable y de color rojo. Se fijó en que no era lo único que su hermano había cambiado: en lugar de su corte de pelo a cepillo ahora llevaba el cabello a la moda, con la raya izquierda muy marcada y un ligero tupé. A su lado estaba ella: la reconoció enseguida por ese ridículo peinado en forma de casco con las patillas largas enrolladas bajo la barbilla. Tenía el cuerpo girado hacia Leo y le acariciaba el cuello mientras le hablaba. Él fue el primero en verla. Intentó escapar de la mano de su amante, pero no lo consiguió. Luego quiso saludarla de manera natural, aunque no le salió nada bien. Su acompañante debió notar su desazón y volvió la vista al frente encontrándose con la mirada de Mercedes, que cruzó sin detenerse y sin apartar los ojos del coche. La amante de su hermano le hizo una inclinación casi imperceptible con la cabeza a modo de saludo que Mercedes no le devolvió.

A sus espaldas escuchó el acelerón de Leo cuando el semáforo cambió a verde y los vio perderse por Sagasta. Notó que el corazón, más que desbocarse, se le desgarraba. Como si de golpe le faltara el aire, se llevó la mano al pecho y se paró en seco.

—Señora, ¿puedo ayudarla? —le preguntó una chica con pecho prominente que llevaba un suéter muy ceñido de color verde lima.

—No, muchas gracias.

—¿Seguro? Está usted muy pálida.

—Es que he visto un fantasma —murmuró.

Cuando Juan atravesó la puerta del St. James, enseguida se encaminó hacia donde estaba su amiga, sentada de cara a la pared. Irrumpió allí, como siempre, con esa singularidad de hacerse notar primero por la voz atronadora y el excelente humor que transmitía.

—Mimi, te has sentado en mi silla —gritó a su espalda.

Existía una especie de acuerdo tácito entre ellos por el cual el director solo utilizaba el apelativo familiar de Mercedes Salvatierra cuando estaban solos y únicamente la saludaba con un beso cuando había gente a su alrededor. No había llegado todavía a la mesa cuando el camarero ya corría hacia él con el whisky solo en una copa de coñac que el periodista quería tener en su mano en cuanto tomaba asiento. Le precedía su fama de parroquiano tan impaciente como generoso, por lo que el dueño del bar, para desesperación de Juan, siempre mandaba al último chico que acababa de entrar a que se foguease con él.

—¿Todo bien? —le preguntó, percatándose del pliegue de preocupación que la directora de *Dana* tenía en la frente—. Otro para la señora, el suyo con dos hielos —pidió al camarero.

Mercedes asintió.

—¿Y tú? ¿Ningún problema en el semanal?

—¿Por qué lo dices?

—Porque son tiempos convulsos para el periodismo.

—Lo ha explicado muy bien Delibes. Antes te obligaban a escribir lo que no sentías y ahora, con la ley de prensa, se conforman con prohibirte que escribas lo que sientes. Así que algo hemos ganado.

Ella sonrió moviendo descuidadamente el whisky que acababa de traerle el camarero, lo que provocó el tintineo de los hielos.

—Me apena escucharte. Siempre te he oído decir que este no es un oficio para cínicos.

—Y no lo es. Está ocurriendo lo mismo que cuando viajas en avión y este atraviesa una nube espesa y notas cómo el aparato pelea por avanzar...

—Pero siempre avanza.

—Exacto. Siempre avanza —dijo Juan, aunque no sonó muy convencido.

—¿Leíste la crónica de Chata sobre la boda Ordiola? —preguntó Mercedes cambiando de tema.

—Asunción debe de estar que echa humo. —Soltó una carcajada—. ¿Te ha dicho algo Pilarín?

—Hoy no he podido hablar con ella, pero había mucho revuelo en la redacción. Sabes que detesto a Asunción, pero una vez más Chata saca a relucir lo que es, una mujer mala y vengativa.

—Particularmente el título me pareció una genialidad que hacía tiempo que no tenía. Creo que se ha sacado de madre todo este asunto. Al fin y al cabo, no ha sido más que una gamberrada de un grupo de jóvenes indolentes que habían bebido mucho y con ganas de divertirse. Tampoco hay que darle más importancia.

—No entiendo que la defiendas —se apresuró a decir Mercedes, evidentemente contrariada, apurando su vaso y haciendo ademán de recoger sus cosas para marcharse—. Me pregunto por qué esta mujer se siente legitimada para la destrucción.

Si bien por sus años cubriendo guerras o por su propia condición, Juan Nadal tenía un radar para detectar rápidamente el sufrimiento en los otros y conmoverse por ello; este sexto sentido se amplificaba en todo lo que concernía a Mercedes. Desde que había llegado al St. James se había dado cuenta de que una nube negra y pesada se cernía sobre sus hombros, generalmente altivos como los de una bailarina, algo antinatural en ella.

—Mimi, ¿qué tal está Elena? —inquirió con afecto—. Hace mucho que no te pregunto por ella.

Mercedes volvió a dejar el bolso sobre la silla desocupada que siempre había entre ellos. Sacó el paquete de Winston, pero estaba vacío, así que lo dejó encima de la mesa y como si quisiese librarse de una opresión, deshizo el suave nudo del pañuelo de Hermès que llevaba en el cuello y lo abandonó sobre sus rodillas.

—Los he visto —dijo mirándolo con una sonrisa triste.

La frase no requería aclaración. Juan sabía a quiénes se refería.

—Más tarde o más temprano tenías que encontrártelos. Lo raro es que no haya sido antes.

—Estoy furiosa, Juan. Siento tanta ira… Ni siquiera Colomina consigue suscitarme esa ira. —Lo que pretendió ser una risa se convirtió en una mueca—. Habría matado a mi hermano allí mismo. Verlo con un peinado nuevo, con un coche nuevo, con Bárbara manoseándole el cuello… No hay castigo suficiente para alguien que ha provocado tanto daño a Elena, a sus hijos y a mis padres.

Mientras hablaba, Mercedes se sacó el anillo hasta la primera falange del dedo y comenzó a darle vueltas a un lado y a otro en un gesto que Juan conocía bien. Nunca se le pasaba por alto ese hábito de su amiga que intuía que encerraba algo muy íntimo de lo cual nadie, ni siquiera Chata Sanchís, que lo sobrevoló en una de sus columnas, tenía conocimiento. En cierta ocasión le preguntó por ello. «Es una vieja historia», contestó ella. Y cuando intentó saber quién se lo había regalado, ella solo dijo: «Un viejo amigo».

—No me has contado cómo está Elena —repitió Juan por abandonar la cuestión del maldito encuentro.

Mercedes hizo un gesto rápido con la mano como si quisiera disipar un recuerdo y sonrió con determinación.

—Ella siempre hacia adelante. Ya sabes cómo es. Es la primera que llega a la redacción y muy a menudo la última que se va. Viaja cuando toca, a las presentaciones de París o a fotografiar a un personaje, jamás pone una pega. Es admirable. Cómo lo hace con sus cinco hijos es un auténtico misterio para mí. Mis padres la ayudan todo lo que pueden. Para mi madre es una hija y para mí siempre ha sido una hermana.

Antes de contratar a María Elena Bárdola como responsable de moda de *Dana*, Mercedes le había dado muchas vueltas a cómo debía construir una relación profesional con la que, además de confidente y amiga desde la infancia, era su cuñada. Lo acordado entre ambas desencadenó en el resto del equipo, primero desconcierto y enseguida tranquilidad. Aunque todas conocían su parentesco, ninguna de las redactoras podría asegurar haber percibido en ellas un grado de intimidad mayor que el de la directora con cualquier otro miembro del *staff*. Confianza, sí. Respeto, sin duda. Pero hasta ahí. La incorporación de Elena a *Dana* tuvo lugar tres meses después de que estallara el escándalo, publicitado a cuatro columnas por Chata Sanchís con el título «Antes la muerte que la fuente», cuando desveló que Leo Salvatierra llevaba meses viviendo un *amour fou* con una de las mejores amigas de su mujer. Cuando recordaba aquellos tristes días, de lo único que Mercedes se sentía satisfecha era de la oportunidad de sacar del ostracismo a una mujer tan valiosa como Elena. Ni dentro ni fuera de la redacción de *Dana* se puso en tela de juicio su decisión, porque nadie tenía la experiencia de su cuñada, que fue una de las mujeres flor del maestro Christian Dior en los cincuenta, ni su extraordinario conocimiento de la moda y sus hechuras, ni su don de gentes, ni su dominio del francés y el inglés.

Mercedes abrió el paquete de cigarrillos que su amigo le había pedido al camarero, le ofreció uno, se lo encendió, hizo lo mismo con el suyo y, como siempre, se encargó de pedir la cuenta.

—Si mi abuela levantara la cabeza, no le gustarías nada, Juan. Diría eso que decía para ningunear a los que no le caían bien... Ese Nadal, *c'est qui?*

—¿Te refieres a la que montaba a caballo con un hombre y cazaba jabalíes con lanza? No lo dudes, Mimi, ¡me adoraría!

Y salió corriendo hacia la revista como hacía a menudo, sin despedirse siquiera, y dejando a Mercedes abonar los whiskies con una sonrisa en los labios.

Cualquiera que los observase en aquellos momentos tendría una enorme curiosidad por saber de qué diantres hablaba esta pareja madura tan atractiva que acostumbraba a sentarse siempre en la misma mesa, la más alejada de la puerta, que a menudo hablaban y reían muy entretenidos y locuaces y otras se acomodaban en silencios que a la mayoría les hubiese incomodado, pero no a ellos. Una vez se marchasen, ese cualquiera que los estuviese mirando tendría la sensación de que todavía les quedaban cosas por decirse. Conjeturaría con que podrían ser amantes, pero le parecería algo extraño, pues nunca se abrazaba ni se besaban. Tal vez pensaría que quizá lo fueron alguna vez.

***

—¿Hay alguien en casaaaaaa?

La vieja fórmula siempre le funcionaba.

—¡Tía Chatita! —Escuchó desde el umbral la alegre voz ya no tan infantil de Rafita al otro lado de la casa.

No pasaron ni cinco segundos y apareció desmadejado, corriendo por el largo y estrecho pasillo, golpeando suelo y paredes con las muletas de lo rápido que iba. Otros cinco segundos más tarde, ya había dejado caer los bastones y estaba rodeándola con sus brazos. Llevaba el pijama puesto y el pelo le olía a colonia.

—¡Diablo de crío! —le dijo besándole la cabeza.

Él se desternilló porque esa suerte de diálogo pactado que tenían como rutina seguía haciéndole mucha gracia.

—Señora Chata, hoy está de lo más contestón —dijo Rosa, la sirvienta, como siempre refunfuñando a causa de la cena, mientras se aproximaba a la carrera unos pasos por detrás del chico, secándose las manos en el delantal—. No ha querido terminarse las albóndigas ni tomarse el yogur. Ya le he dicho que usted se iba a enfadar mucho con él cuando se enterara. Pero es terco como una mula. Dice que no y es que no…

—¿Ha llamado alguien? —inquirió Chata mientras sacaba del bolsillo de la chaqueta un Chupa Chups naranja, el favorito de Rafita.

—¡Y encima premio! —Rosa puso cara de pocos amigos—. Ha llamado el médico —continuó, con un velo de inquietud en los ojos—. Dice que quiere hablar con usted cuando vuelva, aunque sea tarde.

A lo largo de sus años de profesión, Chata Sanchís había desarrollado el autocontrol de un monje cartujano.

—¡Anda, ve! Que ahora voy yo —conminó a su sobrino revolviéndole el pelo para que se fuera a ver *Cesta y puntos*, su programa favorito de la tele.

Esperó con una sonrisa a que el chico saliera y, a continuación, pulsó mecánicamente el interruptor de la luz del armario sin recordar que la bombilla llevaba más de un año fundida; abrió la puerta e hizo ademán de colgar la chaqueta, pero se detuvo al notar el botón suelto que guardaba en el bolsillo y que Rosa tenía que coserle. Con la prenda en una mano, apoyó la otra en el quicio para ayudarse a sacarse los zapatos sin perder el equilibrio, tanteó el suelo con la planta del pie hasta encontrar las zapatillas de estar por casa y suspiró aliviada al notar cómo, al ponérselas, los dedos de sus pies torturados por el cuero barato se expandían en la confortable suela de goma. «Debería comprarme un número más», pensó, pero sabía que no lo haría.

Cuando llegó al cuarto de estar, vio a Rafita lamiendo el Chupa Chups, hipnotizado frente el televisor. Pese a lo concentrado que estaba, enseguida se percató de que su tía estaba junto a él y levantó la pierna izquierda ayudándose de ambas manos para hacerle sitio en el sofá.

—¿Quiénes compiten? —le preguntó.

—Un colegio de San Sebastián y uno de Valencia —contestó.

Estaban en la parte en la que el presentador enumeraba los regalos que se hacían los dos equipos. Un plano aéreo de la ciudad, una carpeta con información turística, un mechero obsequio de un admirador del programa, un llavero con un escudo, un lote de productos típicos de la región, una reproducción en miniatura de un monumento y un ejemplar de la vida de un santo. «Vaya regalos para unos chavales de dieciséis años», se dijo para sí misma, porque sabía lo que le molestaba a Rafita la más mínima crítica al concurso.

En la televisión, el presentador continuó con la lista de presentes del otro colegio: una chapela con el nombre del programa bordado, una figura de porcelana, una reproducción de un cuadro del siglo XVII, un lote de mil ochocientas chocolatinas, seis balones de fútbol y una pareja de muñecos típicos.

—Mejor —dijo en alto.

Se levantó y con la chaqueta todavía en la mano, cogió el teléfono de la repisa, estiró el cable y sacó el aparato de la habitación, cerrando la puerta tras de sí. Después de tantos años buscando un remedio, se sabía de memoria el teléfono del doctor Pereira. Apoyada en la pared y retorciendo el cable, esperó a que le pasaran con él mientras el sonido del programa llegaba a través de la puerta:

—Primera pregunta del encuentro para el colegio Sagrado Corazón: infinitivo presente, voz pasiva, del verbo *capio, capere, cepi, captum*. Coger, tomar, agarrar.

—¡Capi! —escuchó gritar a su sobrino.

Y segundos después el delantero del equipo dio la misma respuesta:

—¡Capi!

—Correcto —aprobó el presentador.

—Sí, buenas tardes, Alberto —saludó tras escuchar al cirujano al otro lado de la línea.

—Como imaginábamos, hay que operar de nuevo —le informó el médico—. La pierna derecha es cinco centímetros más larga que la izquierda y pese a la facilidad que Rafael tiene para moverse, tenemos que intentar corregirlo.

—¿Cuándo? —preguntó sabiendo de antemano la respuesta.

—Cuanto antes.

—Le digo lo de siempre, Alberto. Haga todo lo posible para que no se quede en una silla de ruedas.

Cuando escuchó el clic, ella colgó también y, sin preocuparse de volver a dejar el teléfono en su sitio, se dirigió a la cocina para prepararse un café.

—¿Qué nombre reciben las terminaciones o sufijos variables que se añaden al final de los temas de los nombres en latín para expresar su caso y número? —escuchó a través de la puerta.

—¡Desinencia! —Su sobrino contestó alto y fuerte.

«Bravo, Rafita», pensó.

—¡Desinencia! —A través del aparato de televisión también sonó la respuesta correcta.

Hacía mucho tiempo que había determinado que el mundo era un lugar hostil y que las ensoñaciones solo traían consigo desengaños. Pero, sin poder evitarlo, había confiado en que su sobrino ya no tendría que pasar por más intervenciones. No en vano tenía quince años y a punto estaba de ya no pegar más estirones. Sin embargo, con la próxima que le acababan de anunciar ya serían diez cirugías. Pobre angelito. «Tiene que ser fuerte», le aconsejó el médico, «porque solo el dolor cura». El dolor…, ese dolor intenso, no por conocido menos inaguantable, para intentar despertar al miembro dormido a base de tornillos y ejercicios de fuerza. Podía recrear cada grito del niño cuando en el hospital alguien apretaba la tuerca una vuelta más; cada leve quejido cuando, con la pierna en alto, se pasaba las horas con la rehabilitación en casa. A aquella pierna con su aspecto atrofiado y deformado la llamaban con sorna «la bella durmiente».

Rosa estaba planchando en la cocina, así que le dejó la chaqueta sobre la silla tras prevenirle de lo del botón y ella misma preparó la cafetera como le gustaba, con la carga bien apretada y con poca agua.

—Señora, ¿no va usted a cenar? —le preguntó con tristeza mientras humedecía una camisa mojando sus dedos en un vaso de agua y salpicándola.

—No tengo hambre, Rosa.

—Seguro que esta vez será la última —dijo con convencimiento.

Y sin haber terminado el lote de ropa que había apilado sobre la banqueta de formica, desenchufó la plancha y salió de la cocina. Chata estaba convencida de que iba a rezar.

Estaba segura de que Rosa, lo mismo que ella, daría la vida por el chico. Además, habitaba en ella una fe en Dios tan poderosa que lo impregnaba todo, incluido su propio descreimiento en Dios, en los hombres y en el amor, cada vez que la familia se enfrentaba a una nueva prueba.

Ambas sabían muy bien lo que le esperaba a Rafita: semanas en cama en el hospital con la pierna enyesada, si no le enyesaban esta vez hasta el cuello; la tortura diaria; el rodete eléctrico para quitarle la escayola… y de vuelta a casa, los ejercicios; el profesor particular para no perder el hilo del colegio; las horas muertas leyendo… Siempre le había atormentado esa extraña madurez que se iba instalando en el chico en cada intervención y el temperamento especial de todos los niños que sufren. Además también estaba lo del dinero. Se arrepintió de no habérselo dicho al doctor Pereira.

Con el café humeante en el vaso se encaminó al cuarto de estar. El público estaba cantando «Desde Santurce a Bilbao, vengo por toda la orilla, con la saya remangada, luciendo la pantorrilla...».

—Rafael, hijo —le dijo sentándose a su lado y reclamando su atención—. Acaba de llamar el doctor Pereira. Me ha explicado que has crecido tanto que es muy importante que te vuelvan a operar para conseguir la misma fuerza en las dos piernas.

El chico la miró sin decir nada. Solamente apoyó la cabeza en el hombro de su tía y estuvieron así un buen rato hasta que vino Rosa, que lo jaleó porque era muy tarde y tenía que irse a la cama si quería rendir al día siguiente y no convertirse en un vago de siete suelas.

Pocos minutos después escuchó a la criada trajinar con las botas ortopédicas, los hierros y las correas de las piernas del chico, que siempre dejaba bien pegados a su cama. «Ay, bribón», le oía que decía, «que no vea yo cómo lees bajo las sábanas con la linternita. ¿Te has lavado los dientes? Acuérdate de rezar por mamá. Buenas noches, mi ángel».

Solo entonces apagó la luz.

«Lo que sea con tal de que no se quede en una silla de ruedas».

Chata Sanchís guardaba la carta que aquel chaval envió a su madre. «Madre —la letra era pequeña y apretada— o me sacas de este infierno o me tiro por la ventana». De aquello hacía más de veinte años, pero estaba convencida del efecto que produciría remover aquel asunto..., y ella necesitaba el dinero. Las crónicas y entrevistas que publicaba en los periódicos no le permitirían pagar los gastos de una nueva operación y la posterior rehabilitación.

Maldito virus que se había llevado por delante la pierna de Rafita y la vida de su madre, su querida sobrina y la única persona a la que había querido. Maldito Gobierno que permitió que miles de niños se contagiaran sin remedio pese a que la vacuna ya existía y se administraba en muchos países del mundo. Maldito Franco. Malditos periodistas. Malditos niños sanos. Malditas madres afectuosas. Malditos todos.

Transcribió en un folio a máquina la carta que obraba en su poder, la dató e identificó el lugar donde aconteció aquello y añadió, bajo la firma, el nombre y los dos apellidos del muchacho que amenazaba con quitarse la vida. «Tendrás noticias», escribió por último. Y firmó con su nombre.

Lo introdujo todo en un sobre con una etiqueta con el nombre del destinatario y lo metió en su bolso para echarlo al correo. Después, encendió un purito de los suyos y con el convencimiento de que eran la nicotina y la rabia las que mantenían tan vigorosas sus crónicas, se puso a escribir.

✳✳✳

Cuando Mercedes Salvatierra llegó a casa, la brisa de la tarde había dado paso a una noche de calor seco. Abrió todas las ventanas para que corriera el aire, se duchó, se puso una bata blanca, larga y ligera, y con el pelo mojado sobre los hombros se dispuso a leer sobre la prueba con el bolígrafo rojo preparado. «Montse tiene razón. La chica promete», pensó.

La nueva redactora había hecho un repaso bastante ingenioso a la actualidad francesa a partir de las dos maneras en que las parisinas *à la mode* se maquillaban: ojos redondos y «admirados» u ojos alargados y «felinos». Mandaba en la página una foto difusa de la actriz Anouk Aimée tras el parabrisas de un coche salpicado de gotas de lluvia. «La mirada alargada, sofisticada y enigmática, de la actriz Anouk Aimée», decía el pie de foto. En la crónica contaba que la musa de la *nouvelle vague* protagonizaba, junto a Jean-Louis Trintignant, la película *Un hombre y una mujer*, la historia de amor entre un expiloto de carreras y una guionista de cine, viudos ambos y con hijos, que la crítica había saludado como la película más

84

romántica de la década. El texto remarcaba que la carrera de Aimée había despuntado internacionalmente con la película de Fellini *La dolce vita*, que había mantenido un romance con Marcello Mastroianni y que acababa de contraer matrimonio por tercera vez.

Masculló un poco y repasó de nuevo la noticia. Luego pensó que se trataba de una actriz y que además era francesa, así que dio por bueno el texto. La crónica continuaba con su particular repaso a la actualidad bajo el prisma de la mirada admirada, y destacaba la epopeya de la piloto Jacqueline Auriol, «la mujer más veloz del mundo», que batía constantemente sus propias marcas de vuelo y que había inspirado a decenas de chicas francesas a conseguir sus títulos de piloto.

—Bien —se dijo para sí misma.

La subdirectora había tachado en rojo un apoyo de lo que parecía un fragmento de un diálogo de la película *Un hombre y una mujer*.

—Me parece que no está contento, no hemos pedido muchas cosas. —Aimée se refiere al camarero que acaba de tomarles nota.

—¿Quieres verlo satisfecho? —le pregunta Trintignant—. ¡Camarero! —lo llama.

—Diga, señor —responde el camarero.

—¿Tienen habitaciones?

Escribió junto al texto la anotación «Innecesario», respaldando la decisión de la subdirectora. A continuación, apuntó: «Pedir nota de belleza a Ana María para este apoyo». La crónica estaba firmada con el seudónimo Renée Lafont. Tachó el nombre y anotó: «Cambiar».

***

Montse Salvador miraba con impaciencia el teléfono. Esperaba una llamada. Solo en la última media hora había marcado su número en dos ocasiones hasta que la mujer de Colomina le conminó, enfadada, a que hiciera el favor de no molestar más a esas horas. Confiaba, no obstante, en que le diera su recado.

Y veinte. Y veinticinco. Cada cinco minutos consultaba la hora en su pequeño reloj de pulsera. Las diez y media. Él le había prometido que la llamaría a las nueve cuando subió casi a escondidas a su despacho para prevenirlo, pero, como estaba ocupado con una visita, no pudo atenderla. «Quizá si no miro tantas veces el reloj, suena el teléfono», se dijo a sí misma. «Ay, ahora no estoy segura de que me haya dicho que a las nueve. Sí, sí. Me dijo que a las nueve. Fijo». Había anotado en un papel los puntos clave de lo que le tenía que decir, no fuera que se le olvidara algo, y se mantenía rígida sobre la silla que había junto a la mesa del teléfono, pese a que desde ahí no veía bien la tele.

«Dios mío, qué calor». Sudaba a chorros, pero no se atrevía a darse una ducha por si sonaba el teléfono y no lo oía desde el baño. Tal vez podría refrescarse rápidamente los brazos y la nuca de manera que le diera tiempo a cogerlo. Para colmo estaban poniendo una película de Alberto Closas, de la que no conseguía seguir el hilo de tan esquinada como estaba y tan desconcentrada como le tenía la maldita llamada. Le entró una risita floja. En la redacción se producía una algarabía de voces y silbidos cada vez que se mencionaba al actor por una anécdota que había protagonizado con él hacía algunos años.

Montse había acordado una entrevista con el galán que debía de tener lugar a lo largo de una comida y, además, Yllera debía fotografiarlo para la revista. La cuestión es que ella no había probado bocado de lo embelesada que estaba por el atractivo y el encanto del actor y este, obsequioso como ninguno, al día siguiente le envió una opípara comida a la redacción. Todavía se acordaba del menú y de las perspectivas románticas que aquel envío extraordinario le procuró durante meses.

«Las once menos veinte. Quizá su mujer no le ha dado el recado», se atormentó. «No. Ya está bien de tonterías». Para evitar pensar más en ello, rebuscó en la caja de botones que había sobre la mesa para ver si encontraba uno exacto al redondito de nácar que se le había caído de la camisa, justo a la altura del pecho. Dio con uno parecido, pero un poco más pequeño. Dudó por un momento si lo cambiaba por el último de la hilera. «Serás chapuzas», parecía estar oyendo a su madre, y decidió que al día siguiente iría a una buena mercería a buscar uno idéntico.

En cierta ocasión Mercedes Salvatierra contó que cuando era pequeña y perdía un botón, su madre siempre se lo cambiaba por uno claramente diferente, de manera que ella sentía que ese botón hacía de su babi, de su pichi o de su blusa algo especial. «Privilegio de clase», recordó Montse que había pensado cuando le escuchó esa historia, por supuesto sin atreverse a verbalizarlo. Para ella, sin embargo, ese botón diferente sería indicativo de penurias económicas o de una chapuza. Sonó el teléfono y no había dado ni un tono de llamada cuando lo cogió.

—Dígame —dijo la subdirectora.

—Soy Román —contestó con voz apremiante y sin siquiera disculparse por las horas.

—Te he llamado porque, tal y como me pediste, he intentado que Mercedes me dé vía libre para la entrevista a Pilar Primo de Rivera, pero no hay manera.

—¿Se puede saber por qué? —preguntó el editor claramente contrariado.

—Ha puesto a toda la redacción en mi contra diciendo que cómo vamos a entrevistar a una mujer que opina que el mejor trabajo de la mujer casada es el hogar y qué flaco favor hace a la comunidad y a su familia la que trabaja fuera.

Al otro lado de la línea, notó el enfado de Colomina.

—Veinticinco años dedicada en cuerpo y alma a la mujer española y nos sale con estas —dijo—. Déjalo en mis manos. —Y colgó.

4

Veneno

Una vez colgadas las películas para dejarlas secar, Antonio Costa salió de su pequeño laboratorio de la calle Dulcinea. Llevaba más de dos horas encerrado, controlando los químicos y los tiempos, en una rutina que no por repetida le resultaba menos estimulante. Sacar la película mojada de la espiral, estirarla con cuidado y comprobar a la luz delatora que todo estaba perfecto continuaba acelerando el pulso al experimentado fotógrafo.

A mediodía, en la calle, el asfalto ardía. Se alejó los mismos dos pasos de siempre hasta situarse bajo el saliente de la tintorería de doña Edel, que proporcionaba la única sombra del barrio a aquellas horas. Olía a percloroetileno y a meado de perro. Encendió un cigarrillo con el propósito de darle tres caladas rápidas y volver al tajo. Quería quitarse de encima cuanto antes la maldita boda, mandar a Pedrete, el único aprendiz que tras veinte años de carrera había aceptado tener a su lado para enseñarle el oficio y del que se sentía lo suficientemente orgulloso como para no decir de él que era gilipollas, con las fotos y volver a la redacción, al periodismo de trinchera, a lo suyo, joder.

«En qué hora he aceptado el trabajo de la boda Ordiola», pensó aspirando fuertemente el humo en una primera calada.

Nunca nadie le había sometido a tanta presión como esa mujer endiablada que pasaba de la lisonja a la amenaza con la rapidez de un disparo y que se había empeñado en contratarle tras ver su serie de «retratos serios» de *El Ciudadano*. Era muy consciente de que a esa señora tan importante no podía darle el trato que reservaba a los directores de los periódicos cuando perdían los nervios, pero, pese a ello, había conseguido sacarle de sus casillas. Y la había mandado al carajo. A ella y a las nada menos que veinte películas que había tirado en la boda. Le colgó. Así, sin más miramientos. Pero la tipa volvió a llamarle al minuto, dócil como un perrillo y él, que tampoco era tonto y el encargo era el mejor pagado de su vida, le prometió dejarlo todo para ponerse con lo suyo. Miró el reloj. Se le estaba haciendo tarde. Dio una segunda bocanada al pitillo y, sin exhalar el humo del todo, una tercera... cuando un tipo le apuntó a la cara.

Era la hora de comer y con ese calor asfixiante, que obligaba a cerrar ventanas y persianas para mantener frescas las casas del distrito de Tetuán, nadie vio al hombre sacar el cilindro que ocultaba bajo el periódico y dispararle al fotógrafo a la cara el gas venenoso que en pocos minutos le provocó la muerte. Actuaba sin dudar y con celeridad. Tiró del llavero atrapado en la trabilla del pantalón del fotógrafo que yacía en el suelo, abrió la puerta del laboratorio y metió en una bolsa de deporte las películas que secaban al aire, los sobres de papel fotosensible y todo lo que había sobre la mesa de la ampliadora. Por último, vio las tres cámaras con las que el fotógrafo solía trabajar y también las introdujo en la bolsa. No se entretuvo en el laboratorio, ni siquiera cerró la puerta al salir.

Todavía estaba el pobre gráfico con terribles convulsiones cuando el asesino enfiló con su coche hacia Bravo Murillo. En el asiento del copiloto descansaban el cilindro que contenía el vial de ácido prúsico, vaciado del veneno, y el del antídoto que protegía a quien lo utilizaba.

Al día siguiente, algunos diarios y el semanario *El Caso* publicaron sentidos obituarios del fotógrafo Antonio Costa, que murió en plena calle de un ataque epiléptico.

Si pretendía enervarla, lo había conseguido. Mercedes estaba dando instrucciones al taxista que, amablemente, se había ofrecido a subir a la redacción su pesada maleta Samsonite cuando, en la ventana de descarga del sistema de tubos neumáticos que conectaba su despacho con el de Colomina, aterrizó una nueva entrega. Jamás llegaba nada realmente interesante a ese contenedor cilíndrico impulsado por aire que, pese a su elevado coste, su jefe se había empeñado en instalar, seguramente porque lo habría visto en alguna película de periodistas.

—Perdóneme un segundo.

Mercedes se excusó con el taxista. Se aproximó a la pequeña compuerta de la pared, extrajo el tubo, desenroscó la tapa y retiró de su interior una revista con una nota con la letra de Colomina que conocía tan bien. «Aprendamos», leyó.

El tenue rubor de las mejillas y la frente y el sudor perlado sobre el labio superior delataban el volcán que acababa de desencadenarse en su interior. Y aunque lo intentaba concienzudamente, cada vez que Colomina la provocaba con una palabra, una nota o un ademán, no había técnica de respiración ni de relajación que consiguieran enfriar rápidamente su reacción furibunda y que relajaran su rostro. Detestaba a ese tipejo malvado y mediocre como jamás había detestado a nadie, pero era el dueño y editor de la revista por la que ella daba la vida, y esto la obligaba a tranquilizarse. Además, no le gustaba verse a sí misma en semejante estado. Le calmó escuchar la voz del taxista apremiándola, porque había dejado el coche en doble fila, y solapándose con esta, la de la directora de moda, María Elena Bárdola, que intentaba traspasar la puerta de su despacho cargada de unos bultos voluminosos que chocaban repetidamente con el marco y las paredes y la obligaron a hacer unas maniobras de lo más raras hasta conseguir entrar.

—¿A qué hora sale tu vuelo? —Su cuñada llevaba entre los brazos tres portatrajes tan llenos que parecían a punto de reventar y la tapaban por completo—. Me gustaría que antes de marcharte vieras mis primeras opciones para la moda Op Art. He tirado por los vestidos geométricos, el color blanco y el plata, todo muy galáctico y futurista. —A continuación, arrojó los pesados bultos sobre el sofá y, abriendo una de las cremalleras, sacó un vestido con un estampado muy gráfico y después una capucha blanca—. Mira este gorro-casco, ¿no es genial? —le señaló mientras se lo probaba.

Con el gorro de plástico puesto, Elena levantó la cabeza hacia Mercedes y, por primera vez, la vio: su jefa llevaba una revista en una mano y el monedero en la otra, y estaba despidiendo al taxista, que se desvivía en reverencias, imaginó que por la generosa propina que acababa de darle. Pero la cara de Mercedes, ay, su cara...

—¿Qué pasa Mimi? —inquirió contraviniendo su tendencia a no hacerlo, más por discreción que por ninguna otra razón.

Si alguien sabía descodificar el rostro fino de Salvatierra, esa era Elena. Íntimas desde el St. Mary's, las dos habían compartido secretos y cigarrillos, deseos y desengaños. «A esta niña solo la entiende Elenita», solía decir el padre de Mercedes cuando su hija se empeñaba en utilizar para comunicarse el alfabeto de Yebra o el lenguaje corporal. Los largos días de verano en Ronda daban mucho de sí, incluso para aprender el lenguaje de los sordomudos cuando eran adolescentes y se aburrían. Elena todavía sonreía al recordar las exhibiciones que improvisaban en el jardín cuando sentaban a toda la familia Salvatierra en el porche y les retaban a adivinar la palabra que ellas escribían, imitando con el cuerpo las letras del abecedario. Se ponían el bañador, saludaban muy serias en pie sobre la hierba y comenzaban su coreografía sincronizada: la C era fácil, para la O se juntaban, igual que para la W, despatarradas en el suelo... Siempre lloraban de risa con la W. «¡Vaca!», acertaba la abuela portuguesa.

Mercedes le tendió la nota insultante y la revista. Se trataba del último ejemplar de *Ama,* donde aparecía una embarazadísima Carmen Sevilla, muy sonriente y lozana, tejiendo unos patucos de color azul que tenían el mismo tono que su vestido.

—No entiende nada —dijo Elena devolviéndole ambos—. No entiende *Dana.* No te entiende a ti. No entiende que la mujer a la que nos dirigimos no es la lectora de *Ama.*

—Me enfurece su brutalidad. Para el viaje que a él le gustaría hacer «no habíamos menester de alforjas», que diría aquel... —soltó Mercedes intentando mostrar indiferencia. Y añadió sonriendo—: Bastarían unas canastillas y cocinitas para el marido.

—¿Vas a responderle?

—No. —Sonrió mientras señalaba una colección de media docena de tubos transparentes, alineados en un rincón del despacho—. Ya se encargará su secretaria de venir a por ellos... Pero, Elena...

—¿Sí? —contestó instándola a hablar, con la sensación de que se trataba de algo importante.

—No, nada. —Mercedes dirigió una mirada nerviosa a los portatrajes, como buscando una salida—. Me divierte la capucha blanca para la portada del especial «Colecciones de París».

—La fotografío entonces para portada —contestó—. ¿Me da tiempo a enseñarte mis primeras opciones? ¿A qué hora sale tu vuelo?

—Me marcho en una hora al aeropuerto y tengo varias cosas que hacer —dijo encaminándose a su sillón de ratán—. Mejor decide tú. Pero con una tendencia tan marcada me gustaría que las fotos fueran muy modernas. Incontestables. Que se note que nosotras sí vamos a París.

—Estoy de acuerdo —añadió recogiendo rápidamente y cargando de nuevo con los portatrajes—. Me llevo esto. Buen viaje a Casablanca.

Elena estaba a punto de salir, pero se paró en la puerta.

—¿Verás a Fernando? —preguntó.

—Si he de serte sincera, no lo había pensado.

—¡Ah! —dijo la directora de moda—. Mejor.

Mercedes se sentó, sacó el cenicero del cajón, encendió un Winston y fumó aspirando el humo profundamente. Claro que lo había pensado. ¿Cómo no iba a hacerlo? Cada día desde que se dispuso a viajar a Marruecos... Fer. Fernando Salina. Tras la ruptura, cegada por la rabia, pensó durante meses que ella misma era un producto moldeado por él y que necesitaba desasirse de esa influencia, deshacerse de sus recuerdos, liberarse de esa cicatriz, para volver a ser ella. Tuvo que marcharse lejos para darse cuenta de lo equivocada que estaba. Lo que, en la tristeza de los días y las noches, ella llamaba cicatriz, era realmente una llama de luz y calor que su cuerpo había empezado a producir al vivir plenamente. Y con Fernando se encendió del todo, pero estaba determinada a que no se apagara sin él. De aquello hacía tanto..., más de diez años. A menudo se había arrepentido de todos los objetos que había regalado o malvendido en aquellos meses en los que lo único que sentía era decepción y furia, como si quisiera no solo separarse de él, sino de todo el pasado compartido.

Recordaba el collar de caracolas que Fer le había engarzado en un cordel y otro de caramelos redonditos de diferentes colores, envueltos en papel de celofán transparente, el primero que le confeccionó cuando ella solo tenía quince años y todavía no eran novios. El de conchas se lo regaló a su sobrina favorita. El segundo lo retuvo mucho tiempo, pero una mañana se sintió curada y lo tiró al mar. «El último Salina», había pensado mientras vio cómo el collar se alejaba flotando por la superficie como si fuera una culebrilla mientras el papel se deshacía en contacto con el agua.

Acudían a su memoria las enormes cabezas sicilianas de porcelana que Fernando pintó como si fueran Picassos, el tocado de encaje y plumas de Guinea que le compró en algún mercadillo, la bolsa que tejió con red de pescar... La cantidad de objetos queridos de los que se desprendió. Y recordaba también el pequeño gouache del ángel de la guarda de Niki de Saint Phalle que encontraron en un puesto de París, junto al Sena, y que tanto le gustó. Le alegraba mirarlo. Incluso tuvo el convencimiento de que la había protegido de verdad mientras estuvo en su poder. Cuando quiso regalárselo a su hermano Leo, su madre le preguntó con tristeza:

—Mimi, ¿por qué?

—Porque nunca me gustó —le contestó, intentando trivializar y simular una ligereza que no sentía (¿no era así como la habían educado?) mientras sacaba la pintura del asiento del copiloto de su coche.

Hasta su padre se preocupó por saber lo que había pasado entre Fernando y ella.

—A él le gusta la zarzuela, y a mí, los desfiles de Dior —resumió, derrotada, cuando salió de su encierro de varios días.

Trece palabras para resumir que todo lo que empezaba, acababa. Trece años de amor. De devoción.

—Abandona tu pelea. Vente conmigo.

Esas fueron las palabras que Fernando le dijo el día que todo terminó. Entonces él ya estaba proyectado al infinito del interiorismo europeo cuando todavía no había cumplido ni los treinta.

«Abandona tu pelea». Diez años después, las palabras todavía resonaban en su cabeza. «Abandona el periodismo. Abandona. Pero ¿cómo iba a abandonar este oficio que amo tanto y que siento tan mío como la respiración o el latido de mi corazón?». Mercedes tiró a la papelera el ejemplar de *Ama* con un movimiento tan brusco que el anillo saltó de su mano y cayó a la papelera.

Lo recuperó enseguida y aunque conocía de memoria cada micra de la sortija, se la caló de nuevo en el dedo para observarla otra vez. El gran ópalo australiano cortado en *cabochon* producía en ella un efecto hipnótico, como si fuera un caleidoscopio. La profusión de azules y verdes —del turquesa al azul zafiro y al más oscuro de los azules, el verde guisante que vibraba junto a otros verdes más callados y elegantes— rodeaban una explosión de naranjas, de coral y frambuesa de la parte central de la piedra. Si uno se fijaba bien, la paleta cromática era inagotable: casi inapreciables, pero ahí estaban también el rojo sangre, el marrón, el violeta... Parecía un milagroso universo en formación pese a estar enmarcado por un pavé de dos diminutos diamantes y cuatro zafiros azules de no muy buena calidad.

Guardaba en la mente cada minuto y cada sorbo de té de aquella agostada tarde en que Fernando y ella deambularon por las callejuelas estrechas y polvorientas de Palermo en busca del enésimo convento y se toparon con una estrecha puerta verde. Dudaron de si era la entrada a una casa o a un taller, incluso una tienda, pero no tenía escaparate, y habrían pasado de largo si no les hubiera llamado la atención una placa de latón labrada a punzón en la que se leía con letra elegante: «Habitación de las maravillas». Golpearon la puerta con los nudillos, pero como no recibieron respuesta y esta estaba ligeramente entreabierta, decidieron empujarla y entrar. Cogidos de la mano, descendieron unos cuantos escalones angostos y empinados y no habían llegado abajo cuando escucharon una voz:

—¿Desde cuándo se entra en la casa de nadie sin recibir invitación? —Era aguda pero arrogante y se dirigió a ellos en un castellano casi perfecto. Seguramente los habría escuchado hablar en la puerta.

La habitación parecía pequeña, húmeda y sintieron un frío que no era solo atmosférico. Les costó adaptar los ojos a la oscuridad, pero, poco a poco, desde la escalera, consiguieron vislumbrar la figura de un hombre delgado, ni muy joven ni muy viejo, ni alto ni bajo, que se incorporó de un camastro seguramente destinado a sestear tras la comida del mediodía.

—Lamentamos mucho interrumpirle, señor —dijo Fernando—. Nos ha llamado la atención el letrero de la puerta y no hemos podido resistir la tentación de entrar. Pero podemos volver más tarde, cuando usted pueda recibirnos —continuó educadamente, porque no quería irritar al hombre y sentía mucha curiosidad.

Se hizo un silencio. «Debe estar valorando si este par de intrusos que le han arruinado la siesta merecen el esfuerzo de atenderles», pensó Mercedes en aquel momento.

—Pero ya estáis aquí —dijo, levantándose y llevándose las manos al pelo para peinarse, un matojo largo sorprendentemente rubio para tratarse de un siciliano.

Se puso entonces unas gafas pequeñas de metal fino y encendió una lamparita de cristal que había sobre una mesa. Cuando la habitación se iluminó, los rostros de Mercedes y Fernando pasaron de la expectación al asombro y de este último a la incredulidad en un instante fugaz. En un abigarramiento indescriptible, decenas de objetos hermosos y raros se fundían los unos con los otros de tal manera que uno no podía asegurar dónde empezaba uno y terminaba el otro.

Un precioso kimono japonés vestía un antiguo telescopio de cobre y proyectaban sobre la pared la sombra de un nazareno. De dos grandes figuras de jade envueltas en alfombras solo sobresalían las imponentes cabezas de unos dragones y un trío de autómatas diabólicos hacían equilibrios sobre lo que parecía un sarcófago. Había una peluca francesa, que apresaba nidos con polluelos, enredada en un martillo de geólogo. Tres candelabros gigantes de doce brazos cada uno rodeando lo que parecía un gato egipcio embalsamado, lleno de polillas y telas de araña. Colecciones de sellos, de minerales, de conchas, de mariposas, de corales... Una estela grabada en piedra, cajas con espejos, dos neceseres de caparazón de tortuga, trozos de mosaico, miniaturas persas, joyas, objetos lacados de los siglos XVI y XVII, encajes de Valencienne...

—Nunca había visto nada parecido —dijo Fernando claramente conmovido.

Había bajado las escaleras y estaba en el centro de la estancia, maravillado.

—Por eso habitaciones como esta solo estuvieron al alcance de emperadores y reyes —contestó el señor.

—Pero ¿qué clase de habitación es esta? —inquirió Mercedes.

—La habitación de las maravillas, *wunderkammer* en alemán; gabinete de las curiosidades para los ingleses —contestó sin levantar la mirada del juego de lentes que limpiaba con vaho y un pañito algo sucio.

—Objetos provenientes de los confines del mundo... —continuó Fernando.

—... que solo podían pagar las grandes fortunas —concluyó Mercedes.

—Sobre todo los Habsburgo, que invirtieron grandes sumas de dinero. Pero también la familia Borromeo. Los Medici, Cosimo Medici... —aclaró el señor señalando el fondo de la cueva, pero una tosecilla persistente no le dejó continuar y tuvo que beber agua para proseguir—. El gran duque coleccionaba globos y esferas armilares porque estaba obsesionado con el cosmos.

Mercedes se acercó al fondo de la habitación.

—¿No me diga que este globo perteneció a Cosme el Viejo? —preguntó impresionada.

Fernando y ella habían vuelto de Florencia fascinados por la dinastía.

—Claro que no, tontina. —Rio—. A Cosme el Viejo solo le interesaba la influencia política. Fue el gran duque, el gran mecenas de la ciencia, a quien le atraían los misterios del universo… Y no. —Rio tan seguido que empezó a toser de nuevo—. Esos globos no pertenecieron a ningún Medici.

Pero Mercedes ya no le escuchaba. Había descubierto un anillo sorprendente dentro de una caja azul. Tenía una piedra central que parecía encerrar todos los misterios del cosmos: las galaxias, las estrellas, las nubes de polvo…

—¿Qué piedra es esta? —dijo interrumpiendo a Fernando, que se había sentado junto al señor para hablar con él.

—Un ópalo australiano —contestó el hombre.

—Qué extraño, nunca había visto nada igual —comentó Mercedes. Le dio la vuelta y lo acercó a la lamparita para verlo mejor—. ¡Es maravilloso!

—No está a la venta. —Fue tajante en su afirmación.

Mercedes se probó la sortija en todos los dedos hasta que quedó ajustada en el índice, la contempló embelesada mucho tiempo, se la quitó, la miró a través de la luz girándola como si fuera un caleidoscopio y la introdujo de nuevo en el dedo. Luego simuló que tiraba de ella, pero que no podía sacársela, lo que pareció hacerle gracia al ermitaño, cuya risilla se tornó de nuevo en una tos tísica tan incontrolable y duradera que un pequeño rastro de sangre tiñó la comisura de su boca. Fernando sacó un pañuelo de su bolsillo y se lo tendió. Solícito, también le acercó el vaso para que bebiera.

El hombre agradeció el gesto con la cabeza y se sonó apretando el pañuelo contra la nariz y la boca. Tenía las manos y los dedos huesudos y las uñas convexas. Cuando terminó, no hizo ademán de devolverle el pañuelo. Lo guardó en el bolsillo del pantalón hecho un gurruño húmedo y sanguinolento.

—Por favor, señor —insistió Mercedes mostrándole el anillo como si fuera una ofrenda.

—¿Por qué tendría que vendértelo, niña? —le preguntó, curioso.

—Porque si me lo vende, le prometo que nunca me desprenderé de él.

Fue Fernando quien negoció el precio: todo lo que llevaban encima, que no era mucho porque el viaje tocaba a su fin.

—Consideradlo un regalo. —Cogió el dinero sin contarlo.

Después introdujo el anillo en su caja. Estaba forrada de terciopelo de color azul muy raído en los bordes y todavía se percibían en la tapa las iniciales C. M. en un desgastado hilo de oro.

En cuanto salieron de nuevo al calor de la calle, exultantes como el par de chiquillos que realmente eran, Fernando sacó el anillo de la caja, se lo puso a Mercedes en el dedo y le dijo:

—Prométeme que, igual que nunca te desprenderás del anillo, tampoco me dejarás —dijo, serio—. No lo soportaría, Mimi —añadió.

—¡Marchaos antes de que me arrepienta! —gritó aquel extraño señor desde la oscuridad de la caverna.

Así que, riendo y cogidos de la mano, corrieron hasta el siguiente callejón.

Que Mercedes Salvatierra no era una mujer dada a los recuerdos lo sabía toda la redacción. Únicamente Martina, la asistenta que se ocupaba de limpiar cada mañana la oficina, conocía su gusto por la reflexión. Para el resto del mundo su carácter siempre alerta, demandante, incluso implacable, lo definía muy bien el cartel colgado en la pared, sobre su máquina de escribir, que rezaba: «The time is always now».

La puerta de su despacho permanecía abierta en un continuo entrar y salir de redactores, estilistas, gente de los departamentos de arte y de confección, famosos que salían en la televisión, aristócratas a las que no les gustaba salir en los papeles, mujeres que se esforzaban por hacerse un hueco en un mundo de hombres, creadores de moda, periodistas en ciernes y lectoras que se presentaban sin cita previa para pedirle un favor, un consejo o un traje. El silencio en el que la directora se sumía en algunas ocasiones generaba desconcierto en el equipo de la revista. En esos momentos, nadie se atrevía a interrumpirla pese a que la cola en la puerta de su despacho ya empezara a parecerse a la de un cine.

—¡Despejando la entrada! —exigió Mari, su eficiente secretaria, que le traía el segundo café de la mañana y luchaba por no derramarlo y no pisar a Ana María y a Rosario, que esperaban en la puerta—. Mercedes, en una hora salgo a buscarte un taxi. —Le dejó el café sobre la mesa, sacó su libreta y empezó con su retahíla—. Montse quiere verte antes de que te vayas. Pilarín dice que está todo preparado y que te cuenta en el avión. Yllera os ve en el aeropuerto. Te he dejado en la bandeja el portafirmas con las facturas de mayo, necesito que las firmes antes de irte para subirlas a gestión. ¿Has cogido el sobre con los dírham? He comprobado que en vuestro hotel tienen servicio de lavandería, así que no te preocupes. Mañana por la mañana le llegan las flores a la princesa Habiba, unos iris de color púrpura espectaculares. Tal y como me dijiste, la secretaria de la mujer del embajador me ha ayudado mucho al ponerme en contacto con una floristería. Y, por último, aquí tienes los periódicos de hoy para el vuelo. ¿Necesitas algo más?

—Nada más, Mari. Muchas gracias. Que entre Montse y luego Clementina.

Como Mercedes, Montse Salvador era de la vieja escuela y siempre acudía al despacho de su jefa con un cuaderno. Revisaron juntas los temas del especial «Mujer y trabajo» que habían visto en el consejo de redacción; repasaron el planillo para ver cómo iba el cierre del número; Montse le dio además los tres titulares del accidentado encuentro de Rosario con Omar Sharif, lo que provocó las carcajadas de ambas; y, por último, estuvieron dándole vueltas a cómo abordar esa moda que ya hacía furor en Londres: la falda corta.

—Me parece atroz, acorta la figura de la mujer que la lleva. Pero no queremos quedar como unas reaccionarias, ¿verdad, Montse? —le dijo Mercedes levantándose.

—Preguntemos a los modistos españoles. A ver qué opinan ellos —sugirió la subdirectora.

—Buena idea. Y mandemos a Teresa a Londres para que visite las boutiques de Mary Quant y Biba. Que cuente lo que se respira en la calle y en esos templos sagrados de la falda mini. Pero avísale de que intente no ir con ideas preconcebidas.

Cuando la subdirectora salió, Mercedes firmó rápidamente las facturas de los colaboradores y, en su baño particular, al que solo se podía acceder desde su despacho y únicamente podía usar ella, se atusó el moño con destreza, se retocó el maquillaje ligero y se alisó el camisero frente a la pared espejada.

«Más que para coger un avión, está perfecta para asistir a un almuerzo en el jardín de una embajada», pensó Clementina con admiración al verla salir del baño. La redactora la estaba esperando, alerta, en la puerta del despacho, pero sin atreverse a entrar.

—Pasa, Clementina. —Permaneció de pie en la estancia, fría y distante—. Me gustaría saber cuál ha sido tu intención al elegir ese seudónimo para la corresponsalía en París.

Clementina esperaba una reprimenda porque había visto el nombre con el que había firmado la crónica tachado con el rotulador rojo, pero aquello le sonó a un aviso.

—Lo siento mucho, Mercedes. —No se atrevió a dar una excusa que, a todas luces, sería mal recibida.

—No me pongas a prueba —le dijo su jefa en un tono que más que a amenaza sonó a constatación.

Cuando Mercedes se despidió de la redacción rumbo a Casablanca, Clementina ya había cambiado en su texto el nombre de la primera reportera que murió en la guerra civil española tras ser capturada y ejecutada por las tropas de Franco. El polémico Renée Lafont pasó a ser un glamuroso Sophie Beauharnais con el que finalmente firmó su crónica.

**

Mercedes subió al avión por la escalerilla de embarque, cargada con un portatrajes y un neceser. Los peldaños, algo inestables, le hicieron tambalearse sin llegarse a caer. Pilarín, que todavía no había puesto un pie en la escalera, intentó sujetarla, pero se le cayó el fardo con todos los periódicos que había conseguido en el quiosco del aeropuerto al suelo de la pista.

—Tranquila, que yo me apaño —dijo Mercedes, exagerando sus pasos en la subida, como si fuera una *prima donna*.

—Ya veo, si es que te lo dije, calzado cómodo—dijo la relaciones públicas, riéndose.

—Y yo te dije que compraras todos los periódicos, no que los desperdigaras por el suelo de Barajas.

Ya en sus asientos, y con el avión todavía inmóvil sobre la pista, Mercedes comenzó a hojearlos, como siempre hacía, de atrás hacia delante, hasta que se encontró con la esquela del fotógrafo.

—Ha muerto Costa— dijo, dirigiéndose a Pilarín; y girándose levemente hacia el asiento trasero, que ocupaba Yllera, volvió a repetirlo—. Ha muerto Costa, el fotógrafo.

—No me digas, ¿qué le ha ocurrido? —preguntó Yllera, que parecía el único verdaderamente preocupado de los tres.

—Un ataque epiléptico.

—Pero si estaba perfectamente el día de la boda de mi hermana. Arisco, eso sí, pero tampoco para morirse —intervino Pilarín.

—Es una gran pérdida —dijo el fotógrafo.

—Tu madre estará que trina—dijo Mercedes, dirigiéndose a Pilarín, sin levantar la vista del periódico.

Cuando llegó a la primera página, el avión se disponía a despegar en dirección a Casablanca.

***

Pilarín Ordiola dio otro sorbito a su té con fuerte aroma a menta. Siempre la entretenía ver la hiperactividad de su jefa en los prolegómenos de una entrevista y su sesión de fotos correspondiente. Le divertían las reacciones que su ir y venir constante provocaba en los presentes. Si la princesa Habiba se mantenía sonriente, majestuosa y erguida en el sofá frente a ella, ignorando no solo el incesante flash del fotógrafo, sino la descortesía de Mercedes que, por una parte la apremiaba a seguir hablando y, por otra, la interrumpía constantemente con un comentario o una pregunta, la pareja de criados, solemnes y silenciosos, vestidos a la occidental con chaqueta blanca y pajarita, parecían desconcertados ante la seguridad con la que emitía órdenes esa mujer a la que no habían visto en su vida, que se dirigía a ellos en francés y que se comportaba como un miembro de la familia.

—No. Probemos allí —rectificó Mercedes—. Sí, a la mesa imperio —señaló, abriendo el paso a los dos hombres que trasladaban a trompicones el pesado jarrón de plata de una mesa lateral a otra de aquel inmenso salón. Debido a los vaivenes, los pétalos de las rosas que portaba iban cayendo dibujando en las alfombras su caótico recorrido, como si fuera el rastro emborronado que deja un lápiz buscando la salida del

Laberinto, el conocido pasatiempo. Finalmente consiguieron depositar el jarrón en la mesa central bellamente decorada por ebanistas franceses con guirnaldas de olivo y zarcillos.

—Mejor así —dijo, modificando ella misma la colocación, empujando las flores con fuerza— Y traigan también las bandejas de dátiles y… Habiba, querida, ¿cómo se llaman esos pestiños tan ricos?

—Shebaquía, Mercedes, se llaman shebaquía —contestó la aludida, acostumbrada a la incesante curiosidad de la mayor de las chicas Salvatierra con la que siempre, incluso siendo una niña, le producía un delicioso placer hablar.

Resultaba sorprendente el modo en que, sobre un fondo de arabescos, encajaban las rosas, el plato de dátiles y los pastelitos de harina, sésamo, anís y canela, en aquella preciosa mesa francesa, componiendo un artístico bodegón.

—A Mercedes no se le escapa una —sonrió Pilarín, dirigiéndose a la princesa, cuando Yllera se dispuso a disparar su cámara.

—Y al gráfico tampoco —remató la princesa, cuando vio cómo el aludido se situaba a la derecha para sacar también en el encuadre a los dos criados.

Ambas sonreían cuando Salvatierra volvió a sentarse junto a ellas en el sofá Luis XV de respaldo rígido algo incómodo, con su pequeña libreta en la mano, sin cesar de prestar atención a los mil detalles de la sala, detenerse en aquello que le llamaba la atención, levantarse para examinarlo de cerca y reclamar al fotógrafo preguntándole si lo veía pertinente para el reportaje. Siempre el mismo *modus operandi*.

El trío de mujeres esperaba pacientemente a que la tía del rey de Marruecos, y familia por parte de marido de la princesa Habiba, saliera por fin de su cuarto privado vistiendo el caftán joya con el que deseaba fotografiarse.

—Hoy muchas mujeres compran caftanes confeccionados —aseguró la princesa Habiba, y continuó—, lo cual es una pena. Comprendo que es mucho más práctico ir a una tienda, probártelo y comprarlo. Pero tradicionalmente a las mujeres marroquíes nos ha gustado diseñar los bordados de nuestros caftanes, y diseñar también nuestras joyas —dijo, señalando su aderezo formado por un colgante, pendientes y un broche de pavé de diamantes y amatistas que asemejaban ramos de glicinias y que contrastaban con su traje de color verde salvia así como con la blancura luminosa de su pelo.

La princesa se interrumpió. Lentamente, dirigió la mirada a uno de los hombres para que sirviera más té, y esperó a que este llenara los vasos con el líquido oscuro y aromático que todavía se conservaba caliente. A continuación, abrió la boquilla de su bolso para sacar una tarjeta de visita y volvió a cerrarlo pausadamente. Parecía disfrutar de ese silencio solo interrumpido por una sinfonía de sonidos ambientales: el líquido vertiéndose en los vasos, los clics de la máquina de fotos de Yllera y el cierre metálico de su Christian Dior.

Luego continuó, tendiéndole a Mercedes la tarjeta:

—Aquí tienes el teléfono de unas bordadoras magistrales. Son hermanas. Deberíais hacer un reportaje sobre ello.

—Me temo que en esta ocasión no nos dará tiempo, quizá en el próximo viaje —dijo la directora—. Pero tengo previsto entrevistar a un experto en historia de la moda. ¿No me has contado alguna vez que en su origen el caftán lo vestían los hombres?

—¡Qué buena memoria! —contestó la dama—. Se puso de moda entre las mujeres en el siglo VIII. Copiaban el estilo de un cantante que asombraba, no solo por su voz dulce y cristalina como la de un niño, sino también por su estilo, ¡llevaba unos vestidos que eran una auténtica maravilla!

—Lo que me ha chocado es ver por la calle a muchas mujeres con chilaba. Pensaba que la chilaba solo la llevaban los hombres —dijo Mercedes mientras observaba a los criados que ya habían terminado de limpiar los rastros de flores del suelo y volvían a colocarse el uno junto al otro en un lateral de la sala sin mostrar ningún interés por la conversación.

La princesa agitó la mano negando lo que había dicho Mercedes.

—También llevan chilaba las mujeres. Por comodidad, o eso dicen, porque sus aberturas laterales te permiten andar a grandes zancadas o correr… Pero a mí no me gustan.

—¿Puedo preguntarle por qué? —inquirió Pilarín.

—No sé. ¡Me parece horrible! Pero no lo pongáis en mi boca o pareceré una antigualla.

Mercedes miró con ternura y reprobación a su vieja amiga, que vestía a la manera occidental, fumaba cigarrillos norteamericanos, hablaba seis idiomas, entre ellos el turco y el persa, y era una de las mujeres más inteligentes y cultivadas que había conocido.

—No he visto en toda mi vida a una mujer más moderna que usted —aseguró Pilarín con elegancia, quién sabe si aludiendo a la vestimenta, a su conversación mundana o a su condición de separada, inaudita en una mujer árabe.

—Todavía no has visto mucho, querida— contestó la dama, sonriendo cortésmente.

La relaciones públicas cambió de conversación.

—Nos ha chocado ver a muchas mujeres veladas por la calle. Hemos intentado parar a alguna de ellas, fotografiarla y que nos cuente su historia, ¿verdad, Mercedes? —inquirió, colocándose el flequillo—. Pero no quieren. No sé si por miedo, por recelo…

No pudo continuar. Su Alteza Real, la tía del rey, descendiente del Profeta, acababa de irrumpir en la estancia con un precioso caftán de terciopelo malva bordado en hilo de plata y tachonado de perlas.

—Alteza, ¡está usted deslumbrante! —exclamó Pilarín.

La princesa Fátima, más que andar, parecía sobrevolar la mullida moqueta blanca sobre la que reposaban grandes alfombras persas, también en tonos claros. Era una mujer baja y angulosa. Nadie diría que ese cuerpo de complexión todavía atlética había gestado seis hijos. Venía acompañada de uno de sus nietos, un niño de tres años que llevaba una escopeta de plástico al hombro y saludó llevándose la mano a la frente como si fuera un capitán, y de su niñera española.

—Luisa es de Cáceres —dijo de repente en perfecto castellano, mientras posaba para Yllera con una mano apoyada en la tapa de mármol de la mesa—. Es demasiado dulce, le consiente demasiado. Todas las chicas españolas lo son. Demasiado… maternales.

Hablaba como si la niñera no estuviera presente, lo cual no les chocó. Habiba ya había prevenido a las periodistas acerca de la personalidad de su anfitriona cuando las invitó a palacio con un displicente «Creo que las divertirá». Tanto Salvatierra como Ordiola estaban acostumbradas a los eufemismos que caracterizan el modo de hablar de las clases altas; incluso, en ocasiones, en aras de un decoro o buen gusto aprendidos tras siglos, ellas mismas los utilizaban sin darse cuenta. Mercedes se fijó en la chica de Cáceres, tendría su edad. Vestía como una enfermera, de azul claro, con delantal y cofia blanca, y claramente conseguía imponerse al niño con mano izquierda y cariño.

—Estuve en La Meca con una de mis hermanas para cumplir con el Ramadán —continuó la princesa—. Mis hermanas comparten mis ideas, no así mis hijas, que ya no practican, pese a que descienden por línea directa del Profeta.

—Pero usted no lleva velo, pese a sus fuertes creencias —constató Mercedes.

—Una de mis sobrinas, la princesa Lalla Aicha, apareció hace unos años en un acto público sin velo en señal de rebeldía y de independencia. Fue un escándalo, pero consiguió cambiar las mentalidades. Muchas mujeres siguieron su ejemplo, yo entre ellas.

—Es curioso en un país en el que sigue habiendo harenes —inquirió Mercedes.

—Cada vez menos, afortunadamente —contestó la princesa—. En primer lugar, porque las mujeres han despertado y no se muestran dispuestas a vivir en ese insoportable encierro. Pero es que, además, es muy caro mantener a tantas mujeres e hijos.

A continuación, mandó traer unos álbumes de fotos y, tras mostrarles algunas viejas imágenes de ella cuando tenía dieciséis años o del día de su boda, les habló de lo que era el verdadero objeto de la entrevista: una escuela hogar que la princesa fundó tras la independencia de Marruecos donde preparan a las chicas para ser mujeres libres y educar bien a sus hijos.

—Hay un porcentaje altísimo de analfabetismo entre las mujeres marroquíes. Un noventa por ciento de ellas no saben leer ni escribir. Eso tiene que cambiar. No es fácil. Pero qué duda cabe de que estamos muchísimo mejor tras la libertad. Este es un nuevo Marruecos. Conseguiremos que la mujer sea visible, que vaya a la universidad y sea una más.

Mercedes cerró la libreta: tenía lo que quería. Pero, dada la posición de la entrevistada, no podía ser ella la que diera por concluida la cita, así que obsequió a su distinguida anfitriona con una gran sonrisa agradeciéndole su generosidad por los dos preciosos caftanes de lamé que les regaló y que provocaron gritos de entusiasmo en Pilarín. Aceptó de buen grado acompañarla a una visita no prevista a la escuela hogar para el día siguiente, pero se excusó por declinar una invitación a una fiesta junto al mar que organizaban «unos amigos europeos».

—Cogemos el vuelo de vuelta a Madrid pasado mañana a primera hora —dijo. Y mientras pronunciaba estas palabras se dio cuenta de que estaba incurriendo en una descortesía imperdonable, así que inmediatamente rectificó—: Estaremos encantadas de acudir a esa fiesta, alteza.

El crepúsculo avanzaba por la sala y apagaba los colores empolvados de las gruesas alfombras. Los criados encendieron las luces y las cuatro mujeres continuaron charlando de esto y aquello en una curiosa mezcla de español y francés. Pero, por su manera de revolverse en el sofá, Pilarín observó que su jefa había perdido el interés en permanecer allí mucho más tiempo. Era como si, repentinamente, algo le hubiera incomodado, o bien hubiera tenido una idea y quisiera ponerla en marcha a toda prisa.

***

—¡Pues localiza a Pedrete, a su viuda o al Santo Padre! —gritó Juan Nadal, fuera de sí, a su redactor.

—Pero estarán velándole —se excusó el joven.

—¡Como si le están enterrando! ¡Me trae sin cuidado! —clamó—. ¡Ni se te ocurra volver aquí sin esa película!

—¡Carme! —pegó un alarido a Carmela, su secretaria, a la vez que colgaba el teléfono de un golpazo.

Carmela tenía fama de ser tan eficiente como templada, de manera que no se levantó de la mesa. En menos de un segundo tenía a su jefe enfrente, pero antes de que empezara a hablar le dio el alto con un ademán cortante.

—Estoy llamando cada quince minutos a la casa de Costa y a su laboratorio, pero nadie me coge. No tenemos el teléfono ni la dirección de su ayudante —dijo—. Pero he dado con la casa de sus padres en Oliva, un pueblo de Valencia.

—¿Y? —inquirió el director.

—No me lo cogen, pero los del ayuntamiento me han dicho que lo han llevado allí a enterrar. Ahora debe de estar todo el pueblo pasando por su casa, por eso no me lo cogen. Ya sabes cómo son estas cosas en los pueblos.

—Pásale la dirección a Flores, el de Valencia. Que vaya a presentar sus respetos a la viuda y que consiga el teléfono de

Pedrete. ¡Necesito saber dónde cojones están las malditas fotos! ¿Cómo es posible que no tengamos el puñetero teléfono del ayudante? —bramó—. Dile a Fuentes que se pase por el laboratorio, por la comisaría, que llame a sus colegas de los otros periódicos donde Costa trabajaba. Seguro que no son tan incompetentes como nosotros y tienen el teléfono del ayudante y hasta su condenado número de carnet de la Falange, si es que lo tiene; y, por último, ¡pásame con el comisario Valero!

***

Era su primerísimo reportaje en toda regla, no una de esas crónicas del *People from Madrid* que le enviaba a su medio hermano Daniel y que, en cierto modo, dominaba. Sabía que cuanto más *typical Spanish* fueran sus protagonistas y más colorín tuvieran sus historias, tanto más seducirían al prometedor periodista recién llegado al departamento de reescritura de la oficina de Associated Press, en Washington. Los limpiabotas, barquilleros, taquilleras de cine, aprendices de torero y bailaoras que Clementina describía en poco más de dos cuartillas, a un solo espacio, y que gustaba ilustrar con un par de fotos (no fuera que Daniel no la creyera), tenían el efecto de mitigar el estrés que al joven le producía contactar, a altas horas de la noche, con senadores y funcionarios públicos para ampliar una noticia. Además, recreaban en la imaginación de su hermano un Madrid que solo conocía de oídas, a pesar de haber pasado su infancia en la capital de España, ya que la multinacional para la que trabajaba su padre le había destinado allí cuando Daniel solo era un niño. Toda la familia Tipton se mudó de Michigan a Madrid. Y allí les conoció Clementina, que fue adoptada por ellos y tratada como una más. Por eso odiaba que su padrastro los llamase su «familia postiza», porque, en realidad, habían hecho más por ella que su «verdadera» familia. Clementina encendió un cigarrillo, acercó su bloc de notas al teléfono y marcó.

—Hola, buenas tardes, me llamo Clementina Ortiz. Soy redactora de la revista *Dana*. Me gustaría hablar con el señor Pertegaz —dijo, con toda la seguridad de la que fue capaz.

—Ya le dije a una compañera suya que el señor Pertegaz está en Nueva York —contestó una voz femenina y modulada al otro lado de la línea—. Si lo desea, puede dejarme el recado y me encargo de hacérselo llegar.

—Me gustaría hablar con él cuanto antes —apremió Clementina—. ¿Sería usted tan amable de darme el teléfono de su boutique en la Quinta Avenida?

En las mesas de al lado, la redactora de belleza Ana María Miranda pedía a la de cultura que bajara el volumen de la radio mientras intentaba convencer a Rosario, la responsable de los consultorios, de que lo más eficaz para mantener la llama —así lo llamaba ella— era que tu marido jamás te viera con rulos y sin maquillaje.

—¿Y cómo lo haces? —preguntó Rosario, impaciente por escuchar la respuesta que se temía.

—Pues, hija, muy fácil. Espero a que Pablo se duerma para ponerme los rulos y desmaquillarme y me levanto antes que él para peinarme y maquillarme —explicó.

—¡Qué ridiculez! —exclamó Rosario. Pero como tenía ganas de jarana insistió—: ¿Y qué te pones?

—Poca cosa. Delineador en los ojos, rímel en las pestañas y un lápiz de labios suave —dijo, acompañando con los dedos la secuencia de su rutina de belleza matinal.

—¿Y a qué hora te levantas para hacerte todo eso?

—Me pongo el despertador a las siete menos cuarto, porque Pablo se levanta a las siete. Él duerme como un tronco y no se entera de nada. Yo me levanto, me maquillo y hay veces, incluso, que vuelvo a dormirme.

Rosario tenía que cerrar la sección del consultorio y volvió a lo suyo, pero de vez en cuando le entraba un ataque de risa imaginando el trasiego matutino de su compañera, y en una ocasión, a punto estuvo de ahogarse con un pedacito del colín que acababa de meterse en la boca y que se le fue por otro sitio. Cuando consiguió sobreponerse, abrió el sobre que contenía las respuestas de la psicóloga a las ocho cartas de lectoras que había seleccionado para ese número. Buscó entre ellas una que la había conmovido especialmente. Se trataba de una madre con cinco hijos de entre doce y veinte años, postrada en la cama por una enfermedad, que se sentía sola y abandonada por ellos: «Ni un vaso de agua, un saludo o un beso», describía con tristeza. Leyó con detenimiento la extensa respuesta de la especialista esperando encontrar el consuelo y los consejos que esa pobre mujer necesitaba. Allí estaban, junto a una exhaustiva explicación de los resortes que mueven el comportamiento de los adolescentes y los jóvenes. «No transija, pase lo que pase, con lo fundamental, que siempre es menos de lo que se cree [...]. Toneladas de vista gorda para lo demás [...]. Paciencia, ánimo y corazón en vela [...]. Y, ante todo, cuídese mucho, que sus hijos la necesitan». No había terminado de leer cuando escuchó una voz que la puso en alerta. Era la nueva. Hablaba en inglés. «Qué chica más rara», pensó. Con sus trajes de Balenciaga y de Pierre Cardin y esa suficiencia pese a lo joven que era, se había convertido en la comidilla de la redacción. Echó un vistazo a su alrededor y notó que, igual que ella, todas sus compañeras la estaban escuchando con mayor o menor disimulo.

—Estoy segura de que lo entiende y sabrá transmitirle al señor Pertegaz la importancia de este artículo. La falda corta, sí. Exactamente, la falda de treinta y cinco centímetros. Hemos entrevistado a Pedro Rodríguez y a Elio Berhanyer. André Courrèges, desde París, nos envía hoy mismo sus respuestas. Claro. ¿Cómo vamos a publicar el reportaje sin la opinión del gran Pertegaz? Le paso las preguntas. No va a llevarle más de dos minutos. Por supuesto que haremos una pieza con su perfume. Sí, ya sé que el perfume se llama Pertegaz. Imagino que leería el reportaje que hicimos hace dos meses sobre su triunfo en Nueva York y en todo el mundo. ¿No? Pues ahora mismo le envío la revista. No puede ser usted más eficaz. Muchas gracias. Por supuesto. Tome nota por favor: ¿Cuál es la causa de la moda tan corta? ¿Qué estilo de mujer puede seguir esta moda? ¿Por cuánto tiempo? ¿Está esta moda reñida con la elegancia? ¿Cree que el hombre español aceptará esta moda? Perfecto. Tiene mi número de teléfono, ¿verdad?

Cuando colgó, durante unos segundos, la redacción quedó sumida en un silencio plomizo. Las máquinas de escribir calladas. Ni una llamada, ni una conversación entre mesas, ni siquiera la típica duda ortográfica preguntada en alto. El inglés de Rosario era más bien justo y se sintió frustrada por ello. Se encendió un cigarrillo y arrancó a escribir, tac, tac, tac, pero no conseguía concentrarse. Una punzada de dolor atravesó su pecho al comprender que, por la manera en que la había defendido, la nueva iba a conseguir la entrevista que ella no había conseguido. Mientras ensayaba mentalmente la manera de justificar su fracaso, experimentó un sentimiento desconocido hasta entonces que llegó seguido de un fuerte dolor de cabeza. Miró a Clementina, que estaba absorta leyendo el *Paris Match*, ayudándose de un diccionario de francés; pareció que iba a decirle algo, pero se arrepintió.

Después de aquello, las horas transcurrieron muy lentamente sin ese ambiente festivo que generalmente inundaba la redacción un viernes por la tarde, cuando lo habitual era escuchar un guirigay de voces atropelladas informándose las unas a las otras de los planes para el fin de semana, fundamentalmente las solteras; lo que hiciera la pobre Ana María carecía de interés para el resto. La radio emitía los característicos pases de campanitas que anunciaban la conexión con el boletín de noticias de las siete cuando Rosario empezó a recoger sus cosas y Mari, la secretaria de la directora, apareció en la puerta.

—Clementina. Es conferencia. Manuel Pertegaz —dijo.

***

Mercedes se apresuró a coger el taxi que acababa de reclamar con un silbido el botones del hotel. A La Corniche, le pidió al conductor. Pese a lo temprano que era hacía calor, así que sacó la cabeza por la ventanilla para que la brisa atlántica mitigara el calor que sentía en las mejillas y las sienes. Vio los ojos del taxista, persistentes en el espejo retrovisor, lo que le hizo introducir de nuevo la cabeza en el coche y bajar la mirada durante todo el tiempo que duró el trayecto. Cuando llegó a su destino estaba pálida y mareada por el calor. Aspiró profundamente varias veces el olor a mar hasta que se le llenaron los pulmones, se repuso y echó a andar. Tenía claro el trayecto desde el malecón hasta el precioso barrio de Habbous, repleto de zocos, con su típica arquitectura árabe, que los franceses habían construido para ganarse a la población local. El París de África, llamaban a Casablanca. El orgullo del colonialismo francés se le iba mostrando mientras caminaba por la ciudad, cosmopolita y grandiosa bajo ese cielo azul intenso, pero al mismo tiempo pequeña y densa. Olor a mar. Olor a cabra sin curtir. Había ensayado en el espejo de la habitación esa manera de mirar sin ver antes de embadurnarse los párpados de khol negro y taparse de pies a cabeza con lo que le había prestado la sirvienta de confianza de Habiba. Pero sin resultado.

Cuando la criada se marchó, Mercedes se miró en el espejo con ojo crítico. Con el sobrevestido de color topo de manga larga, el pañuelo que llevaba sobre el pelo, muy parecido a la toca del hábito de una monja, y el velo negro para la cara que

117

solo dejaba al descubierto unos ojos negros como el tizón, ni sus propios padres la habrían reconocido. Pero eso no era lo importante, al fin y al cabo, ¿a quién se iba a encontrar por las calles de Casablanca? Necesitaba ese artificio que dificulta la identificación y la relegaba al precario estatus de mujer en un país árabe para imbuirse de modestia, de insignificancia, de invisibilidad; para que los hombres no la vieran, ni ella viera a los hombres. Estaba convencida de que era ahí donde encontraría una buena historia para la revista si era capaz de contarla bien. Un estudio de campo, su experiencia con la invisibilidad.

Los primeros pasos desde el mar resultaron penosos. El calor la asfixiaba y adaptarse al tejido áspero y de mala calidad de la vestimenta le llevó un tiempo. Fue buscando las sombras de los árboles y los edificios, como había visto hacer tantas veces a las monjas del convento de Ronda cuando se las requería fuera de los frescos muros. Solo entonces se sintió preparada, y hasta hubiera dicho que invencible, para el cometido que ella misma se había asignado. Por primera vez en su vida como mujer, Mercedes no se sintió observada. Ninguna mujer, ni siquiera cuando creía estar sola, podría asegurar al cien por cien haber conseguido escapar de ese escrutinio. Paradójicamente, aquellos ropajes amplios le daban una libertad que no había sentido desde que se desarrolló su pecho, y se vino tan arriba que su caminar lento se tornó rápido, seguro e invasivo; en un instante se volvió visible de nuevo y hombres de todas las edades con los que se cruzó la amonestaron y hasta la insultaron. Necesitó unos minutos para adoptar la sumisión que requería su papel, una sumisión que jamás había sentido.

Conforme avanzaba la mañana lo tenía más claro: con velo no era ella. Deseaba fumar y no podía. Se hubiera tomado un café, pero las mujeres no entraban en los bares ni en los cafés, ni siquiera las prostitutas. Le entró la risa imaginándose a sí misma en su invisibilidad, sentada en una de esas terrazas abarrotadas de hombres que no la ven, bebiéndose un whisky y fumándose uno de sus Winston, siendo lo único visible a ojos de los demás un vaso que se vacía y el ascua de un cigarrillo moviéndose en el aire.

Se metió por una calleja de un zoco en hora de máxima afluencia de gente. Aquello le permitía observar cómo actuaban las mujeres que iban veladas como ella. Siguió a dos. Por la forma de sus cuerpos y por su andar ligero parecían jóvenes. Llevaban bolsas de plástico por las que asomaban puerros, patatas y pimientos italianos. A una de ellas se le rompió la bolsa y ambas estallaron a carcajadas persiguiendo las hortalizas que rodaban por el suelo hasta frenarse en el escalón de un anticuario. Y ahí fue cuando le vio. Fernando Salina salía de la tienda acompañado de una mujer joven que vestía de manera occidental. Reían. Al cruzarse con ellos, el corazón le estallaba y no se atrevió a levantar la mirada.

***

Lo había previsto. El sábado por la tarde no habría nadie en la oficina, así que no corría el riesgo de que esa zorra se cruzara con alguna de las chicas de la revista y esta alertara extrañada a su jefa. Ya se sabe cómo son las mujeres, no cierran su puta boca ni debajo del agua… Lo que daría por tener a esta debajo del agua.

Cerró la persiana lo suficiente como para dejar su despacho casi en penumbra, encendió la lámpara de banquero y dirigió la pantalla de cristal verde hacia la silla confidente. Sabía que ese demonio con patas no se arredraría, pero al menos podría observarla. Tras descolgar un cuadro, abrió con llave la caja de caudales que había instalado en su despacho para sustraer determinado dinero de la mirada quisquillosa de su mujer. Allí, junto al fajo de billetes de cien pesetas que empleaba para jugar al póquer, y dentro de una carpeta amarilla manchada de huellas de grasa, estaba el informe del detective. Se lo sabía de memoria, pero le echó un último vistazo: en esos cuatro folios estaba todo lo que necesitaba. Al sostenerlo en las manos se dio cuenta de que temblaba. Joder. Tranquilo, Román, se dijo. Consiguió serenarse por un breve instante recordando las veces que había ensayado la conversación en la soledad del despacho, pero en su interior sabía que las cosas no eran tan fáciles y que a menudo una conversación no discurre por donde uno quiere. Y menos una como esta. Se sentó en su sillón giratorio de respaldo alto, cautivo de una sensación terrible: por primera vez en su vida, la sartén por el mango no la tenía él. Había que ser muy idiota para no darse cuenta y, si bien no iba a cometer el error de menospreciar la inteligencia perversa de Chata Sanchís, tampoco iba a permitir que se le subiera a la chepa. «No lo permitiré», dijo en alto para arrogarse un derecho, valor o quién sabe qué.

—¿Qué es lo que no vas a permitir, Román?

¡Maldita sea! No la había oído entrar.

—Vamos, vamos. Tú y yo no estamos en guerra —le reprochó ella.

La columnista avanzó unos pasos en la sombra, echó un vistazo a su alrededor y se encaminó hacia el cenicero que había sobre una mesa baja llena de revistas para apagar en él su purito. Lentamente, bordeó la mesa del despacho situándose junto a Colomina.

—Por más vueltas que le doy, no consigo entender de qué va esto —dijo el editor.

—Esto va de un director de un colegio mayor que en vez de inculcar a los alumnos principios, disciplina, amor al trabajo y a Dios, hacía cosas muy feas a los chicos —susurró Chata.

Colomina hizo un verdadero esfuerzo por mantenerse inmóvil en su sitio.

—¿Y qué tiene que ver eso conmigo? —inquirió, nervioso.

—¿Es que tengo que darte la descripción íntegra? —dijo Chata. Cuando se quitó la chaqueta y la colocó en el respaldo de la silla confidente, un ligero olor a sudor mezclado con un perfume cargante se extendió por el despacho. A continuación, movió ligeramente la silla y se sentó.

—Mira, Román, somos dos adultos que tienen que solucionar un problema que afecta a la reputación de uno de ellos —prosiguió.

—¡Aquello no fue más que la venganza de dos maricones! —se defendió él elevando el tono.

—¿Y por ello orinabas con ellos en la misma taza de váter? —bramó la periodista. Se acercó para colocarse en el centro del foco de luz y que el editor pudiera ver bien su cara mientras le decía—: Te puedo destruir.

—¿Por qué ahora? —preguntó.

—Porque es ahora cuando lo necesito.

Colomina lanzó una risita ahogada y dijo:

—¿Para el chico de hierros?

La columnista que mejor nadaba en la ciénaga de lo hediondo, lo terrible y lo feo de la naturaleza humana captó la depravación y la crueldad que encerraba la pregunta, se levantó despacio y giró hacia el editor el foco de luz.

—Nunca, en tu vida de desgraciado, vuelvas a mencionarle, ni siquiera pienses en él —dijo amenazadora. A continuación, se puso la chaqueta sobre los hombros, cogió su bolso y avanzó hacia la puerta. No había llegado al pasillo cuando escuchó a sus espaldas con un tono de voz plañidero:

—¡Por el amor de Dios! ¿Y ya está?

Se giró sonriendo de medio lado y sin moverse del sitio añadió con un sentimiento profundo de asco viendo su expresión atormentada:

—El lunes voy a volver a esta misma hora. Y en esa caja de hierro habrá un sobre con cincuenta mil pesetas que me entregarás por todas las molestias ocasionadas —dijo señalando la caja fuerte que, si bien Colomina había cerrado, permanecía a la vista en la pared.

—Eres veneno —exclamó él.

—Eso es lo que dicen —contestó. Y prosiguió—: No he terminado. Junto al dinero tendrás preparado un contrato que me confirma como la nueva consejera editorial de la revista *Dana*.

—Ya tengo muchas periodistas —se defendió Colomina.

—Lo que tienes es un problema —contestó ella, y añadió—: y yo te estoy dando la solución.

—¿Cómo sé que nunca utilizarás esa información contra mí? —preguntó el editor recomponiéndose.

—«Que no vea tu mano derecha lo que hace tu mano izquierda». Mateo 6:3.

Mientras el porvenir de *Dana* viraba en un despacho de la Glorieta de Bilbao, en un hotel de Casablanca, a tres horas en avión de allí, Mercedes Salvatierra no acertaba a prenderse sus horquillas en el pelo. Estaba nerviosa y desconcertada; sus manos, generalmente precisas, aleteaban sin dirección frente al espejo. En los breves espacios de tiempo que había tenido entre su trabajo de campo y la visita a la escuela hogar, había intentado rememorar los pensamientos y sensaciones que se le habían ido revelando a lo largo de la mañana desde que se había cubierto la cara con el velo, así como el mapa mental del recorrido que había efectuado, breves semblanzas de las personas con las que se había cruzado, algo de historia; en fin, todo aquello que la ayudaría a construir un reportaje. Pero solo consiguió escribir algunas notas sin interés, propias de un cerebro embotado. Dejó a un lado su cuaderno, llenó la bañera de agua fría y se sumergió en ella como tantas veces le había aconsejado su madre desde que era pequeña: «Mete la cabeza bajo el agua, Mimi», le decía cuando la notaba triste y apagada o, por el contrario, demasiado locuaz e hiperactiva. Hundir la cabeza en el agua de la bañera o meterla bajo un grifo se había convertido en su remedio para todo, el termostato que variaba la temperatura de su estado de ánimo, un profiláctico eficaz para la tristeza profunda, la alegría desbocada, el ruido mental.

Sacó la cabeza del agua. Por enésima vez a lo largo de la tarde pensó en la posibilidad de moldear su media melena con el secador y por enésima vez lo descartó. Sin duda se peinaría como siempre, con sus horquillas y su pasador. El recuerdo recurrente y nítido de la risa y la bonita melena castaña de la mujer que acompañaba a Fernando en el zoco le encogía el pecho, y a pesar de haber intentado concienzudamente quitarse aquella imagen de felicidad de la cabeza, no lo conseguía.

Volvió a sumergir la cabeza en el agua cuando le pareció escuchar el sonido del teléfono en su habitación.

—¡Maldita sea! —exclamó, y salió precipitadamente a cogerlo, desnuda y chorreando. Era María Elena Bárdola. La modelo que tenía previsto fotografiar para la moda espacial se había puesto enferma y no podía hacer las fotos el lunes.

—¿Qué te parece si se lo digo a Pilarín? Sé que no le va a gustar, pero no se me ocurre otra cosa —le dijo su cuñada en tono preocupado.

—Tranquila, hablo yo con ella. Pero ahora te tengo que colgar porque estoy preparándome. La princesa nos ha invitado a una fiesta esta noche.

—Pasadlo muy bien. Y descansa, por favor. ¿Me lo prometes?

—Te lo prometo— dijo Mercedes, y colgó sin despedirse. Ni siquiera le había mencionado a su amiga el encuentro fortuito que había tenido en el zoco.

Se encaminó de nuevo al baño. Estaba separado de la habitación por un simple arco y solo tenía una puerta que daba paso al inodoro, según la manera francesa de entender el cuarto de aseo. Quitó el tapón de porcelana de la bañera y cuando se percató de que el sumidero tragaba muy lentamente, se sentó en el borde y emitió un gemido ahogado, lastimero. Ni por lo más remoto había podido imaginar que podía cruzarse con Fernando en la calle después de tantos años. La idea era tan descabellada que todavía le costaba creer que fuera él, que fuera acompañado de una mujer, que rieran, que ella le hiciera reír. ¿No era Mercedes la única que le hacía reír de verdad, con ganas? Se levantó cuando empezó a sentir frío, se puso la bata de baño, se lavó la cara y se situó frente al espejo sin verse realmente. Él estaba como siempre, quizá había cogido algún kilo y quizá tenía un aspecto más desgarbado, pero se notaba que había hecho un esfuerzo por conservarse. «¿Conservarse para mí?», bromeó, y el espejo reflejó un atisbo de sonrisa. Luego pensó que, incluso tapada, Fernando debería haberla reconocido y se decepcionó terriblemente.

«Como no espabiles, Mercedes, vas a llegar tarde», se dijo. Se lavó bien la cara, se aplicó rápidamente una crema hidratante y un fondo de maquillaje de Revlon, un poco de rímel y un color rosado en los labios. Todavía tenía el pelo húmedo cuando lo peinó, tirante, hacía atrás para hacerse un pequeño moño bajo, cuidando que no se escapara ningún pelo del dominio de las peinetas de plata. Se encajó su anillo de ópalo y sobre el bonito caftán de seda con hilos de plata que le había regalado la tía del rey se puso la capa larga con capucha de color bronce en voile de seda que se compró el mismo día que llegó.

La sirvienta encargada de preparar las habitaciones para la noche, de cerrar las cortinas, abrir la cama y recoger el baño llamó tímidamente a la puerta en el momento en que salía de la habitación y Mercedes le regaló a ella la primera sonrisa de la noche.

Al anochecer, un ejército de moros que portaba antorchas acompañaba a los invitados hasta el primero de los cuatro pabellones que constituían la casa, adentrándose por un laberinto de caminos serpenteantes y ciegos donde la vegetación, por su exuberancia, no dejaba vislumbrar el cielo, y en donde el canto atronador de las cotorras dificultaba la conversación. Tras unos minutos de marcha se abría ante sus ojos un vergel cuajado de hibiscos, buganvillas y plumbagos, de estanques bordeados por preciosos azulejos y por una maraña de hojas de agapanto cuyas flores se erguían, tiesas y aisladas, como señoritas de provincias esperando a que las saquen a bailar. Y un poco más allá, tras un mar de iris en flor de casi un metro de altura, tan mágico que daban ganas de quedarse a vivir en él, aparecía, recortada en el horizonte, la primera de las villas. Exceptuando un nutrido grupo de ingleses muy ruidosos y bastante bebidos, el resto de los invitados se aproximaba al pabellón más discretamente, en conjuntos de dos, tres o cuatro personas. Marchaban en alegre procesión y todos parecían seguir ese código de vestir complejo que amalgama a los elegantes provengan de donde provengan, de manera que los caftanes y los mantos árabes se mezclaban con las chaquetas blancas de esmoquin en un extraordinario desfile de gente privilegiada vistiendo piezas muy buenas. A su llegada a la casa, cuyas estancias estaban iluminadas con miles de velas y decoradas con deslumbrantes alfombras otomanas, persas y caucásicas, un grupo de mujeres marroquíes ululaba mientras le lanzaban pétalos de rosas.

—Mercedes —le reclamó Pilarín tendiéndole la copa de champán que acababa de servirle el camarero—. ¿Sabes que la abuela Rachel me enseñó a hacer el zaghareet?

—¿A qué te refieres?

—Al sonido que hacen esas mujeres. Mira. —Y poniéndose la mano en la boca, emitió un grito agudo en un tono tan alto que todo el mundo se las quedó mirando—. El truco es decir la-la-la muy rápidamente —aseguró—. La-la-la-la-la-la. ¿Ves? Venga, inténtalo tú.

—¡Por el amor de Dios, Pilarín! —exclamó, riendo la gamberrada de su relaciones públicas—. Venga, echemos un vistazo. No nos quedemos aquí de pie como dos pasmarotes —dijo, empujándola ligeramente hacia el interior del pabellón.

La luz de las velas, que iluminaban incluso las lámparas de techo, proporcionaba a las estancias una atmósfera poética. Los invitados se habían ido sentando en los diferentes salones, en las terrazas y en la piscina, en una miscelánea de grupos tan heterogénea como los objetos que las rodeaban. Junto a las colecciones de joyas, tejidos y azulejos marroquíes antiguos que abigarraban las paredes, había pinturas renacentistas, paisajes ingleses del XVIII, mosaicos romanos y ménsulas de Shauen. Los muebles de ratán compartían espacio con unos mullidos sofás de terciopelo de Mongiardino y una mesa de azulejos de Gio Ponti, mientras que espectaculares alfombras clásicas reposaban sobre una de hexágonos en bermellón y naranja butano. Se notaba que se había empleado mucho tiempo en construir aquella casa, que cada objeto había ocupado distintos emplazamientos hasta encontrar su lugar. Justo al contrario que las casas «llave en mano» que estaban tan de moda últimamente en Marrakech, donde bastaba una cuenta desahogada para instalarse cómodamente en el hábitat de los anteriores propietarios: disfrutar de su arte, comer en sus vajillas, dormir en su colchón o comprar la lealtad de su servicio.

Pilarín y Mercedes salieron al porche donde habían dispuesto una mesa bufet con diferentes ensaladas de verduras y hortalizas, pequeños cuencos con aceitunas aliñadas y otros platos fríos que no conocían. Buscaron a la princesa, pero no la encontraron, así que iniciaron una conversación intrascendente con una francesa que lucía un bonito turbante y que se mostró intrigada por la piedra del anillo de Mercedes; se quitaron de encima a un pesado y terminaron sentadas en una pequeña mesa de hierro al borde de la piscina bebiendo champán.

—¿A quién se le ocurriría pintar una piscina de negro? —preguntó Mercedes.

—Se me ocurrió a mí —escucharon a sus espaldas en un inglés aristocrático—. Odio el turquesa.

Cuando se giraron les sorprendió ver al único hombre de la fiesta que no vestía de etiqueta. Incluso se diría que tenían ante ellas la perfecta caricatura de un lord inglés en la campiña, con esa chaqueta Harris de tweed y su clásica gorra, totalmente desaconsejadas para el calor extremo de julio en Casablanca. Tendría unos setenta años y, por su inestabilidad, seguramente artritis en la rodilla izquierda. Cabellera blanca. Mirada vanidosa.

—Christian Dior dice que el color es muy importante, pero que hay que tratarlo con cuidado —dijo Mercedes.

—¿Y se puede saber quién es ese señor?

Hubo un silencio. Mercedes intuyó que le estaba tomando el pelo, así que contestó:

—Alguien que no combinaría jamás el gris y el amarillo.

La respuesta le hizo gracia al caballero. Si estaba calibrando cuál de las dos mujeres merecía su interés, a partir de ese instante lo tuvo claro.

—Soy Andrew Seymour —dijo acercando la mano de Mercedes a su boca, en ademán de besarla.

Enseguida un criado le acercó una silla para que se sentara.

—El amarillo siempre deja víctimas —continuó—. En el campo, en la casa de Oxfordshire, planté en un parterre unos narcisos amarillos. Cuando florecieron, su color era tan vulgar que me subí al coche y pasé por encima de las flores varias veces hasta machacarlas.

—Pero ¡se atrevió con el amarillo! ¿No cree que sin atrevimiento el mundo sería aburridísimo? —intervino Pilarín.

—Si quieres, vete tú misma a buscarlo —contestó.

Pilarín se tomó la descortesía con deportividad, como solía hacer; masculló una excusa sobre ir a buscar a la princesa Habiba y se encaminó al interior del pabellón.

Mercedes y Andrew Seymour permanecieron callados unos instantes. El criado que le había acercado la silla regresó con una bandeja en la que portaba una botella de Coca-Cola, un vaso grande con hielo y una cucharilla larga. Vertió el refresco en el vaso y agitó el líquido con la cuchara para quitarle el gas antes de ofrecérselo al viejo excéntrico con un complaciente «Lord Seymour».

—Me gustaría enseñarle el resto. Acompáñeme —casi ordenó el caballero.

La directora sintió que no tenía elección, pero le podía la curiosidad. No se preocupó por coger la capa que reposaba en el respaldo de la silla, tampoco su cartera de noche, que quedó sobre la mesa. Seguidos muy de cerca por el criado que llevaba la bandeja con el gran vaso de Coca-Cola, Mercedes y lord Seymour bordearon la piscina y se adentraron en un camino de adoquines de barro ciertamente inestables y cerrado por la vegetación.

Durante la siguiente media hora su anfitrión le enseñó el resto de las villas que formaban la casa mostrándose como un excelente conversador. Le contó que había servido en la India muchos años. Pertenecer al cuerpo diplomático le había dado la oportunidad de conocer muy bien el país y sus tradiciones, lo bueno y lo aberrante, dijo. Y, a continuación, le explicó que durante siglos las familias de castas superiores sacrificaban a las hijas recién nacidas para beneficiar la línea sucesoria de los hijos varones. Le conminó a seguirle para mostrarle su capricho más reciente, regalo de un marajá: la cabaña de los pavos reales.

—Con suerte veremos a uno de ellos en pleno cortejo —sonrió.

Efectivamente, cuando llegaron vieron al pavo macho, inflamado por el deseo, desplegando su extraordinario abanico de plumas ante una hembra mucho más pequeña que no parecía demasiado impresionada.

—Contrariamente a lo que se dice siempre de que los opuestos se atraen —dijo lord Seymour—, yo opino que la gente se casa con personas que se le parecen. Gordos con gordos. Guapos con guapos. Ricos con ricos. ¿Y por qué? —continuó—. Porque la familia es lo primero, ¿no cree?

A continuación, se alejó unos pasos, se bajó la bragueta y miccionó al pie de una palmera como si Mercedes no estuviera.

Acostumbrado desde la cuna a hacer lo que quería, con esa arrogancia que da el hecho de pertenecer a una familia y ser el beneficiario de sus tierras, blasones y caudal, Mercedes comprendió que lord Seymour no la estaba humillando, sino que, simplemente, tenía ese hábito feo.

Murmurando una excusa, volvió sobre sus pasos y consiguió llegar a la piscina donde había dejado abandonados su capa y su bolso, pero ya no estaban allí. Sonaba un tema de Chuck Berry, todas las mesas estaban ocupadas y algunos invitados bailaban al borde del agua. Miró a su alrededor buscando, indistintamente, a un camarero o a Pilarín y, como no encontró ni a uno ni a otra, se encaminó hacia la terraza.

—Es usted una mujer digna de contemplar.

El joven que le hablaba no tendría más de treinta años. Llevaba la capa de Mercedes en una mano y su bolso en la otra.

—Soy Patrick Seymour, la he visto con mi padre en la piscina. Le doy un consejo: si le invita a ver su cabaña de los pavos reales, dígale que no va.

—Me temo que su recomendación llega demasiado tarde —sonrió Mercedes, tendiéndole la mano y abrumada por el elogio—. Soy Mercedes Salvatierra. Posiblemente considere que me he colado en su fiesta, pero no es del todo cierto. La princesa Fátima insistió en que viniéramos, pero, en vista de que ella misma no puede confirmarlo, le otorgo todo el derecho a dudarlo.

Si la característica más evidente de Patrick Seymour era su sonrisa, la segunda era su estilo. De constitución delgada, llevaba grandes gafas de montura metálica y un fular de seda rojo y negro anudado en el cuello en lugar de la clásica pajarita. Tenía el pelo grueso, fosco y abundante y lo llevaba más bien largo, como si fuera un Rolling Stone.

—La princesa nunca aparece donde se la espera. Es de personalidad... diríamos, caprichosa. ¿Qué le ha traído a Casablanca? —preguntó elevando el tono mientras se adentraban en la fiesta, cada vez más concurrida.

La música sonaba muy alta.

—Una entrevista con ella.

—Disculpe que me meta donde no me llaman, pero no la imagino trabajando para ella.

—No —rio Mercedes—. Soy periodista.

En un segundo, Mercedes se vio rodeada por un bullicioso grupo de gente que tiraba del anfitrión. Patrick Seymour la cogió de la mano y tiró a su vez de ella hacia un extremo más tranquilo del salón donde unos cuantos fumaban *shisha* y vaciaban, como si no hubiera un mañana, botellas de Romanée-Conti mientras mantenían una encendida conversación acerca de quién era el mejor proveedor de hachís de Casablanca.

—Mercedes, por fin te encuentro. Pensaba que te habías marchado —dijo Pilarín, sentándose junto a ella.

Todo el grupo saludó a la guapa relaciones públicas.

—¡Por las fiestas! —brindó Pilarín.

La conversación giró de repente hacia la historia sentimental de la mujer francesa con turbante, a la que todos parecían conocer.

—Pero, entonces, ¿cuántos maridos ha tenido? —inquirió Pilarín, porque no le salían las cuentas.

—¿Míos o de otras? —respondió la aludida, provocando tal algarabía de risas y brindis que, en vez de espantarlos, animó a una pareja de pavos reales a entrar en el salón y posarse sobre un banco mirando a todos por encima del hombro.

—Mira, ahí está Fernando. ¡Fernando! —gritó levantando la mano una del grupo—. Viene con Sophie. Esta vez sí que le tienen bien pillado.

—¡Qué alegría! —exclamó Patrick Seymour preparándose para saludarle—. Mercedes, te voy a presentar a un compatriota tuyo, mi querido amigo Fernando Salina.

Se hizo un silencio sepulcral, o eso le pareció a Mercedes, como si su reencuentro hubiera concitado el interés de toda la fiesta y no la llegada de Paul y Talitha Getty, que entraban justo detrás de Fernando. Seymour abrazó a Fernando y salió corriendo a recibir a la guapa holandesa y su rico marido.

Mercedes se levantó y se situó frente a Fernando, y por primera vez en su vida no supo muy bien qué hacer. Finalmente acercó su mejilla derecha a la de él.

—¿Cómo estás, Mercedes? —preguntó sin aludir a la sorpresa de encontrársela, como si en el fondo llevara mucho tiempo temiéndolo, quizá deseándolo.

Ella notó que de repente se le humedecían los ojos y renegó de esa facilidad que tenía para emocionarse.

—Cuánto tiempo, Fernando —dijo intentando controlarse, pero sin conseguirlo, con el corazón palpitando a toda velocidad.

—Diez años —dijo él sin apartar sus ojos de ella.

Mercedes asintió manteniéndole la mirada e instintivamente se sacó el anillo hasta la mitad del dedo y comenzó a darle vueltas.

Él bajó la vista.

—Lo sigues llevando —dijo.

—Prometí llevarlo siempre.

—Ciertas promesas son una condena.

Ella se encogió de hombros.

—No esta —dijo sonriendo, y devolvió la sortija a su sitio.

—Tengo tantas cosas que preguntarte que no sé por dónde empezar.

—Supongo que nada de lo que digamos puede cambiar nada, así que dejémoslo estar.

—¿Por qué?

Mercedes deslizó la vista hacia la acompañante de Fernando, la tal Sophie, que observaba desde lejos el encuentro con desconcierto.

—Estás muy guapa —dijo él.

Ella no contestó.

—¿Hasta cuándo te quedas en Casablanca?

—Vuelvo a Madrid mañana en el primer vuelo.

No pudieron continuar con la conversación. Sophie se acercó intrigada y Fernando las presentó. La expresión «una buena amiga» que Salina utilizó refiriéndose a ella, le dolió mucho más que el brazo de Sophie agarrando confiada el de él.

Una hora más tarde Mercedes y Pilarín regresaron a su hotel. En la habitación de la primera había un pequeño *bouquet* de rosas de Damasco con una nota que tiró a la papelera. La segunda abrió precipitadamente un telegrama. Era de Ben Newman. Decía: «Noticias de Vietnam. Te vas en una semana».

5

Cambio de rumbo

Mientras esperaba a Ben Newman, Pilarín Ordiola no podía apartar la vista de los granos de arroz y la salsa en la barba del señor que cenaba en la mesa de al lado. Le producía verdadera repugnancia esa maraña de pelo rizado canoso y comida. Aunque intentó captar su atención más de una vez, no consiguió prevenirle de su descuido o de su torpeza simulando el gesto de llevarse la servilleta a la boca. Afortunadamente, el hombre se limpió justo antes de que trajeran la pequeña tarrina de paté de *champagne* que solían servir de aperitivo en Gatti y que Pilarín atacó con hambre. El jueves por la noche el famoso restaurante de la calle Villanueva era un hervidero de ministros, empresarios y periodistas influyentes que ora fraguaban acuerdos, ora confabulaban a la luz de las velas en las lujosas mesas de las tres salas que constituían el restaurante.

Las mujeres se contaban con los dedos de una mano, las volutas de humo flotaban en el ambiente y olía a puro mezclado con el aroma que desprendía la mantequilla de calidad, presente en tantos platos de la cocina afrancesada de Gattinara. Desde su posición, Pilarín podía escuchar el escándalo de risas y voces provenientes del único reservado del restaurante, cuya puerta, situada justo detrás de la barra chapada en latón dorado, no dejaba de abrirse y cerrarse con el consiguiente incordio del resto de los comensales, que se veían obligados a levantar la voz para neutralizar los cánticos de confraternización, las risotadas y una retahíla de palabras en gallego que la relaciones públicas consiguió identificar como el conjuro de la queimada, tan de moda últimamente en los actos sociales. «Barriga machorra da muller ceibe, miañar dos gatos que andan á xaneira, guedella porca da cabra mal parida...», se escuchaba a alguien desgañitándose en el interior de la sala.

Por la jarana, el intenso resplandor del fuego quemando el aguardiente y el estado de alerta de los camareros junto a la puerta, Pilarín supuso que en el reservado se estaba desarrollando una larguísima sobremesa y que además se estaba descontrolando, lo cual le molestó de veras, ya que había previsto una cena lo más íntima posible con el piloto, que ahora veía seriamente amenazada. Pese a que por más vueltas que le daba no lograba entender cómo Newman había conseguido incluir a *Dana* en la visita programada al hospital de campaña español en Vietnam con tan poco tiempo, su promesa de cenar con él en Gatti si les hacía sitio en el pequeño convoy de militares y periodistas había despertado en ella un placer sensual extraño y delicioso.

Sacó del bolso un espejito para comprobar el maquillaje y echó una mirada a la imagen difusa que le devolvía el latón que cubría la barra. Se había puesto la joya de su armario: el vestido Delphos, de Mariano Fortuny, que perteneció a su abuela Rachel. De color guinda, sin mangas, corte griego y un plisado minúsculo que hacía la seda, que era tan ligera que impedía llevar ropa interior. Esa noche, a gran parte de los hombres que cenaban en Gatti, Pilarín Ordiola, más que una periodista, les parecía una Venus prerrafaelita. Y así se lo hacían notar con todo un acervo de miradas —discretas e indiscretas, lascivas o recatadas, prepotentes, seductoras y algunas, pocas, reprobadoras o simplemente intrigadas.

Allí estaba, sola, rubia y con un impresionante vestido de color rojo oscuro. Pilarín sentada, tan majestuosa, en aquella mesa constituía todo un desafío para ese tipo de hombres acostumbrados a ejercer su dominio en los negocios, los consejos de administración y la cama. «Bien», pensó Pilarín, «no me vais a intimidar». Sacó uno de sus cigarrillos de la cartera de noche y sin ningún signo de incomodidad lo encendió y dio una suave calada.

Aunque la relaciones públicas no le vio llegar, Ben Newman irrumpió en la estancia en el preciso momento en que el propio Guillermo Gattinara, tras poner orden en el reservado y disculparse ante aquellos clientes cuyas quejas empezaban a escucharse en la sala, se acercó a Pilarín y le dedicó una suave inclinación y un ceremonioso besamanos que desvaneció entre los hombres del comedor cualquier duda, confusión o expectativa que la atractiva mujer de rojo hubiera generado.

—Con ese vestido, señorita Ordiola, podría desencadenar usted una guerra.

Los latidos del corazón de Pilarín se avivaron cuando escuchó el cumplido del americano detrás de Gattinara. Una vez que le tuvo enfrente le dedicó una sonrisa alentadora, pero le sorprendió la manera precipitada con que Newman la besó automáticamente, sin llegar a rozarle la mejilla, y la celeridad con la que se tornó hacia el laureado restaurador con ambas manos tendidas hacia él, como si más que el cortés y habitual saludo entre caballeros, se propusiera darle un abrazo. Esa extraña efusividad no cuadraba con la personalidad tan controlada emocionalmente del americano. A Pilarín le desconcertó este gesto, pero se dirigió a Gattinara:

—Guillermo, ¿recuerdas al teniente coronel Benjamin Newman? Te lo presenté en la boda de mi hermana.

Newman apresó la mano rebosante de manchas de color canela del dueño de Gatti, reflejo del fotoenvejecimiento de la piel, que apuntaban una edad biológica que su cara, ligeramente anaranjada, desmentía. Ni una arruga, ni un rastro de léntigos, ni una triste cana en sus cejas o bolsas en sus ojeras. Su rostro parecía una de esas máscaras teatrales neutras que los aprendices de actores utilizaban para trabajar su expresión corporal. Y la expresión corporal de Guillermo Gattinara apuntaba a la huida. Resultaba evidente que quería desasirse de la mano del militar y escapar a la cocina, pero Newman la mantenía fuertemente estrechada y la sacudió con energía durante más tiempo del conveniente mientras alababa el entrecot de la boda. Pero lo que resultaba más desconcertante era la manera fija en la que lo miraba: como si estuviera sometiendo su cara a un diagnóstico de imagen. Finalmente, Guillermo Gattinara consiguió liberarse y, tras un escueto «gracias», se encaminó hacia la cocina lentamente, parándose en alguna mesa para comprobar que todo estaba bien.

—¿Qué es lo que acaba de pasar? —preguntó una sorprendida Pilarín cuando Newman tomó asiento frente a ella desabrochándose el primer y único botón que llevaba ajustado de su elegante americana azul marino. Apartó a un lado el pequeño jarrón de flores blancas y las velas en un gesto mecánico y prosiguió, mirándolo—: ¿Os conocíais?

El piloto estaba desdoblando la servilleta grande y rígida y la acomodó sobre sus piernas. Al escucharla, se mostró ostensiblemente extrañado.

—¿A qué te refieres?

—A lo que acabo de ver. Me ha parecido un poco raro —contestó.

—Pues acabas de ver a un militar hambriento, recién llegado de una misión. Y agradecido a la providencia por poder cenar hoy con la periodista más insistente de Madrid —dijo sonriendo y buscó su mano por encima del mantel, pero ella no supo interpretar el gesto y la retiró.

«Evadir una cuestión de una forma tan ramplona no es propio de él», pensó Pilarín. Pero Newman parecía realmente descolocado cuando prosiguió:

—Claro que no lo conocía. Tú misma le has recordado cuándo nos presentaste.

—No sé. Parecía intimidado —insistió Pilarín.

—No lo conozco para opinar. Pero ¿por qué razón iba a estar incómodo? No conozco sus costumbres, pero no creo haber estado descortés.

—Bueno —dijo ella—, no me hagas caso, serán figuraciones mías.

—Veo que estás tomando vino —dijo él girándose levemente para llamar la atención del camarero—. Yo también tomaré. —Le pidió la carta, y cinco minutos después estaban bebiendo un excelente cabernet sauvignon.

La noche había tomado un cariz extraño y Pilarín se propuso reconducirla contándole el lío que se había organizado en su casa por la repentina muerte del fotógrafo que había hecho las fotos de la boda de su hermana. Al parecer, nadie conseguía darle a su madre información sobre «los veinte carretes que le habían cobrado» y que «esos carretes» —como su madre le dijo a la viuda sin siquiera darle el pésame— «tendrán que estar en algún sitio, digo yo». Pilarín, al darse cuenta de que Newman la escuchaba atentamente, se extendió con el relato hasta agotarlo.

—Es la primera vez que te veo sin uniforme —dijo cambiando de tema—. Excepto por el corte de pelo, nadie diría que eres un teniente coronel del ejército americano.

—¿Y cómo se supone que viste un teniente coronel norteamericano cuando no va de uniforme? —preguntó él entrando en el juego mientras le ofrecía uno de sus cigarrillos y encendía los de ambos, abandonando su encendedor sobre la mesa.

—Con camisa de cuadros, pantalón vaquero, hebilla de plata y botas de vaquero, claro. A no ser que seas espía —dijo ella, entregada a la divertida trama—. Los espías siempre van con sombrero y gabardina.

—¿Y las periodistas españolas suelen llevar vestidos como el tuyo? —dijo él empezando a divertirse.

—Solo cuando tienen que convencer a un teniente coronel para que les dé un asiento en su avión para cubrir una guerra.

—Pero el teniente coronel ya le ha dado asiento en su avión. Asiento de ventanilla, además. Así que está desconcertado porque la periodista no parece una periodista.

—¿Y qué parece?

—Parece una diosa —musitó inclinándose hacia ella. Luego retomó una postura relajada echándose hacia atrás mientras sonreía—. ¿Conoces la historia de una reina espartana que fue seducida por Zeus y tuvieron una hija?

—Helena de Troya, sí —contestó Pilarín disfrutando la conversación con los codos sobre la mesa y los dedos cruzados bajo la barbilla.

—Cuando he entrado y te he visto aquí sentada, con ese vestido rojo que parece una túnica griega, me has recordado a un cuadro que me cautivó. Era una Helena de Troya. Lo pintó una mujer, Evelyn de Morgan, quizá conozcas la pintura.

—No sé si tomármelo como un cumplido…, con lo mal parada que salió la pobre. Secuestrada, ultrajada, ahogada y ahorcada como si una de las dos cosas no fuera suficientemente ejemplar. —Rio Pilarín—. Pero sigue. Estoy fascinada.

Newman dio un sorbo a la copa de vino y continuó:

—Bueno, Helena era la mujer más hermosa sobre la tierra y… Y me estoy liando yo solo. —Estalló en una carcajada.

Pilarín rompió también a reír. El *maître*, que había intentado en dos ocasiones tomar la comanda sin éxito, vio en ese momento la oportunidad que esperaba y se plantó junto a la mesa decidido a no moverse hasta explicar la carta y tomar nota. Pero a duras penas le permitieron aclarar en qué consistían los dos primeros platos de la categoría de entrantes y, como si quisieran quitárselo de encima cuanto antes, resolvieron el segundo con dos entrecots a la bordalesa que, dado que ya los habían probado, no precisó por su parte más que el comentario «Buena elección». De manera que claramente decepcionado e incluso se diría que enfadado se cuadró y desapareció. Prácticamente ya habían dado cuenta de la soberbia botella de vino francés cuando trajeron las cremas Gatti.

—No es posible —dijo Pilarín, para quien comer en Gatti siempre era una experiencia embriagadora; el sabor de su famosa crema de espárragos le pareció aquella noche un milagro reservado para reyes—. ¡Qué textura tan maravillosa! —Y luego se dirigió a Ben—: Coronel Newman —preguntó subiéndole el rango—, ¿alguna vez has cogido espárragos silvestres?

—Nunca. Soy un hombre de ciudad —contestó.

—¿Y a este hombre de ciudad le espera alguien… allí donde vive? —preguntó sin pensarlo, con una coquetería irreflexiva, más alegre por cómo estaba desarrollándose la velada que realmente achispada por el vino.

Nada más preguntarlo se dio cuenta de que ya era imposible frenar la respuesta que no quería escuchar.

—Pilar, tengo que contarte algo para que no haya malentendidos —dijo como si trajera toda su vida consigo—. Estoy casado y tengo dos hijos. Mi familia vive en Connecticut.

—¿Los echas de menos? —inquirió Pilarín, cortante, en un abrupto intento por aparentar serenidad.

—Por supuesto, pero mi trabajo y la situación de Simon, el pequeño, hacen muy difícil que estemos juntos.

Tras la confesión bebieron y fumaron en silencio. La excitación y la vivacidad habían desaparecido. Fue Pilarín quien rompió el silencio cuando el camarero anunció los entrecots.

—Vuelas muy rápido para tener una familia en Connecticut —dijo.

—Vuelo como si no hubiera un mañana, porque quizá no lo haya —afirmó.

—No digas eso. Es atroz.

—Si te soy franco, no tengo miedo a morir. —Hizo una pausa y, sin apartar la vista de ella, continuó—: Y tampoco tengo miedo a vivir.

—No hay que confundir el miedo con el respeto.

—No lo hago.

El doble sentido de la conversación, en otros momentos tan excitante, no había hecho sino entristecerla primero y enfadarla a continuación, porque sentía que era demasiado pronto y a la vez demasiado tarde para saber que Ben Newman estaba casado. Además, qué arrogante le había sentido en su manera de decirlo. A pesar de la tristeza con la que el americano había nombrado a su hijo pequeño, que probablemente padecía una enfermedad, la indignación fue creciendo en su interior.

—Y, por cierto, para que tampoco haya malentendidos entre nosotros —dijo recordando las palabras exactas del americano—. No me gusta que me digan que parezco una diosa.

La charla durante el resto de la cena versó sobre el inminente viaje a Vietnam.

***

En la mesa de luces situada en el centro de la redacción de *El Ciudadano*, Juan Nadal y el jefe de maquetación repasaban con el cuentahílos decenas de diapositivas perfectamente ordenadas, de veinte en veinte, en fundas transparentes. A dos días del cierre, Nadal estaba de un humor de perros porque el reportaje de portada se les había caído. Las películas con los retratos que Antonio Costa había disparado durante semanas y que constituían una gran exclusiva del provocativo semanal no aparecían por ningún lado.

Habían rebuscado en el laboratorio, desmantelado la casa y hasta el coche de Costa, sin éxito. Incluso habían preguntado en otros medios para los que trabajaba el gráfico no fuera que, por error, hubiera mandado allí las diapos. Y, para colmo, Pedrete no aparecía ni vivo ni muerto. «Esto ha sido obra de un ratero que pasaba por allí y, aprovechando que vuestro fotógrafo estaba tirado en la acera, entró y arrambló con todo lo que había por si podía sacarse alguna ganancia», aseguró el comisario Valero. «El tío no ha dejado ni las raspas. Se ha llevado tres cámaras, según nos ha confirmado la viuda, y probablemente todo lo que vio por acá y por allá. No me extrañaría que intentara vender las fotos que ya había revelado por dos perras gordas. Lo mismo cualquier día aparece alguien por aquí ofreciendo el material gráfico...», le dijo con guasa.

Pero Nadal no estaba para chanzas. Ese instinto que se forjó durante sus primeros años en el periodismo como reportero de sucesos le decía que algo no cuadraba en la foto que le mostraba el policía. Cierto que Antonio Costa padecía crisis epilépticas. «Dicen que el calor las agudiza y está haciendo un calor de demonios estos días», pensó. «Pero ¿dónde está Pedrete? ¿No resulta extraño que ni apareciera en el entierro del tipo que le estaba enseñando todo sobre la profesión y que según su viuda era como su padre? Pero ¿por qué ha desaparecido? ¿Está involucrado en el robo?».

Se tomó un Valium —la benzodiazepina era lo único que le calmaba el dolor de cabeza— y a continuación llamó al reportero de *El Caso* que se había trasladado al suceso cuando llegó el aviso a la redacción. Era un chico joven pero concienzudo.

—Se llevaron el cadáver enseguida, en cuanto el forense certificó el fallecimiento. Con aquel calor y sin ni una mala sombra bajo la que cobijarse, imagínate —le dijo para ponerle en situación.

—¿Quién dio el aviso de que había un muerto en la calle? —preguntó Nadal.

—Una vecina. La típica que se pasa el día detrás del visillo. Pero no vio nada anómalo ni a nadie por la calle. Dice que se asomó a la ventana y, desde su posición, solo podía ver las piernas de un hombre tirado en el suelo. Al principio pensó que era un borracho, pero no se quedó tranquila y bajó a comprobarlo.

—¿Hicieron autopsia?

—Sí, pese a que tenía antecedentes de crisis epilépticas. Y aunque es raro que esta enfermedad derive en muerte, la rigidez del cuerpo y la secreción salivar apuntaban a una muerte súbita motivada por una crisis.

—¿Y la autopsia confirmó la muerte por epilepsia?

—No, la autopsia no determinó la causa del fallecimiento. Al parecer es lo normal en la epilepsia.

—¿Y tú viste algo extraño?

—Me chocó una cosa: el muerto tenía la trabilla del pantalón rota; no descosida, sino desgarrada, a ver si me entiendes. Y aquello me pareció extraño, porque todo en su aspecto denotaba que se trataba de un hombre pulcro. Ya sabes, la camisa bien planchada, el pantalón con su raya…

—Podía habérsela enganchado con algo… —apuntó Nadal.

—Era la trabilla derecha de la parte delantera del pantalón, en la que muchos hombres se suelen colgar las llaves… Pero las llaves estaban puestas en la cerradura de la puerta del estudio.

Cuando colgó, la cefalea le estaba matando y como era una de esas naturalezas incapaces de reprimir su estado de ánimo, asomó la cabeza por la puerta y gritó el apellido de un redactor. El periodista llegó con libreta y bolígrafo, como mandaba la primera ley del código Nadal. Tenía un aspecto lastimoso, pero sin duda se trataba de su mejor investigador: nadie se movía como él por comisarías y juzgados «y sin necesidad de pagar un café», como le gustaba presumir. En dos minutos le puso en antecedentes de lo que el reportero de sucesos le acababa de relatar y le encomendó buscar al ayudante de Costa «hasta en el infierno» y traerlo a la redacción.

A continuación, apuntó en un folio el nombre del periodista de *El Caso* y se lo pasó a su secretaria para que lo citara en unos días. Le pareció un tipo perspicaz, pero sobre todo había sido extremadamente cuidadoso con la información, y eso le gustaba: su crónica no mencionaba la trabilla rota de su pantalón.

✳✳✳

Clementina Ortiz iba de un lado a otro de la playa de Levante, sorteando cientos de sombrillas, con el vestido más inapropiado para el calor sofocante que hacía y un sombrero de ala ancha que acababa de comprarse para evitar que le diera más sol en la cara y que le daba un cierto aspecto de tronada. Llevaba un trotecillo nervioso para no quemarse las plantas de los pies y esgrimía libreta y bolígrafo como si dichos objetos explicaran más su cometido que el hombre que la seguía a dos pasos con cámara, trípode y una bolsa de fotógrafo cargada de material.

Estaba satisfecha porque, junto a la entrevista y el retrato que había concertado con Beatriz Ledesma, la primera española en lucir el polémico biquini, en poco más de una tarde y lo que llevaba de mañana, había conseguido media docena de testimonios a favor y en contra de la pieza, además de fotos sensacionales de dos turistas suecas, dos inglesas y dos alicantinas. Pero de tanto ir y venir se había quemado la cara de tal forma que ni las generosas dosis de una loción de calamina que le habían facilitado en la farmacia conseguían reducir su rojez, picor e hinchazón.

—*Mais c'est grave!* —le dijo su siguiente objetivo en cuanto se acercó a ella, levantándole el ala del sombrero con expresión de horror.

Bajo su biquini de color albaricoque de braga ancha, la bonita francesa lucía un moreno casi negro, fruto de lo que denominó «le méthode rotisserie», que podría traducirse como el método del asado y que consistía en utilizar un cronómetro para cambiar regularmente la posición del cuerpo. La francesa siguió con sus explicaciones para «conseguir un bronceado gradual y uniforme» y presumió con coquetería, llevándose una mano a la cintura y metiendo tripa, para el cámara que la estaba bombardeando a clics. Exageraba el acento pese a hablar un muy buen español.

Cuando terminó de posar, se sentó con gracia entre sus dos primas y entre las tres, y los comentarios que hacían los mozos que las rodeaban como moscones, le habían proporcionado a Clementina la entrevista más jugosa del día: al parecer el famoso dos piezas había producido un cisma en el seno del núcleo familiar.

—En Francia todas lo llevan —dijo—. Pero cuando ayer lo saqué de la maleta, mi tía montó un escándalo, ¿verdad? —aseguró volviéndose hacia sus primas para buscar su adhesión.

Pero una de ellas estaba a lo suyo, tonteando con uno de los chicos que pretendía hacerse sitio en su toalla, y el gesto ceñudo de la otra, más joven, la disuadió de inmediato. Así que optó por continuar:

—Se puso como loca. —Giró el dedo índice sobre su sien, en ademán de que le faltaba un tornillo—. Incluso llamó a mi madre para decirle que si en Francia todas lo llevaban, allá ellas, pero que aquí en España no me iba a permitir bajar así a la playa porque las chicas decentes no llevaban un dos piezas.

—¿Y qué pasó? —preguntó Clementina.

—Pues que mi madre le respondió que eso tenía una fácil solución, y le dijo a mi tía: «Dime cuál de las dos piezas quieres que le diga que se quite». —No pudo reprimir las carcajadas elevando el tono de voz.

Clementina estaba tan concentrada tomando notas que no se había percatado de que un pequeño grupo de gente se había ido congregando alrededor y había empezado a hacer comentarios sobre lo fresca que parecía la francesa; otros la llamaban «sueca»; también escuchó la palabra «desvergonzada», y algo más lejos estaban comentando lo negra que estaba o si no sería negra realmente.

—Mira, guapa, por si no lo sabes, aquí somos personas católicas y de bien —le recriminó una señora embutida en un bañador naranja de topos blancos que parecía llevar la voz cantante.

La francesita rio entre dientes y aquello enfureció a la concurrencia, pero sobre todo a su prima más joven, que le dijo que era una estúpida y que dejara de reírse.

—¡No hables!, ¡no digas nada!, ¡cállate! —le ordenó.

La chica pareció dubitativa y, como no era tonta, optó por hacerle caso.

—Y vosotros —escupió un señor con el pelo, dirigiéndose a Clementina e Yllera—. Vosotros tenéis la culpa. Si no les dierais tanto pábulo, ¡otro gallo nos cantaría!

Las voces, que al principio eran inaudibles, ganaron vigor envalentonadas por la seguridad que proporciona el grupo.

—¡Aquí somos católicos, apostólicos y romanos! —intervino otra señora, que llevaba el mismo sombrero que Clementina, pero su cinta era roja—. ¿Veis la cruz en el Racó ahí arriba? ¡Pues eso! —dijo señalando una gran cruz de dos palos que se erigía sobre una colina.

—¡Eso! ¡Eso! ¡Eso! —repetían con convicción militante algunos de los presentes mientras los chavales, antes entregados a la conquista, ahora lo hacían a la diversión e intuyendo que se avecinaba un buen alboroto se dispusieron en doble hilera para gritar con ellos—. ¡Eso! ¡Eso!

—*Oh, non, non, non, non* —dijo la francesa asustada y recogió sus cosas rápidamente.

Clementina la ayudó a meter las toallas y las chanclas de sus primas en una gran bolsa de plástico mientras ella utilizaba su toalla para envolverse como un canelón y las tres se escabulleron por el hueco que Yllera consiguió abrir entre la gente, a base de mano izquierda, pidiendo disculpas, comprensión o, según a quién, amenazando con llamar a la Guardia Civil. Al parecer, el consistorio había dado la orden de multar a quienes insultaran a las mujeres con biquini.

Con las prisas se habían dejado tirado sobre la arena un ejemplar de una revista francesa que Clementina recogió. Le temblaba la mano y tenía el corazón a cien, producto del miedo, pero también de la excitación que le producía tener buen material para su reportaje. Ni en sus mejores sueños hubiese imaginado semejante lío.

Hasta el párroco de San Jaime se había mostrado condescendiente con las extranjeras que llevaban biquini cuando Yllera y ella se citaron con él la pasada tarde, después de la misa de ocho. El sacerdote los había invitado a esperarle en la sala que se abría junto a la sacristía y, tras quitarse la casulla verde, le pidió al monaguillo que cogiera de un armario una cestita con galletas «para endulzar nuestra charla». Finalmente se sentó junto a ellos, preparado para responder pacientemente las preguntas que Clementina había preparado. Era un hombre ilustrado, tolerante y soñador. Daba la sensación de que corpóreamente estaba en el lugar que la divina Providencia le había asignado, pero que su espíritu andaba muy lejos.

—Padre —empezó Clementina su entrevista—. ¿Sabe usted por qué razón Acción Católica no ha incluido a Benidorm en su memorándum de playas decentes?

—¿De veras? —preguntó—. No lo sabía —contestó sin la más ligera agitación.

—Consideran que el biquini ataca las buenas costumbres y el pudor y, por esa razón, excluyen a Benidorm de la lista de destinos vacacionales para las familias cristianas —insistió Clementina.

—Pues yo celebro misa todos los días con multitud de familias cristianas. Y hasta donde yo sé todos los miembros de estas familias acuden a tomar baños de sol a las preciosas playas de la ciudad —contestó el sacerdote tomándose su tiempo.

—Probablemente para Acción Católica estas familias no sean todo lo ejemplares que deberían, exponiendo a sus hijos a la visión de mujeres provocadoras.

—Hija, ¿qué es ejemplar y qué no lo es? Un comportamiento ejemplar va mucho más allá de enseñar o no el ombligo. —Y prosiguió—: Dios nos ha bendecido con el tiempo de verano, playas de arena blanca y un mar de agua fresca. ¿No deberíamos dar gracias por ello, vistamos un traje de baño de una pieza, de dos o de tres?

—¿Es cierto que el arzobispo de Valencia ha abierto un proceso de excomunión al alcalde de Benidorm por permitir en sus playas el biquini?

—A mi querido amigo Pedro Zaragoza le doy la comunión todos los domingos. No sé de dónde sale semejante información.

Despacio, el párroco apartó ligeramente la cámara de fotos que Yllera había dejado sobre la mesa para coger las manos de Clementina entre las suyas.

—Querida niña, ya sé que vienes muy preparada a la entrevista, lo que te dignifica a ti y a tu oficio. Y Dios me libre de dar consejos. Pero si algo he aprendido a lo largo de mi vida es que nada hay más edificante que ayudar a los demás a construirse una opinión sobre las cosas, pero no porque se la demos nosotros masticada. Y ahora, con vuestro permiso, este viejo cura se retira, que mañana tengo que madrugar.

Se encaminó a la puerta y, justo antes de salir, se volvió hacia ellos, trazó una cruz al aire con la mano derecha y dijo:

—Dios os bendiga.

Cuando abandonaron el fresco interior de la iglesia, les sacudió una bofetada de calor pegajoso. Clementina le propuso al fotógrafo sentarse en una terraza y tomar una cerveza, pero Yllera estaba harto de cargar con la bolsa y prefirió irse a descansar. Era un milagro que en pleno julio y con los cuatro o cinco hoteles que había llenos hasta la bandera, un vecino hubiera accedido a alquilarles dos habitaciones en el mismo centro del pueblo. Hacia allí se encaminaron los dos. Cuando llegaron a la casa, se despidieron en la puerta y Clementina continuó en dirección al mar. Escogió para sentarse una terraza pequeña donde varias familias nórdicas estaban terminando de cenar. Pidió una cerveza y una ración de calamares, sacó su libreta y leyó:

Pedro Zaragoza, alcalde de Benidorm. Autorizó unilateralmente en las playas del municipio el uso del biquini a partir de 1952. Afirma que viajó durante ocho horas en su Vespa hasta llegar al palacio de El Pardo para convencer a Franco de que era vital para el turismo y para la economía de España que las turistas europeas pudieran llevar biquini en las playas. Ha declarado en entrevistas que Franco accedió cuando le explicó que en Benidorm no se vendían biquinis, que los biquinis se vendían en Loewe.

Un perro salió disparado ladrando de debajo de la mesa que había junto a ella. Se sobresaltó como si le hubieran tirado agua hirviendo y se fijó en lo que había alterado al animal: un nutrido grupo de periodistas y fotógrafos seguía por la playa a una familia de lapones vestidos con sus trajes tradicionales. Llevaban semanas viajando por todas las capitales europeas con un cartel que indicaba la distancia en kilómetros hasta la localidad alicantina. Los acompañaba el artífice de la idea, el alcalde de Benidorm, Pedro Zaragoza. Volvió a su cuaderno para revisar todo el material que había conseguido en el viaje y pensó en la suerte que había tenido. De la noche a la mañana se había convertido en la periodista que siempre había soñado y no en una gacetilla cualquiera, sino en la revista de moda de mayor renombre. Sabía que, lo mismo que su madre, su familia americana estaría muy orgullosa. Fue en el momento en el que más lo necesitaba cuando los Tipton la acogieron y, por un momento, pensó que no fue el abrigo de un hogar o el acceso a la universidad, los libros, los discos y la ropa lo que esa familia maravillosa le proporcionó, sino algo mucho más importante: la confianza en sí misma. Su medio hermano Daniel y ella habían ido construyendo, sin saberlo, vidas parecidas. Si bien él le llevaba la delantera —siempre había destacado en todo lo que se proponía—, ella empezaba a dar en *Dana* sus primeros pasos. «Clementina, hazlo como tú sabes», le había dicho Daniel en su última carta. Y terminaba recordándole todas las tardes que habían pasado juntos escuchando la radio y escribiendo reseñas de cualquier cosa, jugando a ser reporteros.

***

El vestido y los zapatos nuevos de Chata Sanchís daban buena cuenta de su recién adquirida acomodada posición, pero ella no era de esas personas que se autocomplacen mostrando un reloj caro. Por una carambola, otra vez la vida la había situado en el terreno de juego de Mercedes Salvatierra, y no como la mera observadora que siempre fue: esta vez las reglas del juego las ponía ella y estaba determinada a dejárselo claro desde el principio.

—Siéntate —dijo en cuanto entró a su despacho la directora de *Dana*.

Mercedes percibió la orden como un «estás condenada a bailar al son que yo toque», así que tomó asiento en estado de máxima alerta frente a su nueva jefa. Ninguna de las dos mostraba una cara afable. Resultaba innecesario entre mujeres que se tienen caladas desde hacía demasiado tiempo y además habría supuesto una ofensa a la notable inteligencia de ambas.

—Acaba de llegar una reserva para dos personas en el hotel Le Bristol en París —señaló Sanchís.

—Vamos en septiembre la directora de moda y yo a cubrir las presentaciones de Dior, Chanel, Givenchy... —contestó Mercedes.

—¿Y no había otro hotel más caro en Faubourg Saint-Honoré, todavía más lujoso para cubrir las necesidades del sofisticado equipo de *Dana*?

Mercedes escuchaba con la espalda recta, la barbilla levantada y las manos juntas, reposando sobre su regazo. Sin separarlas, hincó las uñas de una mano sobre la palma de la otra para mantener la tranquilidad y como si no se hubiera percatado del tono malintencionado de Sanchís, contestó:

—Las revistas de moda más importantes del planeta acuden a la alta costura con sus equipos. Y como sabes, la razón por la que se alojan en los mejores hoteles, el Ritz, el Crillon, Le Bristol o el Grand Hotel, es porque necesitan proyectar que ese es su hábitat natural, el ámbito de lujo en el que se mueven. Por esa razón...

Pese a que Salvatierra no había concluido su explicación, Chata Sanchís se levantó y se dirigió a la puerta para pedir unas facturas a su secretaria. Llevaba unos *kitten heels* negros de punta tan estrecha que los empeines se le juntaban a los tobillos y no se distinguía dónde terminaban unos y empezaban los otros. Con dificultad para caminar y los papeles en la mano, se sentó de nuevo, encendió uno de sus puritos, anotó algo y permaneció inmóvil, dirigiendo una mirada indagadora a Salvatierra.

—Somos una revista española —reanudó Mercedes—. Nos ha costado mucho ganarnos un hueco en el panorama internacional. Si tenemos una cita con los modistos o con sus clientas, con una actriz europea o con alguien de la realeza, y les emplazamos a tomar un café en un hotel de segunda o de tercera, perderemos su confianza.

Sin apartar los ojos de ella, Chata le tendió las facturas en las que había escrito en letras mayúsculas DENEGADO.

—No vamos a malgastar el dinero en eso —dijo.

Mercedes enmudeció. Desvió la mirada hacia un trozo de pared desnudo porque en el despacho de su jefa no había fotos, ni cuadros, ni un triste diploma, nada que permitiera contextualizar al personaje que tenía enfrente o darle un ápice de humanidad. Con la certeza de tener perdida la batalla de antemano, se levantó de la silla. Eran las siete y media de la tarde y estaba cansada.

—Está bien. Buscaremos un hotel más económico —dijo zanjando el tema.

—Me parece que no me has entendido —añadió Chata.

Mercedes permaneció de pie, sin comprender.

—No va a haber más viajes a París. Con los excelentes modistos que tenemos en España, no veo la necesidad de contar lo que hacen los de fuera.

Por un momento la oscuridad se hizo tan profunda que Salvatierra negó con la cabeza, desalentada. Intentó recobrar la calma, pero a duras penas lo consiguió; le parecía imposible remontar el abismo por el que se estaba precipitando. Clavó con fuerza sus uñas en la palma de la otra mano y el dolor le dio el empujón que necesitaba.

—Chata, como tú misma mencionaste en cierta ocasión, lo que marca la diferencia de *Dana* con el resto es que somos una ventana al mundo para las mujeres que nos leen. Sin ese diferencial solo somos una más.

—Tengo muy buena memoria. Y esas fueron tus palabras, no las mías —contestó.

—En estos pocos años —prosiguió Mercedes como si no la hubiera oído, para no contradecirla—, nuestras lectoras han educado su paladar al mismo ritmo que lo hacíamos las redactoras. Y cuando uno ha probado el besugo, no puedes darle pargo todos los días.

—¿Y tú eres la chef que orquesta el menú? No te arrogues tanto mérito, es pecado contra la soberbia —añadió Chata.

—Con el dinero que ganan o la paga que les pasa el marido, la mayoría de las mujeres españolas no pueden encargarse un traje en Givenchy o en Elio Berhanyer; no pueden tomar un lenguado al vermut en Maxim's, ni asistir a una fiesta en Casablanca y entrar en los palacios de los príncipes de la dinastía alauita... Pero sí pueden pagar las diez pesetas que cuesta *Dana* y tener acceso a esos lugares a través de nuestros reportajes y entrevistas.

Chata Sanchís la escuchaba. En ocasiones lo hacía con una hostilidad directa y perturbadora y en otras, para demostrarle su desdén, evidenciaba reprimir algún que otro bostezo.

—Como la paciencia no está entre mis virtudes, voy a aclarar en esta primera y última conversación al respecto —dijo, sujetando el purito entre los labios— cuál es mi manera de ejercer la dirección. Y fíjate que digo ejercer, no entender.

En aquel instante sonó el teléfono. Lo descolgó y lo colgó de nuevo sin preguntar quién era y prosiguió:

—Respetar la jerarquía es vital para entendernos. Si yo digo que la aspiradora se pasa en línea recta, se pasa en línea recta. Y si digo que *Dana* se va a centrar en España y lo español, eso es lo que harás. Y, por cierto —añadió—, dime cuál es la fecha límite para entregar la columna que escribiré, en todos los números de la revista a partir de ahora. —Y agregó—: No lo tomes como una sugerencia.

—No, claro. Es una orden —dijo Mercedes, levantándose.

—Eso es. Ahora nos estamos entendiendo.

Parecía que, durante su viaje a Casablanca, se había gestado un nuevo orden en la cuarta planta que ni en sus peores sueños había sido capaz prever. Intuía que la nueva posición de Chata Sanchís la ponía en un serio peligro, pero no tenía otro remedio que esperar a ver qué ocurría

***

El pitido del silbato del policía la asustó. El fuerte aguacero racheado que se precipitaba sobre Saigón le había impedido ver al agente hasta que lo tuvo al lado. Por un momento, Pilarín se apiadó de él, porque era incapaz de imponer orden al centenar de coches, motos, motocarros, tuk tuks y bicicletas que, inmovilizados por la lluvia en torno a él, asediaban su puesto en mitad de la plaza como si fuera un poderoso ejército enemigo, envalentonado y vociferante. Ahí estaba haciendo lo que podía con su uniforme verde empapado, subido a una peana, girando sobre sí mismo como una brújula desorientada. Afortunadamente, los pitidos y gritos de los conductores eran sustituidos por el sonido estruendoso del agua.

«Bendita lluvia», pensó la relaciones públicas de *Dana* inspirando profundamente su olor y disfrutando del respiro que le había proporcionado. No había conseguido dormir en toda la noche debido a los nervios, pero, sobre todo, por ese ambiente caluroso, agobiante y pegajoso. Recordó entonces las horas muertas de la madrugada en la terraza de su habitación del hotel Caravelle, desde donde divisaba el fuego de la guerra en la otra orilla del río Saigón; las peleas de borrachos y el trasiego de clientes y prostitutas en la acera… «Saigón es una gran casa de putas», le había dicho el corresponsal de un diario, que se había incorporado a la expedición en el último momento.

¿Y ella?, ¿qué era ella? Una puta, no. ¿Tal vez una perra en celo, como dijo Ignacio? Días y noches volvía a lo mismo, obsesivamente. Es como si Ben Newman hubiera destapado la verdadera naturaleza de Pilar Ordiola, así la llamaba él: mucho más oscura y ardiente de deseo por sumergirse en el placer peligroso de la vida. «No tengo miedo a morir, y tampoco a

155

vivir», ¿no había dicho eso Ben cuando cenaban en Gatti? El poder de sugestión que su voz, sus manos y su boca ejercían sobre ella bloqueaban cualquier parte del cerebro que se conectara, no ya con los valores que le habían inculcado, sino con lo puramente sensato. «Vas a echar a perder tu vida por un hombre casado, Pilarín Ordiola», se repitió. Y una vez más, conforme se lo repetía, lo aceptaba. No, no solo lo aceptaba, lo deseaba. Vehementemente. Como si se tratara de una sustancia adictiva, sentía verdadera pulsión por verlo, tocarlo y seducirlo. Todo su sistema nervioso se alteraba porque quería una nueva dosis de él, una y otra y otra vez...

Un rayo de sol se abrió camino entre los nubarrones y en la plaza dejó de llover tan rápidamente como había empezado. El militar que se sentaba delante, junto al conductor, salió del jeep y a voces y empellones consiguió abrir una brecha entre la confusión de vehículos; el chófer lo aprovechó para avanzar unos centímetros, acelerando y frenando con brusquedad.

Los seis periodistas se bamboleaban en las banquetas calados hasta los huesos, porque nadie se había ocupado de cubrir el jeep, pero hablaban entre ellos y ninguno parecía enfrascado en elucubraciones como Pilarín. Los gritos indignados del policía a un motorista la distrajeron de sus pensamientos y volvió al espectáculo que ofrecía esta ciudad que vivía de espaldas a la guerra durante las horas en que no estaba vigente el toque de queda.

La gente que unos minutos antes corría para resguardarse en los edificios se lanzaba de nuevo a la intemperie intentando sortear aquellos charcos como piscinas. Los dueños de los puestos se afanaban por quitar los grandes plásticos con los que habían protegido las sopas humeantes, los buñuelos servidos en hojas de sisho, las piñas, los sombreros de cáñamo o la humilde quincalla. Las mujeres se desprendían de las capas de plástico con las que cubrían los preciosos trajes largos de grandes aberturas laterales y volvían a llenar las calles de tonos frambuesa, sandía, azul bebé, blanco y ocre. Parecían aves exóticas con las cabelleras del color del azabache y las piernas enfundadas en pantalones de seda negros.

Pilarín saludó con la mano a los cuatro niños que un soldado vietnamita llevaba montados en una bicicleta con motorcillo, y al responder los cuatro al alimón, la bici se tambaleó y estuvieron a punto de caerse, lo que hizo enfadar al conductor. El olor a gasoil neutralizó el de la lluvia y en unos segundos todo volvió a ser asfixiante: el calor, el olor a especias, a carne asada, a fideos crujientes... y el deseo incontrolable de reencontrarse con Benjamin Newman.

Atardecía y los reporteros que constituían el grupo aguardaban, sentados en unas mesas y sillas plegables, a que el equipo médico les diera permiso para entrar en la tienda habilitada como hospital. Solo Pilarín permanecía de pie. Una brisa inesperada mecía las hojas de los mangles y de los altísimos bambús cuyos troncos, al entrechocar, sonaban como si fueran castañuelas. La relaciones públicas de *Dana* cerró los ojos disfrutando de la ventolina que le acariciaba la cara y le secaba el sudor de la camisa. «Debo de oler a tigre», pensó quitándose el chaleco antibalas.

—¿Viene usted aquí a hacer un reportaje de moda? —le preguntó, sonriéndole, el corresponsal de un periódico.

Ella lo recibió como un cumplido y se sentó frente a él.

—No, vengo a lo mismo que usted: a buscar una historia —contestó con desparpajo, devolviéndole la sonrisa.

Le gustaba ese hombre gordo y jovial que parecía tan despreocupado y estaba ahí sentado, en medio de una guerra. Lo observó mientras limpiaba de polvo su cámara Nikon, minuciosamente, sin dejar un recoveco, con un pedacito de gamuza.

El periodista asintió sin mirarla. Pilarín volvió a su libreta e intentó recuperar el hilo de lo que recordaba del corto trayecto en ese helicóptero sin puertas que les había trasladado de Saigón a Gò Công tan solo hacía unas horas.

—¿Qué escribes? —le interrogó de nuevo con curiosidad el reportero al cabo de un rato.

Pilarín tomaba apuntes acerca de lo que había avistado desde el aire: ajenas a todo, el puñado de mujeres que trabajaba en esas montañas de sal dispuestas en hileras milimétricamente alineadas en la orilla del mar; las chozas de palma agrupadas en las pequeñas aldeas; los cerdos y los búfalos de agua que deambulaban sueltos por los caminos de tierra; los niños correteando, jugando, indiferentes a las explosiones que tenían lugar en el frente…

—Solo unas notas para el reportaje. El sonido de fuego de mortero, las filas de montañas de sal, las chozas en medio de la jungla… —respondió.

—¿Al menos sabrás que existe un Vietnam comunista y otro no comunista, no? —intervino un tipo que parecía tan novato como ella, terminando la frase con una risita sarcástica.

La relaciones públicas de *Dana* hizo verdaderos esfuerzos por no empotrarle los dientes en la mesa.

—Te sorprenderás si te digo que las periodistas de sexo femenino también leemos los periódicos —contestó con voz calmada, consciente de que el agravio había captado la atención del resto del grupo.

—No lo dudo. Por eso estamos todos deseando leer tu crónica —dijo y de nuevo soltó esa risita impertinente.

—Yo, sin embargo, me ahorraré la tuya. Desconfío de los periodistas que van de héroes, pero no se quitan el casco ni para dormir —le desafió Pilarín.

Todos rieron, con exuberancia el corresponsal y más quedamente los otros. Pilarín había convertido al machote en el hazmerreír del grupo y se había granjeado un cierto respeto. El aludido se levantó iracundo, se desabrochó el casco que llevaba permanentemente puesto como si estuviera en el frente y lo arrojó sobre la mesa derramando algunas botellas de Coca-Cola.

—Vamos, vamos —dijo con sorna el corresponsal cogiendo rápidamente su cámara para evitar que se manchara con el líquido azucarado—. Esta no es manera de tratar al objeto que puede salvarte la vida. Además ¿adónde vas a ir?

Ciertamente, en plena guerra y en medio de una ciudad acosada por el Vietcong, no había ningún lugar donde rumiar a solas la vergüenza. Así que se sentó de nuevo, a la espera de que volviera la luz y el equipo médico del comandante Argimiro García les permitiera entrar en el hospital de campaña que una docena de militares pertenecientes al Cuerpo de Sanidad Militar del Ejército de Tierra habían montado hacía dos años por petición expresa del presidente Lyndon B. Johnson a Franco.

No pasaba una hora sin que un helicóptero o un jeep con el distintivo de la Cruz Roja depositara a heridos de gravedad, que gritaban de dolor o agonizaban por las heridas, las fracturas, las amputaciones o la metralla. Cuando sonaba un motor en medio del ruido de mortero, los periodistas se apresuraban a acercarse a las camillas que transportaban a los heridos —esta vez eran cinco vietnamitas, casi niños; dos llevaban un torniquete para controlar la hemorragia, otro no tenía ya pie— y luego el pequeño grupo de profesionales volvía a la mesa y permanecía callado, como paralizado, mientras la actividad aumentaba en las tiendas donde el equipo médico practicaba las cirugías más urgentes a la luz de unas antorchas.

—¡Miradla, parece un monito! —exclamó de repente el cafre, señalando a la joven vietnamita que pelaba fruta a pocos metros del grupo, sentada en cuclillas.

Todos callaron incómodos, ignorándolo. Algunos del grupo fumaban en silencio o comían unas galletas, pero otros habían conectado sus linternas para leer o rematar una crónica, así que los mosquitos se cebaban en ellos, lo que inquietaba sobremanera al enviado de la agencia, que no paraba de palmearse los brazos y las piernas para espantarlos o aplastarlos.

—Por favor, apagad las linternas. Están acribillándonos. No sé si sois conscientes de la cantidad de enfermedades que contagian. ¡Dengue, malaria, zika! —gritó, exaltado.

Entonces sonó un ruido seco en la mesa. Se sobresaltaron e instintivamente se apartaron todos. Una araña gigantesca, verde, de patas robustas correteó entre las linternas, las botellas y la caja de galletas. Intentando mantener la compostura permanecieron sentados, menos el de la agencia, que se levantó y chilló estremecido. Pilarín se mantuvo quieta y cuando se le puso a tiro, estampó su libreta sobre la araña. Un líquido de color azulado se expandió por la mesa.

—¿Puedo pasar?

Ben Newman aguardaba en la puerta de su habitación del hotel Caravelle, sin entrar. Se la había dejado abierta sin querer. No habían transcurrido ni cinco minutos desde que Pilarín había puesto el pie allí y se había ido directa al retrete a vomitar lo poco que había ingerido durante las últimas treinta y seis horas, si acaso dos galletas y litros de Coca-Cola. No conseguía sacarse de la cabeza el olor a carne quemada que desprendían los cuerpos y las caras abrasadas de los hombres que aullaban de dolor, con los huesos y los tendones carbonizados. Los gritos. Las plegarias. Se puso de rodillas y se agarró a la taza; las arcadas resonaban violentamente, pero ya no tenía nada en el estómago y no devolvía más que bilis, un hilillo que le colgaba de la boca. Nunca se había sentido tan abatida. Se levantó, metió la cabeza bajo el grifo del lavabo y se lavó la cara y los dientes con los restos de una pastilla de jabón que alguien había dejado allí. Palmeó al aire en busca del toallero, pero no encontró la toalla, así que se secó con la camisa. Estaba deshecha una vez salió del baño. El cuarto estaba en penumbra, pero enseguida lo vio e intentó sonreír.

—¿Llevas mucho tiempo ahí? —preguntó, manoteando, sin saber muy bien hacia dónde dirigirse.

—¿Estás bien? No tienes buena cara. Hace mucho calor aquí. Voy a abrir para que entre el aire.

Newman cruzó el cuarto y abrió la puerta de la terraza. El viento cimbraba las palmeras y llovía tan fuerte que parecía que un mar se colaba en la habitación, pero el sonido y el olor eran tan gozosos que no les importó que el agua entrara y mojara las cortinas y los pies de la cama.

El horizonte parecía incendiado por las bombas y cuando sonó una sirena anunciando el toque de queda, dejó de llover tan repentinamente como había empezado. También el viento se calmó. Entonces Pilarín salió a la terraza, Newman se quitó la gorra de cuña prescrita en su uniforme militar, la plegó y la siguió afuera.

—¿Qué haces aquí? —preguntó la relaciones públicas sin mirarle, apoyando los brazos en la barandilla.

Se hizo un silencio. Él encendió un cigarrillo y dejó su Zippo negro en medio de ambos, en la barandilla. Fumó hondo dos caladas, con la mirada fija en el río. Ella lo veía de costado: el perfil perfectamente dibujado en la luz del atardecer con el pitillo en la boca, como si fuera una prolongación de sí mismo o le hiciera compañía en sus pensamientos.

—Me he encontrado a tu grupo en el vestíbulo del hotel y, como me ha extrañado no verte, he preguntado por ti a uno de ellos.

—¿A quién?

—No sabría decirte. Me ha dicho que «demasiadas emociones».

—No hace falta que me digas quién era. Ya lo sé. ¿Llevaba el casco puesto? —dijo Pilarín, y al nombrarle inició una sonrisa que se quedó a medias.

No se sentía con energía para contarle, ni para nada. No se había duchado y llevaba la misma camisa con la que inició el viaje a Gò Công, la misma que su padre se ponía para cazar. Cuántas veces en las últimas cuarenta y ocho horas se la habría empapado y secado sobre el cuerpo por efecto del sudor o el monzón… Incalculables. Arrugada, sucia, maloliente, sentía que ni la camisa, ni ella, ni Newman, ni el propio mundo estaban en orden. Se escuchaban cañonazos y, muy cerca, el sonido de una gran explosión. La barandilla en la que estaban acodados vibró, pero ninguno de los dos se movió.

—¿Cómo ha ido? —preguntó él.

—No sé… Todo bien —dijo restregándose los ojos y masajeándose las sienes.

Le dolía la cabeza, pero no tenía aspirinas.

—¿Qué es lo que ha ido bien? —insistió Newman.

—Debería ir a recepción para recuperar mi equipaje. No sé qué han hecho con él —musitó Pilarín, incorporándose. Volvía a hacer calor. Hasta la terraza parecía una sauna.

Ben se aproximó al minibar que renqueaba en la habitación como una estufa vieja, le sirvió en un vaso cinco dedos de whisky con un cubito de hielo y se preparó otro, seco, para él.

—La mejor medicina contra la tristeza —dijo, y lo colocó en la barandilla al lado de su mechero.

—Gracias. —Agitó el vaso unos segundos y después atrapó el hielo, se lo pasó por la cara, el cuello y el escote y luego por los brazos, hasta que se deshizo.

Por último, bebió un buen trago con la esperanza de que le calentara el alma.

—¿Esto se olvida alguna vez? —le preguntó con la vista fija en las bengalas del cielo.

—No.

—Hubiera agradecido una mentira piadosa. —Dio un buen sorbo al whisky—. No sé, tanto sufrimiento… Me pregunto cómo hace el equipo médico para seguir… Cómo haces tú.

—Hablar es terapéutico. También emborracharse. Y mejor las dos cosas a la vez —contestó Ben, apurando su vaso de un trago.

—Eso me dijo uno de los cirujanos. —Pilarín tenía el rostro cansado, como si hubiera envejecido diez años de golpe—. Lo peor no eran los cadáveres apilados en bolsas de plástico —continuó—. Ni siquiera los hombres que morían desangrados.

Newman, que había permanecido con la vista fija en el río, se volvió hacia ella. Iba a decir algo, pero se calló para dejarla hablar.

—Era el dolor en estado puro, los gritos de los que todavía seguían conscientes —masculló.

Se pasó la mano por la mejilla para limpiarse una lágrima y con el gesto se sobrepuso.

—Imagino que ese tormento tan brutal mitiga el vértigo de saber que estás a punto de morir. Pero los gritos en esas caras desencajadas… Es aterrador.

Por primera vez, Pilarín se giró hacia él.

—¿A ti no te martirizan? —le preguntó.

—No son esos mis fantasmas.

—¿Y cuáles son?

—Los que se fueron.

Alguien, en una habitación próxima, puso a Jimmy Hendrix a todo volumen. «Cada cual hace lo que puede por no caer en el abismo», pensó Pilarín. También ella sintió que iba encontrando la calma y, justo en ese momento, vio al corresponsal salir del hotel y alejarse en toda su inmensidad por la calle oscura y desierta.

—Ahí va el mejor de todo el convoy de periodistas —dijo—. Irá a enviar su crónica a la oficina del télex. O no sé —rectificó—. ¿Dónde irá con esa bolsa?

—Seguro que es una botella de ginebra, por si se cruza con una patrulla de la policía.

De nuevo se hizo un silencio.

—Es curioso, no hay pájaros —observó.

—Se los han comido todos.

Pilarín lo miró sin saber si hablaba en broma.

—Es en serio. En las guerras no quedan pájaros —dijo Newman, sonriéndole de medio lado.

De nuevo se hizo un silencio que no parecía molestar a ninguno de los dos.

—Pensaba que vendrías —le dijo ella mirándolo también de medio lado, con una dulzura que él no recordaba.

—¿Adónde?

—A la guerra.

—Ya estamos en la guerra.

—Soñaba que me besarías bajo un cocotero.

—Nunca se debe besar a nadie bajo un cocotero —contestó mirándola fijamente.

—¿Por qué?

—Porque si te cae un coco encima puede descalabrarte.

Pilarín se acercó a él y lo besó con suavidad en la cara perfumada. Ben no respondió a su beso.

—Pero aquí no hay cocos. —Y posó sus manos en los brazos de Newman y volvió a besarlo dulcemente, esta vez en los labios.

De nuevo, Ben Newman permaneció impasible, con los brazos caídos, escrutándola.

—Lo lamento. —Se retiró enseguida Pilarín—. No quería incomodarte. Será mejor que baje a…

Ben no la dejó terminar. Acercó sus labios a los de Pilarín, la besó largamente y cuando ella se abandonó en sus brazos, él también se entregó.

6
Espías

El jefe ha preguntado que dónde pollas estás —le espetó su compañero de sección nada más poner el pie en la redacción de *El Ciudadano*; así que, sin dejar los bártulos en su mesa, el reportero irrumpió como un vendaval en el despacho de Juan Nadal.

El director le hizo un gesto seco para que aguardara a que terminara de hablar por teléfono. Tenía la manía de hacerlo paseando. Nadal obviaba el alcance del cable del aparato y, más de una vez, a fuerza de estirarlo, el teléfono terminaba saltando por los aires y se quedaba con el auricular aprisionado entre el hombro y la oreja. Entonces se escuchaba un potente «¡Joder!» y, a continuación, «¡Carme! ¡Que vengan a arreglar el maldito teléfono!».

En esta ocasión, a medida que transcurría la conversación con un interlocutor que el reportero no pudo identificar, Nadal mantenía la calma y el cable bajo control en los términos que a él le gustaba definir como elegantes, pero que a fin de cuentas, añadía, significaban lo mismo que «vete a tomar por el culo».

El reportero barajó si el que estaba al otro lado del cable sería algún alto cargo ministerial o militar, un empresario o el dueño de un club de fútbol; en cualquier caso, era alguien sin duda ofendido por lo que se había publicado en el último número del semanal.

—Somos gente educada, entiéndeme. Ya sabes cómo funciona esto: el periodista se entera de una noticia, el periodista la confirma, el periodista la escribe y el periodista la publica. Por supuesto que está contrastada. Esa me parece una desafortunada sugerencia…

A estas alturas sus interlocutores solían dar por finalizada la conversación, lo que efectivamente ocurrió.

—¡Carme! —gritó—. ¡En un mes le llamas para cerrar una comida! ¡Espera a que se le pase el cabreo!

Con esa mezcla insólita pero muy eficaz de dares y tomares, Nadal libraba su particular batalla contra los tramposos, los montajes y los engaños.

—Llevo tres días sin verte el pelo. Ya puedes tener algo bueno —le dijo a su redactor, rebosante de vitalidad, con la seguridad de que le traía noticias.

—Esto te va a gustar: dos días antes de morir de un soponcio en plena calle y de que le dejaran el laboratorio más limpio que una patena, Costa puso otra denuncia por robo.

El director dio una palmada excitado, como diciendo: «¡Ahí lo tienes!».

—¿Qué le robaron? —preguntó más calmado, mientras cruzaba los pies sobre su mesa desbordada de papeles y encendía un cigarrillo.

—Poca cosa porque estaba de viaje y llevaba casi todo el equipo encima. Reventaron la puerta del laboratorio y se llevaron una cámara vieja que no suele utilizar, pero que guarda por respeto. Al menos, eso es lo que consta en la denuncia.

—Si le hubieran robado nuestros carretes, Costa nos lo habría dicho. Pero dos robos en una semana…, ¡qué cojones! ¿Qué dice la policía?

—No lo investigaron. Era poca cosa y cuando le he preguntado al comisario, ha empezado con su letanía de «los periodistas no tenéis ni puta idea del volumen de delitos…». Ya sabes.

—Pero ¿entienden que hay relación entre los dos robos?, ¿que quizá el ladrón tuvo que volver al no encontrar la primera vez lo que buscaba?

—Sí pero no. Sí, piensan que es el mismo menda. Un chorizo del barrio que pasaba por allí y que cuando se encontró el cadáver, vio la oportunidad de mangar alguna cámara más, objetivos…, qué se yo. «Un tipo que sabe dónde colocar ese material», me dijo el comisario.

—¿Dos días después y a plena luz del día? No cuadra.

—Eso le dije yo.

—¿Y qué te contestó?

—Que estaba hasta los huevos de las conspiraciones que nos inventamos los periodistas.

—Valiente gilipollas. —Nadal abrió el cajón donde guardaba la caja de Valium y se metió una pastilla en la boca—. ¿Qué hay de Pedrete?

—Esto es lo mejor… Estuve pelando la hebra por el barrio.

Al llegar ahí, se interrumpió para darse importancia.

—Sigue —dijo Nadal con impaciencia.

El reportero se sonó ruidosamente antes de continuar.

—Dicen que cuando el gráfico no le necesita, hace de chico de los recados para todos a cambio de unas pesetas. La lechería, la frutería, la tienda de ultramarinos… Al parecer vuela con el carro de una calle a otra y sobrevive de las propinas de los clientes.

—Así que es un chaval conocido.

—Mucho. Y la mayoría le tiene cariño. Bueno, todos menos una: doña Edel, la dueña de la tintorería, me dijo que es un golfo, un chisgarabís, y que no quiere nada con él. Asegura que le sisaba cuando le mandaba con las alfombras y que en el barrio se dice que atracó a dos chavales por dos pesetas y unos sobres de cromos. Pero nadie lo ha corroborado.

—Entonces ¿el chico vive en Tetuán?

—Sí, y esto es lo mejor. Vive en el propio laboratorio, duerme en un altillo.

Nadal bajó los pies de la mesa, acercó la silla al tablero y asumió una posición vertical, expectante.

—¿Y le han visto estos últimos días? —preguntó.

—No. Como si se lo hubiera tragado la tierra.

—O como si se la hubieran hecho tragar. ¿Y su familia?

—Nadie sabía nada. Dicen que un día apareció sin más y que, cuando le preguntaban, el chico decía que «la ma está en el pueblo».

—¿En qué pueblo?

—Pues aquí viene la última parte.

De nuevo hizo una pausa que aprovechó para sonarse antes de continuar.

—Uno de los chavales con los que se turna en la lechería me aseguró que Pedrete era de Quijorna. «Mira que como me haga el viaje y no sea de allí, vengo a darte de leches», le dije. Pero el chico es de Brunete y su padre recogía chatarra por toda la zona de la cuenca del Guadarrama y él le acompañaba a menudo en el volquete. Me dijo que le conocía desde que era chico. Así que me planté en moto en Quijorna.

—¿Y?

—Y di con la madre. Toda una historia.

El director buscó con impaciencia su paquete de cigarrillos, pero por su mesa parecía haber pasado un tornado. Era tal el desorden de papeles, carpetas y fotografías revueltos y amontonados sobre la máquina de escribir, que los periódicos del día y un buen número de ejemplares de *Time*, *Life*, *The New Yorker* y *Paris Match* yacían dispersos por el suelo. En su ansia por echarse ese cigarro asociado al momento de excitación que se desataba en él cuando vislumbraba una historia, empezó a desplazar, vigorosamente, pero sin orden ni concierto, el teléfono, los papeles, la pantalla de luz, un tomo de las páginas amarillas hasta que la bandeja metálica en la que los periodistas le dejaban sus reportajes cayó a los pies del mueble del televisor.

—Voy a dejarlo ya —dijo sin inmutarse. Y a continuación—: Dame uno de los tuyos.

A decir verdad, si algo le molestaba al tenaz reportero era la costumbre de su jefe de arramblar con el tabaco de los demás y hacía denodados esfuerzos por esconder su paquete de Rex cuando Nadal salía de su despacho a la caza de nicotina, sin discriminar rubios o negros, con o sin filtro. Intentó disimular con un gesto de negación, como que no tenía, y se llevó las manos a los bolsillos de su chaqueta barata, pero le salió tan falso que el director le interrumpió con un cortante «No tengo hasta mañana», así que en esta ocasión no tuvo más remedio que entresacar de la cajetilla uno de sus preciados cilindritos blancos y ofrecérselo.

—Continúa, continúa —le apremió el director tras encenderlo y aspirar profundamente el humo, ya de mejor humor.

—La madre no sabe nada de Pedrete desde hace unos meses, desde la última vez que le envió algo de dinero con un representante de tejidos que la provee de sarga. Al parecer antes cosía pantalones para los militares y ahora los hace para un fabricante de monos de trabajo. Tiene dos hijas que la ayudan. Pedrete no es hijo de su marido.

—Ya.

—Y aquí viene lo bueno: ella regresó de Rusia con el niño, que tendría más o menos un año. La madre de Pedrete fue una niña de Rusia. ¿Te acuerdas de esos niños?

—Solo ligeramente.

—Durante la guerra, las fuerzas republicanas enviaron a la Unión Soviética, pero también a otros países como México, Cuba y Francia, a miles de niños. Ya sabes, para evitarles los rigores y los horrores de la guerra. Y estos niños hicieron su vida en los países que les acogieron.

—Y a la madre de Pedrete la mandaron a Rusia…

—Exacto. Cuando en 1957 Franco abrió la posibilidad de que regresaran a España, ella decidió volver. Tenía veintiocho años y un chaval de siete, sus padres habían muerto y la hermana que le quedaba no quiso saber nada de ella. Imagínate, veinte años después y, además, madre soltera.

—Viniendo de Rusia, imagino que la interrogarían cuando regresó.

—Me contó que varias veces y varios hombres. Así que no quiere líos con la policía, no se fía de ellos.

Con el pitillo consumiéndosele en el cenicero, Nadal no hacía más que elucubrar sobre todas las informaciones que había obtenido el reportero. Tenía la cabeza y el mentón ligeramente levantados, los codos sobre la mesa y la mirada fija en la nada.

—Veamos —dijo, depositando de nuevo la vista en el sabueso—. Está el chaval al que han enseñado a desconfiar de la policía, pero que malvive en un altillo en un lugar donde se ha cometido un robo. También está el detalle de la trabilla arrancada del pantalón de Costa que me contó el reportero de *El Caso*, y que le sorprendió en un tipo tan aseado. Tenemos, por otro lado, ese doble robo en el laboratorio del fotógrafo en solo tres días, tan inusual. Vamos con las hipótesis: ¿estamos ante un simple robo como mantiene la policía o es algo más? ¿Qué puede ser? ¿Vio algo el chaval que le hizo huir? Está claro por qué no ha ido a la policía. Pero ¿qué pudo ver Pedrete que le asustara hasta el punto de desaparecer? O peor, ¿y si le ha pasado algo al chico? ¿Le han amenazado? ¿Y si el fotógrafo no ha muerto de un ataque epiléptico? ¿Y si fue asesinado por haber fotografiado algo o a alguien? ¿Algo inconveniente o que pueda poner en peligro a alguien? ¿A quién? ¿Cómo es posible que nadie viera nada a las tres de la tarde? ¿Ningún testigo? Y si efectivamente el fotógrafo fue asesinado, ¿qué vía de escape tuvo quien lo hizo? Y lo más importante, ¿cómo le mataron?

A continuación, se levantó con tal excitación de la silla giratoria que la mandó a paseo estrellándola contra la pared que quedaba a su espalda.

—Dile a Larrea que quiero saber cómo un ataque epiléptico puede terminar con la vida de una persona. Y también sobre venenos que puedan simular un ataque de ese tipo. Y que se patee la calle Dulcinea de arriba abajo, sin dejarse ni un alma por preguntar.

—Ya lo hice yo —le señaló el reportero.

—Pues que lo haga él de nuevo. Quiero respuestas —le dijo, apretándole las tuercas—. Estoy seguro de que tenemos una buena historia, pero solo se sostiene si encontramos a Pedrete. Así que encuéntralo —añadió.

—Esconderse a plena vista es lo más inteligente —observó atinadamente el periodista—. Pero va a ser difícil, a no ser que esté en el fondo del Manzanares.

—Tráeme a Pedrete o pierdes tus galones —le amenazó su jefe.

Una hora después, y de excelente humor, Juan Nadal cogió la bolsa de deporte que colgaba tras la puerta, pero recordó que la última vez que le encordaron la raqueta dejaron las cuerdas demasiado tensas para su gusto. Ya era tarde para intentar destensarla y la de repuesto pesaba demasiado. «Qué fastidio», pensó. El tenis era su religión, fue fanático de este deporte desde que empezó a jugarlo seriamente a los doce años y, desde entonces, estuviera en India, Pakistán, Cuba o Vietnam, siempre siempre se las ingenió para jugar. Aunque estuviese bajo las bombas, nada le impedía seguir jugando. Le parecía que la vida podía concretarse en ese deporte individual tan duro mentalmente... o al menos su manera de entender la vida.

—Menos cháchara y más trabajar. ¡Los periodistas tenéis la saliva calcárea de tanto hablar! —dijo al atravesar la redacción desencadenando una oleada de risotadas y de cocoricós. Era la chanza habitual de los viernes, cuando se ponía el polo blanco Le Coq Sportif para no tener que cambiarse en el club—. ¡Eso! ¡A rebuznar! —añadió.

El camino en coche a la avenida Menéndez Pelayo, donde se encontraba la destartalada oficina de *Newsweek*, se le hizo larguísimo; no obstante, llegó antes de tiempo. Había encontrado en John Lyndon, el corresponsal en España del famoso semanal, un contrincante a su altura y era esa, y no una poderosa amistad forjada en guerras y barras de bar, la única razón por la que siempre le consentía que fuese a su encuentro con cinco minutos de retraso. Encendió la radio para escuchar el parte de las ocho cuando vio a Ben Newman entrar en el edificio vestido de civil. «¡Lo que faltaba!», pensó. El hecho de que el piloto americano se presentara en *Newsweek* a la hora convenida para jugar un partido minó su paciencia, pero decidió darle a Lyndon los cinco minutos que duraba el noticiero antes de salir a buscarle. Estaba a punto de bajar del coche cuando lo vio aparecer con su bolsa de tenis.

—¿No era Newman ese que acaba de entrar? —le preguntó a su amigo cuando este intentaba acomodar su metro noventa en el asiento del copiloto de su Mini.

—Imposible —dijo—. Se iba de misión, creo que a Vietnam.

—No, estoy seguro de que era él —afirmó.

Hubo esa clase de silencio que parte de la consideración y que establece que es impropio de una persona inteligente contradecir lo que a todas luces parece un hecho constatado, así que el americano calló y se concentró en las palancas del asiento para acoplar su humanidad al pequeño espacio disponible. A continuación sacó su corpulento brazo por la ventanilla hasta apoyar el sobaco en la puerta y, como era habitual, no habían enfilado aún la calle Alcalá cuando comenzó con su cantinela contra el coche que según él era «más propio de señoritas».

Pero Nadal no le hacía ni caso. En su cabeza, las piezas que conformaban el caprichoso rompecabezas político del momento volvían a moverse con un enigma llamado Ben Newman. Si el americano no había subido a la redacción de *Newsweek*, estaba claro que se le esperaba en otro lugar mucho más estratégico: la Misión de Estudios Americanos, que era el nombre bajo el que eufemísticamente se escondía la contrainteligencia americana. Se decía que sus funcionarios se desdoblaban en un pluriempleo muy rentable, atendiendo las cosas de España por la mañana y por la tarde las de EE. UU. Nunca lo pudo certificar, pero Nadal sabía que la influencia de la CIA en los servicios de inteligencia españoles era total. Así que ¿Newman en la CIA? «¿Por qué no?», pensó. Y a continuación, se puso a repasar mentalmente su poderoso revés. Aniquilador.

***

Ya habían dado más de las ocho y media cuando la directora escuchó ruido en la redacción.

—Doña Mercedes, perdone que la moleste.

Hasta que no la oyó, no fue consciente de que Martina llevaba unos instantes en el umbral de su despacho sin atreverse a entrar. Era muy inusual que la asistenta rompiera ese pacto tácito de no importunarla en el único momento de calma que se permitía en todo el día, lo cual le inquietó. Mercedes la miró de hito en hito.

—No te preocupes, Martina —dijo poniéndose las peinas y apretándose el moño, como si quisiera prepararse para salir corriendo—. ¿Pasa algo?

Observó que todavía no se había puesto lo que ella llamaba la bata de quehaceres, que cada día traía de su casa, requetelimpia y tan almidonada como si fuera una camisa de frac, y que tenía la expresión vacilante del que intuye que es portador de malas noticias y no quiere darlas.

—Perdóneme, porque hoy se me ha hecho muy tarde… —se excusó.

Se diría que tuvo que armarse de ánimo para cruzar el despacho y tenderle un sobre.

—Alguien ha echado esta carta a su nombre por debajo de la puerta y… —prosiguió indecisa— me acabo de encontrar a la señora Chata en el portal. Me ha pedido que le diga que por favor suba a verla.

—Seguro que no ha utilizado el por favor, ¿verdad? —Sonrió.

—Si le soy sincera, ha utilizado la palabra «inmediatamente» —respondió la asistenta.

—¡Bueno! Ya me lo has dicho. Gracias, Martina —añadió, guiñándole un ojo.

Pero Martina permaneció de pie frente a su mesa, con aspecto preocupado.

—¿Puedo hacer algo por usted? —preguntó con voz tenue—. ¿Le traigo su café?

—¿Seguro que no te importa?

—Claro que no. Y bien cargado.

Al salir, Martina escuchó voces procedentes de la redacción y, algo raro en ella, cerró tras de sí la puerta del despacho, no para que doña Mercedes no las oyera, sino para que las señoritas la dejaran tranquila, porque estaba segura de que en cuanto olieran su presencia, harían cola en el descansillo y ya no le darían ni un minuto de tregua. Se dirigió con pasos titubeantes al aseo, donde guardaba todos los útiles de la limpieza. Estaba inquieta. Presentía que tenía que haberle dicho que la señora Chata y la señora Montse parecían muy amigas en el portal alabándose mutuamente el peinado de la una y el bolso de la otra. Pero no era su estilo andar con cotilleos. Trató de serenarse mientras se abotonaba de arriba abajo la bata. «No debo entrar en eso», remató con un gesto de rechazo con la cabeza, sin atinar a introducir las manos en los guantes de goma. Movía tan nerviosamente los dedos que los rajó. «¡Y ya van dos pares esta semana!», se enfadó. Sabía que el esparadrapo no evitaría que se le abrasara el dedo con la lejía, lo cual le puso de peor humor todavía; además, las señoritas empezarían a quejarse del olor a desinfectante en un santiamén. «¡Tonterías!», dijo en alto. En el fondo de su corazón lo único que verdaderamente la atormentaba esa mañana era que doña Mercedes estaba pasando por apuros y que a la mezquindad con que Colomina libraba sus batallas contra ella se sumaban ahora las de su nueva jefa, mucho más desalmada, pues estaba logrando hacer saltar por los aires las relaciones humanas de la revista. «¡Pobre señora!», pensó, y se puso manos a la obra olvidando ese café que se había comprometido a prepararle.

✳✳✳

Hacía años que Mercedes había adquirido el hábito de atender con premura a sus jefes. Ya estaba de pie con su bloc de notas cuando dudó un instante y decidió hacer esperar a Chata. Se sentó de nuevo, buscó el abrecartas de acero en el cajón donde guardaba el reposa cigarrillos y al abrir el sobre y observar la letra, dio un respingo. Era la letra de Fernando Salina. La nota decía: «Mercedes, estoy en Madrid y me gustaría verte. Estaré a las siete en el Balmoral».

—¡Santo cielo! —murmuró.

Instintivamente, encendió un cigarrillo y dirigió la mirada a la pequeña acuarela que presidía su despacho. Mostraba una terraza de forma pentagonal de inspiración oriental, rodeada de macetas, con palmeras no muy altas. La barandilla era de piedra y celosía tallada de madera y el suelo, de cerámica hidráulica, tenía un precioso color verde agua. Sobre tres sillas de mimbre desvencijadas, que ocupaban la parte central del cuadro, reposaban unas jarapas de rayas. En un lateral, apoyada en la balaustrada, podía apreciarse una mesa cubierta por un kilim. Era su terraza de Ronda, la locura que su padre les consintió a Fernando y a ella antes de formalizar su relación. Un disparate estético, «no sé si moruno, turco o indio», tal y como lo definía a carcajadas el señor Salvatierra cuando lo mostraba a sus invitados. Era la única estancia que enseñaba, pese a que la quinta, una maravilla arquitectónica del siglo XVI, rebosaba de antigüedades españolas del siglo XVII, británicas del XVIII y cuadros de paisajes del XIX. También contaba con el jardín más gozoso y anárquico de su tiempo, repleto de magnolios imperiales, camarillas de ciruelos silvestres y democráticas praderas inundadas de narcisos y nazarenos.

Una zarzuela de sentimientos contradictorios, buenas y malas expectativas y recuerdos de las horas muertas que pasó con Fernando arreglando el mundo en los sillones de piel del Balmoral se apoderó de ella y, por enésima vez, se arrepintió a medias de no haberse deshecho también de esa acuarela, como se había desprendido de todo lo que la sujetaba a aquellos años.

Troceó la nota y la tiró a la papelera, no tenía intención de citarse con Fernando. Se encaminó a la puerta para advertir a su secretaria de que avisara a la redacción de que se posponía el consejo a las doce porque antes, le aclaró, quería ver a Pilarín y, a continuación, subiría a la cuarta sin aclarar si era con Sanchís o con Colomina con quien se reuniría.

—Y —añadió— llama, por favor, a la secretaria de Nadal para preguntarle si está disponible hoy a las siete.

De vuelta a su puesto de trabajo, no había alcanzado el respaldo de la silla cuando Pilarín Ordiola entró en su despacho. Se había cortado el pelo y llevaba un vestido corto de punto ligero de color azul cobalto.

—Me ha dicho Mari que quieres verme —dijo Pilarín, de pie, frente a ella.

La directora emitió un admirado y profundo: «¡Guauuu!».

—¿Qué te parece? ¿No es genial? —le preguntó la joven agitando la cabeza para dar movimiento al pelo—. Se llama corte bob.

La relaciones públicas se había cortado su melena rubia y lucía el famoso *wash & wear* que había convertido en millonario a un peluquero inglés llamado Vidal Sassoon.

—*No pins, no curlers and no hair dryer* —recitó Pilarín el repetido eslogan.

—¡Estás guapísima! —exclamó—. Muy sofisticada, pareces mayor...

—Esa era mi intención. Estaba harta de la coleta, pero tenía que dejarme crecer el flequillo para que funcionara.

—¿Dónde te lo has cortado? —preguntó intrigada Mercedes.

—En una peluquería por Chueca que me ha recomendado Ana María. ¿Puedes creer que llamó a Pepi, la peluquera, y la amenazó para que no se le pasara por la cabeza tirar mi pelo? Lo ha usado para hacer un reportaje que se titula «Cómo se hace una trenza postiza, paso a paso, por 36 pesetas». Cómo se hace, cómo se cuida, cómo se lava y se guarda. Hasta me ha regalado el maniquí de mimbre. No sé ni dónde guardarlo. Me pregunto qué impulsará a las mujeres a ponerse pelucas y postizos, con lo que pican...

Mercedes ya no la escuchaba, porque estaba buscando algo en la bandeja de entrada de reportajes del próximo número de la revista.

—¿Has podido leer el reportaje? —interrumpió su cháchara Pilarín con voz queda.

—Así que ahora eres redactora —dijo Salvatierra, con el texto de Vietnam en la mano.

—Te aseguro que me he esforzado en no perder detalle de las cosas que he visto, Mercedes, y en contarlo lo mejor que he sabido. Es una gran historia, cambiaré el texto tantas veces como sea necesario hasta que te parezca que está perfecto. «Quiero» que esté perfecto.

—No era una pregunta, Pilarín —la interrumpió Mercedes—. Tienes madera de periodista. Tu reportaje me ha conmocionado. Has dado con una buena historia y la has aprovechado. Estoy orgullosa.

Pilarín respiró hondo. Llevaba días sin pegar ojo y ahora que escuchaba a Mercedes, solo quería acurrucarse en sus palabras y dormir tranquila.

La directora hablaba repasando las hojas grapadas:

—Describes el horror de la guerra, sin utilizar adjetivos pero con humanidad, el lenguaje es sencillo, tu texto es profundo pero no pomposo. Me gusta que hayas optado por seguir un orden cronológico y que empieces por una ciudad atascada que parece vivir al margen de la guerra. También ha sido una buena idea sacar en un apoyo la entrevista con el comandante… ¿Cómo se llamaba? —preguntó.

—Argimiro García. Fue una de las sugerencias de Clementina. Se ofreció a ayudarme y le echó un vistazo al reportaje.

—¿Y qué te dijo? —Mercedes miró el rostro bonito y cansado de Pilarín.

—¿La verdad? —Sonrió la relaciones públicas—. Me dijo: «Vas a abrir heridas».

—¿Por qué?

—Porque es el reportaje de una mujer que ha llegado a territorio de hombres, y eso no gusta.

—Ahora entiendo tu cierre, ese «demasiadas emociones» con el que algunos intentan neutralizar el empuje de las mujeres. Es perfecto. Enhorabuena.

Mercedes le tendió el reportaje con algunas correcciones en rojo. La relaciones públicas le dio las gracias e hizo el ademán de cogerlo, pero la directora lo retuvo unos instantes y, mirándola con curiosidad, preguntó:

—Lo que me sigue sorprendiendo es cómo conseguiste hacerte sitio en ese pequeño convoy de periodistas. A fin de cuentas, y esto juraré no haberlo dicho, esta es una revista de mujeres y me consta que hay medios muy influyentes que se han quedado fuera. Siendo sincera, cuando me propusiste la idea pensé que el reportaje no llegaría a hacerse nunca.

—Fue gracias a Benjamin Newman, lo conocimos en la boda de mi hermana, ¿lo recuerdas? Tiene mano en la embajada, y entendió lo que un medio como el nuestro podía aportar —contestó Pilarín.

A la directora le intrigó la expresión de su cara, insondable, sin deseo de revelar nada…, como si se hubiera preparado para la pregunta.

—Le di mucho la lata, ya sabes cómo soy —continuó, mostrándole de pronto una sonrisa con cierto tipo de mueca que parecía decir «que ningún pensamiento delirante se afiance en tu mente calenturienta».

—¿Y fue con vosotros al hospital de campaña? —insistió Mercedes.

—No, solo a Saigón —dijo.

Y, a continuación, salió del despacho.

Olvidar a intervalos las preocupaciones es la única forma de supervivencia. Durante unos minutos, hojeó los periódicos comenzando por el final, como le gustaba hacerlo, y arrancó de unos y de otros páginas que contenían una columna, una noticia o un reportaje interesante con la intención de leerlos más tarde o pasárselos a las redactoras. Nunca le gustó el aspecto sombrío que tenían las páginas desarraigadas, aisladas del resto del diario. Una masacre, una hambruna, más noticias de Palomares, Vietnam, la boda de Elvis, la guerra de los

Seis Días… Retazos de actualidad generalmente deprimentes yacían sobre su mesa, siniestros, como si las noticias perdieran lozanía y categoría al sacarlas de ese universo de fotos en blanco y negro, tipos, tinta y papel barato. «Que no se me olvide identificar cada recorte con el nombre de su destinataria», pensó, pero en vez de asir el rotulador encendió otro Winston. Justo entonces recordó el requerimiento de Chata para que subiera a verla «inmediatamente», pero no se dio prisa por apagarlo, lo fumó despacio y deleitosamente, como los condenados a muerte en EE. UU. fuman su último cigarrillo de gracia antes de ser ejecutados en la silla eléctrica. «¿Qué sentido tiene revolverme a cabezazos contra lo que ya no está en mi mano?», se preguntó retóricamente. Pero estaba asustada. Sabía que su sentencia a muerte estaba dictada con la llegada de la malvada bruja, pero ¿qué oscuros movimientos habían tejido el nuevo orden de la cuarta planta?

Pese a tocar tres veces la puerta entornada del despacho de la consejera editorial, no escuchó un «¡adelante!», pero decidió entrar. Chata Sanchís y Colomina no la oyeron, enzarzados como estaban en plena discusión. La vieja cronista, acomodada en su silla trono y vestida de encaje verde, atendía con actitud áspera las indicaciones de su jefe. Cuanto más paciente parecía él, más exasperada se mostraba ella y ese intercambio de papeles jerárquicos, combinación peligrosa donde las haya, a Mercedes le pareció ciertamente cómica. Para colmo, el ruido infernal que hacía el ventilador de tres aspas situado encima de la mesa les hacía elevar la voz y Colomina, que al contrario que Sanchís era un poco duro de oído, en varias ocasiones tuvo que repetir «¿qué?, ¿qué?», lo que irritaba más todavía a Chata.

—Vaya, Román, por fin tenemos aquí a la señora directora —dijo Chata, irónica, apagando el interruptor del ventilador en cuanto la vio—. Debe de tener el día muy ocupado para subir… —miró su reloj barato— con dos horas de retraso.

Mercedes calló y dirigió su atención al ventilador. «Falta de grasa en los rodamientos», habría dictaminado con voz experta su madre, toda una autoridad en arreglar los aparatos eléctricos de la casa.

Mientras tanto, en un concentrado esfuerzo por evidenciar su estatus, Colomina se irguió y se cruzó de brazos con la mirada desafiante, de forma que, sin mediar más gestos, el pasante aplicado se convirtió en perro guardián en menos que canta un gallo. «Digamos que la pose de ejercer el poder te ha salido a medias», rio la directora para sus adentros. Estaba determinada a capear el temporal, a mantener su rumbo y hacer lo mejor para la revista, sin importarle las consecuencias… Como si tenía que ponerse a hacer traducciones para sobrevivir. Chata le indicó la silla de confidente y Mercedes obedeció.

—En cinco minutos tengo mi último consejo de redacción antes de marcharme de vacaciones —anunció.

—No te vamos a robar más de dos —dijo Chata—. Aquí tienes mi primera colaboración en la revista.

La directora cogió las dos cuartillas y se disponía a levantarse cuando su jefa la retuvo.

—Prefiero que la leas ahora para evitar equívocos.

Lentamente, Mercedes se volvió a acomodar en el respaldo de la silla. El enunciado no admitía dudas: editorial, junto a sumario, con su firma y su foto. Tuvo que leerlo dos veces para entender que lo que se proponía iba más allá de publicar una simple columna o una nueva sección de la revista. Por la autoridad que se arrogaba y el emplazamiento que exigía, su objetivo era neutralizar la voz de la directora. Su voz.

—¿Me estáis degradando? —inquirió intentando dominarse.

Ni en sus peores sueños había imaginado semejante afrenta.

—Ni muchísimo menos. Solo estoy asumiendo mis competencias como directora editorial.

—En tus tarjetas de visita pone consejera, directora solo hay una.

—Consejera, directora editorial, qué más da. —Rio estentóreamente Sanchís, y su blusa de encaje verde se hinchaba y deshinchaba al ritmo de sus impetuosas bocanadas de aire. Y ya seria, continuó—: El editorial lo escribo y lo firmo yo. Tú puedes seguir haciendo tu carta de la directora, que irá a continuación.

El calor era cada vez más asfixiante. Mercedes dirigió la mirada a Colomina. Obviamente no buscaba su apoyo, sino una aclaración.

—Te hemos llamado para informarte de que he abandonado mis funciones de editor, que recaerán en Chata, y me dedicaré exclusivamente a la gestión del negocio como presidente de la compañía. Esta mañana sale el comunicado y no queríamos que lo supieras por los medios.

—Bien —dijo, levantándose bruscamente—. Como he dicho, me espera un consejo de redacción. Y, por cierto —añadió, volviéndose a su nueva jefa—, te ha estallado un botón.

Ocurre a menudo que si una persona decente se siente injustamente tratada, adopte tal voluntarismo y convicción que no haya nadie en el mundo capaz de restar un ápice a su determinación. Y esa es justamente la transformación que Mercedes Salvatierra experimentó en ese preciso momento cuando salió con tal ímpetu de la planta de dirección que la manga quimono del vestido se le enganchó en el picaporte de la puerta, que permanecía entornada, y a punto estuvo de rasgarla. Un ruido insoportable de frases a medio hacer martilleaba su cerebro mientras bajaba por las escaleras hasta el piso primero, pero cuando atravesó la sala de la redacción, el sonido metálico de las máquinas de escribir y las voces de las periodistas le parecieron música y comenzó a serenarse.

—En cinco minutos, consejo de redacción —anunció—. Y avisad a las que están fumando en la terraza —dijo al pasar junto a las mesas vacías de Pilarín y Clementina.

—Rosario, ¿a qué hora está prevista la visita de las lectoras? —interrogó, elevando la voz, a su redactora más combativa.

—Este mes no hay visita —contestó la aludida—. Recuerda que como hace tanto calor y los niños ya están de vacaciones las hemos suspendido hasta septiembre.

—¡Gracias, buen Dios! —dijo con alivio la directora, pensando en todo lo que tenía que hacer.

Finalmente se detuvo frente a la mesa de Montse Salvador. La subdirectora había desplazado junto al teléfono el frasco de colonia, el pequeño crucifijo de plata y una pila de diccionarios, libros, textos y revistas para poder desplegar las páginas, las medias páginas, los tercios y los breves que acababa de mandar el responsable de publicidad: jabones Maja, suelos Sintasol, blusas Terlenka, jabón Lavanda Puig, lanas La Sevillana, dentífrico Fluoride, colonia Myrurgia, leche condensada La Lechera, crema champú Polycolor, lavadoras Ruton...

—Las señoras primero —sonrió Mercedes repitiendo el lema de las superautomáticas—. ¿No es hermoso, Montse?

Las dos rieron al unísono. A Salvador siempre le habían encantado esos momentos de camaradería, pero ya ni los echaba de menos. Sabía que había perdido a una compañera. Pero ¡qué demonios podía hacer ella si esa cerrazón y esa soberbia de su jefa ponían en peligro la continuidad de la revista! Su jefa, ¡tan distinguida! Cientos de veces había intentado hablar serenamente con ella para hacerle entrar en razón. Qué le costaría publicar una entrevista con la fundadora de la Sección Femenina, toda una Procuradora de las Cortes. Pues no. Qué más le daba compartir con su jefe su decisión de titular la portada. ¿Para qué? Cómo se notaba que no necesitaba el trabajo. Por otra parte, era un alivio saber que ella sí que contaba con las simpatías de la dirección; Colomina la valoraba y esa misma mañana Chata Sanchís había tenido la gentileza de elogiar su peinado y el rigor de los artículos de la revista. «Conozco tu experiencia», le había dicho a modo de despedida, y Salvador levitó.

—¿Y qué llevamos en la contra? —escuchó decir a Mercedes.

—Medias Rodiflex. No está nada mal. Con Laura Valenzuela.

La directora observó la imagen que le mostraba su segunda. La guapa presentadora rubia, con un vestido verde botella de punto y zapatos de medio tacón, aparecía en cuclillas para demostrar que, pese a su fineza y transparencia, las Rodiflex aguantaban lo que les echaran.

—Montse, si te parece vemos un segundo, antes de la reunión, las inserciones de publicidad. Y…, por cierto, que no se me olvide: a partir de ahora, quiero que Pilarín entre en los consejos.

Al pasar junto a su mesa, la secretaria le informó de que Juan Nadal no podía verla hasta las ocho y media en la oficina y que andaba con el tiempo justo porque a las nueve tenía que salir a una entrega de premios.

Siempre hay una rezagada, pero esta vez fueron un par.

—¿Cómo demonios habrán hecho tan buenas migas estas dos? —le susurró la subdirectora a Rosario cuando la relaciones públicas y la nueva entraron en la sala disculpándose por el retraso—. ¡Por Dios, esto es una sauna!

No hacía ni cinco minutos que se había sentado en esa endemoniada silla de imitación de piel cuando empezó a notar gotas de sudor corriéndole por la espalda, la rabadilla, las corvas y el cuero cabelludo.

—No tardo ni un segundo —dijo a modo de disculpa, y volvió con un cojín fino de figuras geométricas en marrón y vivos naranjas que dispuso sobre el asiento de escay.

Un grupo de redactoras discutía acerca de si Robert Redford en *Descalzos por el parque* era un dios hecho hombre, pero enseguida surgió el nombre de Paul Newman y el parloteo se avivó. Solo la responsable de los consultorios se mantuvo inusualmente al margen, con la vista fija en su cuaderno de notas.

Con la llegada de la nueva, los consejos de redacción se habían convertido en un tormento para Rosario quien, pese a no ostentar la responsabilidad de redactora jefe, estaba acostumbrada a llevar la voz cantante.

—¡Habrase visto qué autosuficiencia! ¡Qué manera de acaparar la atención! Pero ¿quién se habrá creído que es? —le comentaba a Teresa sobre la superioridad con que, a su modo de ver, despachaba sus temas Clementina—. Y para colmo, Pilarín va y le da a leer su reportaje de Vietnam. —Rosario se sintió terriblemente traicionada cuando se lo pasó—. No se le ocurrió pedirme mi opinión, y no me vale que me diga que la nueva se ofreció a hacerlo…

Mercedes entró sin tiempo que perder y tomó asiento en el cabecero, junto a Salvador. La algarabía de voces se tornó en murmullos y luego se hizo el silencio.

—Todas queremos marcharnos de vacaciones lo antes posible, así que hago una breve recapitulación… —Se detuvo—. Pilarín, ¿puedes conectar al máximo el ventilador y abrir esa persiana? ¡Qué manía con estar en penumbra!

—Espera, no te levantes, Pilarín— dijo Elena, siempre dispuesta.

—Si la abrimos del todo, nos vamos a achicharrar con este sol abrasador y además se van a quemar las cintas —intervino la subdirectora sufriendo por sus macetas y por el cerco en su falda.

—Pues a media asta —solucionó la directora de moda, en tono conciliador.

Mercedes prosiguió:

—El primer número de agosto está cerrado y a punto de salir a quiosco, y el segundo, prácticamente cerrado. Montse, como te he comentado en mi despacho, cambiamos mi editorial. Y entra Vietnam: acabo de pasar mis correcciones a Pilarín. Salta al segundo número de septiembre el relato del periodista de *Le Figaro*. Más cosas… —añadió revisando su bloc—. Aunque ya abordamos en su momento la encíclica de Pablo VI, es un buen momento para volver a ella. ¿Te atreves de nuevo con la *Populorum progressio*? —preguntó a la subdirectora.

Clementina ahogó un bostezo.

—¿Te aburro? —inquirió la directora, con impaciencia. Y, a continuación, la machacó sin compasión—. Es preferible que aprendas lo antes posible que en esta revista no todo es el biquini.

La nueva bajó la mirada y retrocedió hasta aplastarse contra el respaldo de su silla, cautelosamente. Frente a ella, Rosario no pudo evitar una media sonrisa, que solo Clementina detectó. Le dieron ganas de abofetearla. Mercedes se dirigió de nuevo a la subdirectora:

—¿Qué te parece si escribimos un decálogo, a modo de recordatorio? Dale una vuelta y me dices. Fue uno de los artículos más aplaudidos del número de mayo, así que vamos de nuevo con ello en septiembre. Dos páginas con ilustración.

La subdirectora tomaba nota, concentrada, mientras Rosario miraba de soslayo sus anotaciones: «OJO», con mayúsculas y subrayado, y a continuación «editorial de Chata». «Decálogo, *populorum*, 2 págs., ilustración y un monigote…». Le asaltó la duda. ¿Qué querría decir «editorial de Chata»? ¿Chata Sanchís iba a escribir la página editorial? ¿Y Mercedes? Apartó la vista rápidamente, no quería que nadie la viera husmeando en notas ajenas.

—Me parece una buena idea concretarla en un decálogo sencillo —dijo Montse, levantando la cabeza y removiéndose en la silla como si quisiera despegarse. Sostenía un pañuelo en la mano que de vez en cuando se pasaba por la nuca y la cara—. Si te parece, podemos pedir testimonios a actores, cantantes o escritores. Muchos de ellos están de vacaciones y se mostrarán dispuestos a colaborar.

—Perfecto —concluyó—. ¿Qué queda por cerrar del primer número de septiembre, «Mujeres y profesión»?

—Solo tu carta —intervino Teresa, la redactora jefe.

Mercedes cruzó una mirada rápida con su subdirectora, masculló que ya la mandaría y continuó:

—Para el número de la moda, Teresa, ¿me has pasado tu crónica de Londres?

—Te la ha dejado Mari en la bandeja. Te va a divertir —contestó la redactora jefe—. En Bazaar, la tienda de Mary Quant, ponen la música muy alta y había un grupo de chicas jovencísimas que solo bailaban, se maquillaban y bebían champán gratis. Quant acaba de sacar una línea de maquillaje porque dice que no puedes cogérselo a tu madre si llevas minifalda.

—¡Dime que tú también te maquillaste y te probaste una mini! —suspiró Ana María, que ni borracha se atrevería a ponérsela.

—*Of courssseee!* —replicó—. ¡Treinta y cinco centímetros de tela medidos con cinta métrica! Tengo la prueba.

La foto, hecha con una cámara Polaroid, mostraba a Teresa posando delante de la famosa puerta de King's Road y enfundada en un vestido cortísimo, calcetines largos por la rodilla y zapatos de charol con trabilla. Hubiese podido parecer una *groupie* de los Kinks si no fuera por ese collar de dos vueltas de lo que parecían perlas y el bolsito de cocodrilo que su madre solo le prestaba en las grandes ocasiones, que no quiso quitar; así que solo le faltaba una diadema con redecilla para completar el destrozo al modernísimo Mary Quant. El resultado era tan chirriante que todas reían con ganas mientras la pola circulaba por la mesa.

—No sé qué os hace tanta gracia… —dijo Teresa.

Y todas estallaron de nuevo a reír. La redacción apreciaba sus correcciones atinadas, expresadas con bondad y generosidad, y adoraban sus crónicas y entrevistas, siempre deliciosas, que revelaban oficio, humor, inteligencia y buen periodismo. Mientras tanto, Teresa pensaba en su marido. «Quiera el cielo que sus amigotes no vean la foto para no tener que aguantar sus chistes de nuevo… De lo que no se va a librar es de su madre. La bruja no tardará en llamarle por teléfono con su eterna cantinela acerca del comportamiento inapropiado de su mujer, con tanto viaje y tanta foto. Pobre mío».

—Bueno, bueno —carraspeó Mercedes con la intención de reconducir el consejo—. Rosario, ¿tienes las respuestas de los creadores españoles?

—Me contestaron Pedro Rodríguez y Elio. Más allá del buen o mal gusto, Elio ha hecho un análisis muy interesante sobre la figura femenina. Dice que acortar la falda a treinta y cinco centímetros es una exageración y que, aunque no es elegante, responde a una necesidad de reequilibrar la silueta.

—¿En qué sentido? —preguntó la subdirectora.

—Asegura que es una cuestión de proporciones: que si los peinados ya no se llevan altos y los tacones tampoco, para que las mujeres no parezcamos achaparradas es necesario dar una mayor largura a las piernas —explicó mientras jugueteaba con la cadena que llevaba en el cuello y de la que colgaba su Virgen del Pilar.

—¿Y qué pasa con Pertegaz? —dijo la directora.

En ese momento la cara de Rosario ya era un poema. Los arañazos que se infringía en el cuello por el roce de la cadena destacaban tan rojos sobre su escote que parecía que fuesen a sangrar.

—Fue Clementina quien le entrevistó —contestó enfurruñada—. Yo no tenía un momento de respiro con los consultorios y ella llamó a Nueva York.

—¿Y? —interrumpió Mercedes girándose hacia la aludida.

Se lo había puesto en bandeja. Rosario había necesitado una explicación larga y tediosa para argumentar la teoría de la mini, así que ella optó por el camino corto y eficaz, el del titular:

—Pertegaz dice que la condena. «Condeno la minifalda», me dijo sin miramientos.

—Ahí tenemos el titular. Me parece directo y muy sensato —aprobó Mercedes—. ¿Cómo lo ves, Elena? —preguntó a su cuñada, que, si bien se esforzaba siempre por ocupar un segundo plano, era a la que Mercedes consultaba en cuanto a los temas principales de moda.

—Me parece perfecto. Además, con su triunfo en Nueva York, Pertegaz es el que tiene más influencia.

—Otra cosa más —añadió la nueva redactora—. Pensé que para este tema sería bueno entrevistar a Courrèges, el creador de la mini. Le he estado persiguiendo sin muchas esperanzas, la verdad. Por eso no te dije nada, Montse —se excusó, tocándole el brazo—. Pero para mi sorpresa ha contestado. ¡Tenemos unas declaraciones y fotos exclusivas de André Courrèges y de su mujer, Coqueline!

—¡Coqueline! ¡Es una mujer fascinante! Creo que era su asistente cuando trabajaba en Balenciaga. Además, Elena, ¿no es de Courrèges el gorro futurista de la portada? —apuntó Pilarín, que una vez más había tenido que hacer de modelo a su pesar. Odiaba ponerse delante de la cámara para la revista.

Aquello era demasiado para Rosario. Tenía tal aire lastimero y agitado sentada sobre el escay que hubo quien pensó que se estaba poniendo mala. Observó que nadie, ni siquiera Teresa, parecía percibir que le estaban poniendo la zancadilla, por lo que le entraron tales ganas de llorar que pidió disculpas y salió hacia el cuarto de baño, buscando en un último instante alguna mirada comprensiva. Solo se cruzó con la de Ana María, preocupada por si le había dado un golpe de calor.

—¿Te encuentras mal, Rosario? —le dijo al salir—. ¿Quieres que te acompañe?

—Bien —continuó la directora, deslizando hasta la última falange de su dedo el gran anillo de ópalo y comenzando a jugar con él—. Pero no mezclemos temas. Soy de la opinión de que la minifalda es un invento exclusivo para chicas de veinte años, así que dejemos a los creadores de alta costura españoles dar su parecer al respecto. Y... —Se detuvo para recoger del suelo el pañuelo que se le acababa de caer a Montse y devolvérselo, lo que provocó una sucesión de «gracias», «muchas gracias», «tranquila», «de nada»—. Y —dijo recuperando el hilo— montamos la entrevista a los Courregès como un reportaje independiente.

Apartó ligeramente la silla de la mesa y adoptó una postura distendida. Estaba satisfecha del giro que había tomado el número con esta inesperada entrevista, aunque le molestaba la tendencia de Clementina de saltarse todos los procedimientos.

—Clementina, te felicito por tu iniciativa. Como dijo Kennedy, el coraje es la base de todas las virtudes.

—Creo que fue Churchill —la corrigió Clementina y enseguida se arrepintió.

«Pero por qué seré tan bocazas».

—Cierto, fue Churchill. Siempre digo que aquí aprendemos más que enseñamos —concluyó la directora, levantándose—. Hacemos un descanso de treinta minutos.

Media hora más tarde, la sala del consejo era una sauna y hasta el gotelé de las paredes parecía deshacerse por efecto del calor y de la humedad insólita que proporcionaban unos nubarrones negros que no terminaban de descargar. Había pasado la hora de comer y las periodistas ya habían dado cuenta de los bocadillos de chorizo de Cantimpalos que Pilarín fue a buscar al bar de la esquina. Incluso Ana María Miranda, que nunca probaba el chorizo porque decía que le salían granos, había picoteado del pan manchado con grasa de cerdo y pimentón cuando se le terminaron las galletas. El ventilador funcionaba a pleno rendimiento y alguien había situado, junto a las aspas, una botella de plástico con agua congelada en un vano intento de refrigerar la sala.

—¡Os veo amodorradas! —exclamó Mercedes al entrar—. A ver si acabamos en una hora y podemos marcharnos —dijo, recogiéndose la falda plisada y sentándose elegantemente. Estaba fresca como si acabara de ducharse.

Pilarín estiró los brazos para desentumecerlos y captó su mirada.

—Por cierto, le he pedido a Pilarín que entre en los consejos —dijo—. Como sabéis, acaba de hacer un reportaje extraordinario sobre un hospital de campaña español en Vietnam y, aunque Montse y yo no queremos que abandone sus funciones de relaciones públicas, creemos que puede aportar valor a la redacción y de vez en cuando seguir escribiendo. Dicho esto, Montse, continua tú, por favor.

Las chicas aplaudieron.

—¡Vaya! —exclamó Salvador sonriendo—. ¡Y eso que todavía no habéis leído su crónica! Vamos con «Cosas prácticas» —dijo.

La sección de «Cosas prácticas» siempre salía como una de las más valoradas por las lectoras. Se contaban por decenas las cartas y consultas telefónicas que cada semana llegaban a la redacción pidiendo consejo sobre esto o aquello, y los tres gruesos volúmenes de la *Enciclopedia Moderna del Hogar* que la subdirectora había descubierto en una librería tenían todas las respuestas. Distribuir un recibidor o una cocina, instalar un suelo de linóleo, desatascar un váter, elegir un sistema para colgar las cortinas o las herramientas necesarias para que el planchado sea menos largo y fatigoso, quitar las señales de lluvia en un bolso nuevo o limpiar una joya... Hasta tenía un diccionario completo para hacer desaparecer las manchas de la ropa, desde la A de aceite a la Z de zumo de frutas, pasando por la C de cola y la M de mercromina o de moho… Nada escapaba a las más de mil setecientas páginas que conformaban los tomos.

—Para el primero de septiembre tengo preparado un reportaje sobre cómo poner una mesa de etiqueta —anunció Rosario—. Y para el segundo, como veo que hay mucha confusión entre los estilos Luis XV y Luis XVI, había pensado hacer algo muy visual, enfrentando dos fotos de una silla de cada época y sacando con flechas las diferencias.

—Me parece bien. Yo añadiría un apoyo sobre la compostura en la mesa —dijo la subdirectora—. Manos sobre el mantel, utilización de los diferentes cubiertos, colocación de la servilleta; en fin, todo eso que siempre es bueno recordar.

—Belleza —añadió, dirigiéndose a Ana María sin rodeos.

Tenía mucho calor y los cercos de sudor en las axilas empezaban a asomar en su vestido de algodón de color azul bebé. La aplicada redactora de belleza echó mano de las anotaciones de su cuaderno cuando comenzó a tronar en la calle.

—Tengo preparado un especial cabello para el que necesito bastantes páginas —dijo—. Por una parte, le he pedido a Pilarín que escriba una pieza sobre su cambio de imagen, si os parece bien.

Un murmullo de aprobación respaldó su propuesta.

—Además, con el pelo que le cortaron, le pedí a la peluquera que fabricara una trenza postiza. Tengo un «así se hace» con sus fotos y todo. Por poco más de treinta pesetas puedes tener un precioso postizo. Y, por último —añadió satisfecha por la acogida que estaban teniendo sus temas—, tengo un gran reportaje sobre el Festival Internacional de Peinados de Barcelona, con todas las tendencias de pelo para el otoño y entrevistas a los grandes peluqueros nacionales e internacionales.

—Entiendo que abrirás con este último tema. ¿Cuántas páginas necesitas? —preguntó Mercedes.

—¡Seis como mínimo! —contestó triunfal, cerrando su bloc.

—Y… —reclamó Rosario con voz atiplada por la emoción de la venganza—. ¿Por qué no le hace Yllera unas fotos a Pilarín? ¿Un antes y después de su corte de pelo? Estamos a tiempo.

Sabía —toda la redacción lo sabía— cómo odiaba Pilarín hacerse fotos para la revista, pero era tal su deseo de estar a la altura de lo que Mercedes le pedía, que terminaba por transigir. Sin embargo, cuando se publicaban, no había elogio a su estilo ni a su atractivo ni palabras de ánimo de sus compañeras que la consolaran. Sabía que no había nada más inapropiado para que se la tomara en serio que salir a lucirse una y otra vez y aquello la trastornaba y le ponía de muy mal humor. Se hizo un silencio.

—¡Claro! —dijo Pilarín, desafiante—. ¿Y por qué no te lo cortas tú, Rosario?

—Porque no me quedaría como a ti de bien —contestó fríamente.

—No estoy de acuerdo —dijo elevando el tono—. Te hacemos una foto del antes y otra del después, las enfrentamos y titulamos: «¡Busca los siete errores!». ¿Qué te parece, Rosario? ¿No dice Montse que tenemos que aprender a reírnos de nosotras mismas?

Estaba furiosa.

—Nadie va a hacerse ninguna foto más —intervino Mercedes—. Es innecesario. Basta con la polaroid que acompañará el texto, tal y como estaba decidido. Por cierto, Rosario, no has dicho nada del reportaje del taller de Balenciaga.

—Estuve en Eisa Costura y, efectivamente, el taller no vive su mejor momento, como cuando vistió de novia a Fabiola. Donde antes había decenas de empleadas en los departamentos de fantasía o en sastrería, ahora no hay ni la mitad. Es bastante impresionante contemplar el fin de su reinado.

—Pero siguen teniendo encargos… —apuntó Mercedes—. Y me gustaría ayudar en lo posible para que no tenga que cerrar. El tema es cómo hacerlo. Balenciaga debe de andar por los setenta y no concede entrevistas, pero voy a intentar que nos pase imágenes en exclusiva para España de su última colección.

—¿Por qué no nos centramos en seguir durante un día a una o dos de sus trabajadoras, una jefa de taller, una segunda oficiala y quizá una maniquí? —intervino Clementina—. Me consta que la casa Balenciaga regala el traje de novia a las empleadas que se van a casar. Podemos elegir a una de ellas.

—Continúa —le apremió la directora.

—Parece ser que cuando su vestido nupcial está terminado, la trabajadora hace un pase para sus compañeras en los salones donde se presentan las colecciones, y el ambiente es alegre y festivo.

Mercedes parecía ensimismada; recordaba otro vestido y otros tiempos, pero Clementina lo interpretó como que dudaba y reorientó el enfoque del reportaje:

—Por supuesto, yo no me centraría en ello, sino en el preciosismo, el arte y la profesionalidad con la que se trabaja en la casa. Pero lo del traje de novia me parece muy representativo del trato que se dispensa a las empleadas y del privilegio que supone trabajar en un lugar como ese.

De nuevo pareció captar la atención de Mercedes y se envalentonó:

—Las maniquís son las auténticas reinas del taller… Seguir a una de ellas resultaría fascinante.

Mercedes dirigió la mirada a Pilarín y ella le sonrió. Ambas sabían que la escalada social de Asunción a lo más alto se inició precisamente en el taller de Cristóbal Balenciaga, algo que la madre de la relaciones públicas de *Dana* era alérgica a recordar.

—Además —insistía Clementina—, muchas modistas se sacan un sobresueldo cosiendo en su casa piezas idénticas a las que se hacen en el taller para las mujeres del barrio. Hay Balenciagas de barrio por doquier en decenas de bodas y comuniones...

—¿Quieres decir que roban los patrones del taller? —inquirió Mercedes, extrañada.

Clementina enmudeció. Su ambición por llevarse el gato al agua la ponía en peligro a ella, pero, sobre todo, hacía peligrar el trabajo y el sustento de su querida vecina y amiga Julita. Pero ¡cómo se le ocurría...!

—Bueno, es una exageración —retrocedió—. Los patrones de Balenciaga son inimitables.

—Empieza con el tema, a ver adónde te lleva —le dijo la directora a Clementina—, y nos vas teniendo al tanto. —Y a continuación se levantó.

Las periodistas salieron en tropel, todas excepto Pilarín, que entrecerró la puerta asiendo el picaporte. Esperaba a Rosario, que se había quedado rezagada: quería tener unas palabras con ella. Cuando la redactora llegó a su altura, a Pilarín se le había pasado la ira, pero no el disgusto, y parecía muy serena cuando le dijo:

—Lo que hoy me has hecho en la reunión no tiene nombre. Me has demostrado una ruindad que podía suponer, pero que nunca te había conocido. Tu falta de compañerismo me ha mostrado lo que eres: un ser vengativo y retorcido.

Rosario la escuchaba a tres palmos sin decir palabra. Era demasiado valiente para achicarse y demasiado orgullosa para defenderse. Pilarín no dijo más. Abrió la puerta y salió de la sala pensando que ya era hora de que alguien le cantara las verdades.

***

En silencio y empezando por los pies, como un torero. El mismo ritual. El ama de llaves había dispuesto a los pies de la silla los zapatos de cordones, negros y lustrados, encargados a medida en John Lobb, en el 9 de St. James Street. La pieza más importante del vestuario, una chaqueta filipina, nívea, cruzada, con doble capa de algodón y con su nombre bordado, se acomodaba en el respaldo de la silla. Sobre el asiento de terciopelo devoré descansaban los pantalones de franela ligera de color gris que le confeccionaban en Larraínzar y unos calcetines de hilo, negros y hasta la rodilla. Sobre ellos, minuciosamente doblado, igual que se pliega un paracaídas que necesariamente tiene que abrirse en el siguiente salto, reposaba un mandil largo, blanco e impoluto. Y erguido y poderoso como un tótem, encima de todo, el gorro. El capote para el torero es el gorro para el cocinero. Su altura distinguía a los grandes chefs y, cuenta la historia, que sus característicos cien plisados doblados simbolizaban las cien maneras de preparar un huevo que todo cocinero experimentado debía conocer.

Guillermo Gattinara permanecía tumbado en la oscuridad, desnudo. El colchón no parecía sufrir bajo su enorme fortaleza física, producto de años de hacer pesas, pero una ligera flaccidez de la piel apuntaba su edad. Un gran tarro azul presidía la mesita de noche. Contenía un bálsamo que desde hacía años le elaboraba un farmacéutico egipcio a base de aceite de oliva, cera de abejas, miel, polen y propóleo con el que se embadurnaba la cara y cuya fórmula ya se había encontrado en las tumbas de los faraones dadas sus propiedades regenerativas, antisépticas y cicatrizantes. El preparado era tan fuerte que toda la habitación olía a miel.

Su ama de llaves tocó la puerta, Gattinara se levantó y, como cada día a esa hora de la tarde desde hacía más de una década, subió la persiana. Siempre se sentaba en la cama para ponerse los calcetines: alargaba una pierna y luego la otra y los estiraba, tensándolos de tal manera que parecían estar sujetos por ligas. A continuación, se ponía los calzoncillos y la camiseta de tirantes frente al espejo de cuerpo entero, cuyo marco había sido cincelado por un broncista afamado del siglo XVIII a base de atributos de gloria y guerra, como rayos, espadas, escudos y laureles. Una cabeza de un guerrero con casco coronaba la pieza. Se irguió y observó la imagen que se reflejaba, la del cuerpo de un hombre pleno de vigor. Despacio, se puso los pantalones, sin cinturón, ya que le molestaba esa desagradable opresión, los zapatos y finalmente la chaqueta de algodón con su nombre.

Dirigió la vista al pequeño cuadro que mostraba un paisaje invernal iluminado por las primeras luces del día que Camille Pissarro había pintado cerca de Versalles, en Louveciennes. Era su bien más preciado, aunque no el más valioso, y por esa razón colgaba en una pared de su cuarto, frente a la cama: para poder mirarlo antes y después de cerrar los ojos. De igual manera que el piadoso se encomienda a su Virgen, él también murmuró algo parecido a una oración. Justo debajo de la pintura, en una repisa, se apilaban algunas primeras ediciones de libros en diferentes lenguas, entre los que destacaban los cinco volúmenes de *L'art de la cuisine francaise*, de Marie-Antoine Carême, con las meritorias creaciones y aportaciones que el cocinero favorito de Talleyrand y del emperador de Austria, Francisco I, había hecho a la alta cocina. Las páginas de los tomos estaban señaladas por infinidad de papelitos milimétricamente dispuestos junto al lomo y a menudo abría los libros por una página cualquiera y leía, en un breve acto de superstición.

Pero su capillita no estaba en esos viejos libros de cocina. En un silencio sepulcral exclusivamente roto por sus pisadas, se dirigió a un pequeño aseo escondido tras lo que parecía un armario. Abrió las puertas y el grifo. Empapó una toalla en agua fría, la escurrió y se la aplicó unos segundos en la cara como si se tratara de una mascarilla y, tras quitársela, se maquilló levemente la tez con una crema ligeramente coloreada. Después vertió en su mano una pequeña cantidad de gomina, la calentó y la extendió pasándose una y otra vez el peine por la cabeza. No paró hasta que el espejo le devolvió una imagen pulcra. La cara de otro. Buscó una pestaña en el lateral del marco y el espejo se desmontó por completo mostrando un hueco en la pared. En él escondía tres pasaportes de diferentes países, la insignia de la Cruz de Caballero y la foto de un hombre que no tendría más de cuarenta años e iba ataviado con un uniforme militar alemán. La observó deteniéndose en cada rasgo, cada poro, en el mentón, en la nariz, en los labios, en el nacimiento del pelo, buscando cualquier atisbo de familiaridad en la mirada. Pero no lo encontró y gimió. Fue un gemido sin eco, tan severo y frío como el hombre de la imagen.

El ama de llaves tocó de nuevo la puerta. Gattinara volvió a colocar el espejo en su sitio; a continuación, asió su gorro de cocinero y mientras bajaba por la escalera los dos pisos que le separaban de su restaurante se lo encajó con un movimiento perfecto.

＊

A esas horas, la sede de *El Ciudadano* era un hervidero de periodistas, meritorios y colaboradores que sabían que no había en todo Madrid mejor barra que esa redacción para apretarse la primera o la tercera, generalmente de whisky. El DYC corría entre las mesas de los que se apresuraban a cerrar su pieza contrarreloj y entre los integrantes del corro que se había formado en torno a la fotoperiodista Joana Biarnés, que relataba sus aventuras y desventuras cuando, disfrazada de *groupie*, consiguió colarse en la habitación de los Beatles en el hotel Avenida Palace de Barcelona. El vocerío era incesante.

—¡Tú, el que siempre está sin gorda! —El alarido provenía de la sala de archivo—. ¡Mira que no te lo voy a repetir! ¡Ni cheques ni pagarés! —gritaba en alusión a la partida de póquer de esa noche, donde solo a los reporteros con galones se les permitía tal fórmula de pago.

—Soy todo oídos —le dijo Juan cerrando la puerta del despacho.

Seguidamente, se dispuso a preparar dos vasos de whisky. Mercedes se sentó y encendió un cigarrillo.

—Chata va a escribir y firmar el editorial —anunció enojada.

—¿La carta de la directora? —le preguntó Nadal. Le acercó el vaso, se acomodó en su silla y le robó uno de sus pitillos—. No puede —dijo tajantemente.

Llevaba la corbata aflojada y la camisa arrugada y remangada que mostraba sus brazos macizos y bronceados.

—No, la carta se mantiene. Pero ella escribirá el editorial.

—Pensaba que su colaboración iba a ceñirse a una columna.

Salvatierra asintió con la cabeza.

—Eso pensaba yo… y aun así echaba humo. Así que imagínate: ahora estoy que echo fuego. De hecho —sonrió por la encadenación de metáforas—, tengo la sensación de que hay dos o tres incendios a mi alrededor a punto de declararse —dijo con una mueca que marcaba más sus hoyuelos.

—Al menos uno lo tienes ya encima. ¿Qué vas a hacer?

—Nada, no puedo hacer nada. Prepararme para la siguiente, porque esto no ha hecho más que empezar. A menos que… ¿Se te ocurre a ti algo? —Mercedes siempre había confiado en la capacidad de Nadal para darle la vuelta a situaciones difíciles.

—Sabes que aquí tienes sitio —sonrió travieso.

—¡No empieces con la cantinela!

—Hazte un refugio antiaéreo —continuó él, bromeando. El cigarrillo alojado en su boca le hizo lagrimear. Lo apagó a medio consumir y retomó la conversación con seriedad—. Lo inquietante es qué ha pasado entre esos dos para que la vieja cronista se haya hecho un hueco en la dirección de la empresa.

—No creas que no le doy vueltas. Pero es obvio que algo hay. De esos dos uno se puede esperar cualquier cosa.

Nadal miró su reloj de pulsera y, alarmado por la hora, apuró el whisky y se levantó. Sacó una camisa blanca nueva de uno de los cajones de su mesa, la desembolsó, la estiró y la dejó en el respaldo de la silla.

—Por cierto... —dijo, desabotonándose la que llevaba puesta y metiéndola hecha un guiñapo en la cajonera.

—¡Vaya pinta, Juan! —exclamó ella riendo al verlo desnudo, la incipiente barriga, el torso blanco como la leche y la cara, el cuello y los brazos de un moreno Saint-Tropez.

—¿Tan mal estoy? —Rio él sin apresurarse a ponerse la camisa—. Lo que intentaba decirte —prosiguió comenzando a abrochársela— es que me ha sorprendido mucho enterarme de que fuisteis uno de los medios acreditados para viajar a conocer el hospital español en Vietnam.

—¿Y? —dijo ella con un matiz de arrogancia.

—No quiero que me tergiverses —replicó él—. Pero nosotros nos hemos quedado fuera, y como nosotros otros medios. Me consta que se han levantado ampollas con este viaje y algunos directores han hecho una queja formal. Yo mismo he escrito al embajador.

—¿Por qué? ¿Por acreditar a una revista que informa a las mujeres?

—No. Porque me gustaría saber qué criterios han manejado para acreditar a unos medios y dejar de lado a otros.

Mercedes sonrió, nunca pillaría a Nadal en un renuncio.

—Pilarín ha escrito un texto de redoble de campanas. Se te van a poner los dientes de tigre cuando lo leas.

—¿Pilarín Ordiola? —dijo intentando simular extrañeza—, ¿tu relaciones públicas?

—No me la cueles, Juan. Sabías perfectamente que ha sido Pilarín quien ha viajado: debe de ser *vox populi* en todas las redacciones de periódicos de España y del extranjero. Pero, bueno, ya sabes que tengo la norma de que siempre escribe quien consigue, y ella lo ha sudado.

—Así que lo logró Ordiola —masculló, intentando acertar con el nudo de una corbata azul marino recién salida de la tintorería, en perfecto estado—. Espero que a través de los contactos de su padre con la embajada... —prosiguió.

—¿Por qué dices eso? —preguntó ella.

—Porque en la boda de su hermana vi que hacía muy buenas migas con Ben Newman, el militar norteamericano que acompañaba a mi amigo Lyndon.

—¿Y si así fuera?

—No sé, no tengo la certeza —dijo—. Pero en esta red enmarañada de militares y políticos de facciones diferentes y con EE. UU. brujuleando sobre todos nosotros, puede que Newman sea algo más que un teniente coronel.

—¿Quieres decir que es un espía? —preguntó ella.

—No lo sé. Pero si ha sido Ben Newman quien ha facilitado a Ordiola asiento en ese avión... En fin —su voz era queda—, que se ande con ojo.

A continuación, exclamó: «¡Maldita corbata!», e intentó apresurarse porque llegaba tarde a los premios. Mercedes se acercó a ayudarle. Se colocó a escasos diez centímetros de su cara y observó que tenían más o menos la misma altura y que probablemente nunca habían estado tan cerca. Sin mirarlo, desanudó la banda de seda y tiró suavemente de ella. A continuación, se la volvió a poner alrededor del cuello de la camisa atrayéndole ligeramente hacia ella y comenzó a hacer el nudo.

—¿Sabes que hay veintidós maneras de anudarse la corbata? —le dijo.

—¿Quién dice eso?

—Lo dijo Balzac.

Pasó la parte ancha de la corbata por detrás de la estrecha e inició una serie de movimientos —arriba, abajo, horizontal, vertical— cruzando ambas mitades. La seda azul noche volaba entre ellos, igual que sus manos precisas.

—Eso son palabras mayores —dijo sonriendo con los ojos.

Concluido un simple y perfecto nudo Windsor, ella se lo apretó y, sin retirar sus manos de la corbata, prosiguió:

—… y Oscar Wilde decía que una corbata bien atada es el primer paso serio en la vida.

—A mí me gusta aflojada.

—Las cosas sin complicaciones, ¿verdad, Juan? —dijo librando un poco la presión de la tela en su cuello y mirándole fijamente a los ojos.

—No, antes me gustaba todavía más aflojada.

Estaban tan cerca que uno escuchaba el bombeo de sangre del otro. Nadal se acercó lentamente para besarla. El primer beso fue torpe. Hacía tanto tiempo que ella no besaba que le entró la risa; de hecho, los dos rieron y Mercedes pensó que siempre le había parecido muy auténtica la risa de Juan. Pero el antiguo reportero insistió. Tenía una boca diseñada para buscar y el segundo beso fue largo, placentero, con los músculos abiertos, relajados, el beso de dos enamorados en el ecuador de su relación. Cuando se separaron, ninguno de los dos se avergonzó y estaban tan alegres como si hubieran multiplicado por dos su gozo. Ella estuvo a punto de hablar, pero no lo hizo.

—¿Podrías enamorarte de mí? —dijo él sonriendo.

—Eso nunca.

—Entonces supongo que colgaré mis lágrimas para que se sequen —dijo recitando la canción de Sinatra. A continuación, la besó en la mano, agarró al vuelo su americana y salió.

Mercedes volvió a sentarse y se quedó un rato sola en el despacho. Sonreía. Le costaba creer lo que había hecho. ¡Nada menos que con Juan! ¡Su mentor! ¡Su amigo! «Pero ¡qué horror!», repetía con una risa nerviosa tapándose la boca, sin saber muy bien por qué había hecho una cosa tan tonta y adónde le iba a llevar aquello.

7
Verano

Cuando Clementina atravesó el descampado, el cielo seguía teniendo un azul perfecto. Los chicos del barrio jugaban al fútbol y para distinguir a qué equipo pertenecían, unos llevaban camiseta y otros se la habían quitado; algunas veces se quedaba viéndolos y, por su forma de jugar, se entretenía reconociendo al chupón, al matón, al llorica, al líder, al conciliador, al juez o al chico maravillas. «¡Gooolll!», cantaron los del equipo descamisado y lo celebraron revolcándose los unos encima de los otros en el suelo polvoriento. Mientras caminaba, recordó lo que le había gustado a Daniel la crónica que escribió sobre el tema para su *People from Madrid* y andaba tan ensimismada en sus pensamientos que, sin darse cuenta, se dio de bruces con alguien.

—¡Tío! —exclamó al reconocerlo.

Su tío Constante era el sacerdote de la parroquia del barrio. Siempre le había gustado ese hombre que tenía la costumbre de sacudirse la sotana antes de entrar en casa cuando iba a visitarlas. Enseguida se percató de que él tampoco la había visto, tan recogido como iba, con la cabeza gacha cubierta por su sombrero negro apostólico. Llevaba el portaviáticos en las manos, por lo que Clementina asumió que iba a dar la comunión a un enfermo o a un moribundo y que no era el momento de saludos, como efectivamente ocurrió cuando él solo levantó las cejas y continuó con su camino.

—¡Clemencia! ¿Eres tú? —escuchó cuando giró la llave en la cerradura.

—Sí —dijo secamente.

Generalmente tardaba unos segundos en decidir si contestar o no cuando la llamaba por ese nombre que odiaba —a pesar de que era el que registraba su partida de nacimiento—. Clemencia. Era como si no le atañera personalmente… Pero aquello no era más que un pequeño estorbo comparado con la náusea que le producía regresar cada tarde a casa y verlo allí sentado. Observó su espalda frente al televisor apagado; escuchó su respiración fuerte, más profunda y rápida de lo normal a consecuencia del enfisema que le habían diagnosticado hacía años; el cigarrillo humeante, el paquete de Piper mentolado y el cenicero repleto de colillas apuradas hasta el hueso; la baraja de cartas con la que mataba el tiempo. Le detestaba. Deseaba tanto que la muerte le sorprendiera en cualquier momento…

—¿No tienes otra manera de entretenerte? —le dijo en cuanto identificó el característico olor a alcohol del pegamento Imedio y vio a la mosca volando dando tumbos por el cuarto.

Si cazar una mosca al vuelo ya es difícil, pegar un papel de fumar en sus alas cuando te faltan dos dedos y medio de una mano es casi imposible. Recuerda que el procedimiento para hacerlo se lo enseñó cuando era pequeña, y que los dos se partían de risa viendo la inestabilidad de los insectos cuando les adhería aquella fina película de celulosa que les impedía batir las alas para volar. Fue al poco tiempo de que casi perdiera la mano entera en la máquina deshuesadora de pollo y que se quedara toda su vida dando tumbos, como las moscas, convertido en un parásito enfadado con el mundo en general pero con ella y su madre en particular. Se acercó a la mesa, cerró con su tapón el tubo estrujado y goteando de pegamento y se lo llevó a su cuarto sin decir nada más.

—Vamos, vamos, hija —le decía su madre—. Ten un poco de paciencia. Es un hombre enfermo. ¿No te da lástima? La vida no le ha tratado bien. Se hizo cargo de nosotras cuando tu padre murió y además redimió su pena.

Pese a que lo intentó concienzudamente al principio, nada de lo que le decía disminuía su menosprecio hacia él. Su debilidad mental le revolvía las entrañas: podría adivinar qué día cobraba el subsidio por incapacidad por las botellas vacías de vino barato y los kilos de cáscaras de pipas Facundo que se encontraba en la basura. Si alguien que se dedicara a analizar los restos y materiales de basura de las casas tuviera que determinar el modo de vida que tiene lugar en la suya elegiría una sola palabra: asfixiante. Le salvó el hecho de que los Tipton la llevaran con ellos cuando regresaron a Michigan. Rememoró a su familia americana, sus padres, su hermano Daniel; su cariño y la oportunidad que le habían dado de estudiar allí y el sacrificio que hizo su madre dejándola marchar. El tiempo que había pasado con ellos fue, sin duda, el más feliz de su vida. Con este nuevo trabajo estaba sintiendo una sensación parecida a la de aquellos días: libertad, desahogo y algo parecido a la ilusión. Sin embargo, el paréntesis de las vacaciones prometía desvanecer todo eso. «Aguanta, Clementina», se dijo a sí misma.

Ya en su habitación, soltó encima de la cama la bolsa de deporte y el bolso, cogió la pastilla de Lux que guardaba en el cajón de la mesilla envuelta en papel de estraza y se dirigió al cuarto de baño. Abrió el grifo de agua fría de la bañera y mientras la llenaba, se desnudó y lavó las bragas y el sujetador con la pastilla de jabón Lagarto que reposaba en el lavamanos y, bien escurridos, los dejó junto a la jabonera. Luego se lavó el cuerpo y el pelo con su pastilla perfumada y como todavía hacía mucho calor se vistió prácticamente mojada. En el plato del tocadiscos descansaba el disco de The Zombies que le había regalado Daniel por su cumpleaños y que llevaba dos semanas escuchando en bucle, y volvió a ponerlo sin atender a sus protestas: «¡Se lo diré a tu madre!». El grito amenazante provenía del cuarto de estar.

Cuando salió a tender el sujetador y las bragas al balconcillo, había comenzado a anochecer. Un grupo de chavales jugaba a los toreros en la acera, frente a la droguería de Paco, que a esas horas ya había echado el cierre. Sus madres les tenían prohibido acercarse al descampado cuando caía la tarde y los gitanos comenzaban a encender sus hogueras, porque ya se sabía cómo eran, no respetaban a nadie ni a nada. Con esa letanía habían crecido todos los chicos del barrio, de manera que un terror oscuro y espeluznante se había instalado en sus cabezas y si, por alguna razón, tenían que atravesar el campito de noche, en su imaginación las jaranas de los gitanos se convertían en aquelarres y sus ollas en pociones de hechizos. Poco más allá, en la calle Comandante Fontanes, Clementina buscó el muro del cementerio inglés y su gran puerta negra, otro de los recuerdos pavorosos de su infancia.

La aguja del tocadiscos saltó y temiendo que se le hubiera rayado el vinilo, Clementina pasó por encima de la cama. Afortunadamente no tenía importancia: solo era una pelusa enganchada en la aguja, pero aun así guardó el disco en su funda y apagó la música. «¡Domingo!, ¡a cenar!», escuchó en la calle, y el tal Domingo se precipitó acera arriba a por el bocadillo de panceta, de chorizo frito, de lomo o de tortilla de patata que en verano sustituía a la cena de cuchara y que le permitiría seguir jugando en la calle en las despreocupadas noches. En menos de cinco minutos desfilaron todos, uno tras otro, pero Clementina sabía que solo tendría otros diez de tregua hasta que volvieran a sus juegos y a sus gritos.

La calle se quedó desierta y en silencio, lo que le permitió escuchar el sonido reconocible que emitía la Singer de Julita.

Pobre Julita, como si el taller de Balenciaga no fuera suficientemente demandante como para ponerse a coser por la noche. Debía de estar en plena faena con algún traje de novia o de madrina para alguna vecina y, conociendo lo seria que era su amiga con las entregas, imaginó que andaba muy apurada con esta y decidió no molestarla.

Sacó una silla al balcón, encendió un cigarrillo y observó los edificios de ladrillo rojo de no más de tres o cuatro alturas que había frente a su casa y que albergaban a familias que tenían que hacer un verdadero esfuerzo para comprar una nueva radio o sustituir la fresquera por las letras de una nevera eléctrica. Un poco más arriba estaban los chalets de color amarillo pálido de la Colonia, un conjunto de viviendas unifamiliares construidas en hilera hacía veinte años, o quizá más. Aunque parecían humildes, tenían dos plantas y un pequeño jardín interior, y a menudo había visto a su madre imaginando cómo sería la vida en esas casas adosadas con los ojos entrecerrados por la ensoñación.

—¿Clemen? —escuchó abajo, en la acera de enfrente—. ¡Cuánto tiempo!

Era Miguelín, uno de sus amigos del barrio, que avanzaba incrédulo hacia su balcón.

—¡Miguelín! —exclamó.

Hacía años que no lo veía, pero habían estado juntos en parvulitos y en una época fueron uña y carne.

—Miguel, mejor —corrigió.

Le costaba reconocerlo porque la luz de las farolas era tenue, pero enseguida distinguió su silueta alambrada y esos andares desgarbados y un poco chuletas que le habían caracterizado desde pequeño. Llevaba una camisa blanca de manga corta, el pelo con la raya al lado y gafas de montura ligera.

—¡Qué alegría! ¿Qué es de tu vida? —dijo acodándose en la barandilla cuando él llegó abajo.

—Pues ya ves, trabajando —contestó.

—¿En qué trabajas?

—En la radio. Soy ruidero.

—¿Ruidero?

—¿Has escuchado alguna vez una novela? Pues yo soy el que meto los ruidos de las puertas abriéndose y cerrándose, el sonido de los platos cuando se recoge la mesa, el sobre rasgándose, el coche que pasa…

—Me dijo mi madre que andas metido en política —dijo ella susurrando.

—Como tu padre —contestó él, un poco a la defensiva y de manera casi inaudible.

Iba a decir algo, pero entonces vislumbró la linternita de su madre en el descampado. Regresaba a casa después de todo un día limpiando las de los demás.

—¡Es mi madre! —exclamó—. Perdona, tengo que dejarte.

Clementina bajó de tres en tres las escaleras hasta llegar a la calle y se dirigió al campito. Su madre venía cargada con una bolsa de rafia y corrió hacia ella para ayudarla con el peso. Los gitanos las saludaban a su paso y ellas les respondían con cortesía deseándoles buenas noches. Las dos entraron abrazadas en el portal.

***

El abuelo Luciano se levantó al alba y, cuando Pilarín despertó, ya había montado la tienda de campaña. La lluvia había sido tan abundante que durante la primavera las abejas libaron sin descanso el néctar de las flores y los apicultores esperaban una cosecha de miel extraordinaria, la mejor que había dado La Alcarria en los últimos años. Ni siquiera era necesario esperar a septiembre para la extracción: los panales rebosaban de miel madura a finales de agosto. Por no disgustar a su abuela Carmen, Pilarín bajó a la cocina, dio un sorbo al café y un mordisco a la torta de aceite y después voló al colmenar. Atravesó corriendo los arzollos dispuestos en hilera, las olivas y los frutales y, cuando llegó al armazón de tela y palos, el polvo rojizo de la tierra que se levantaba a su paso había teñido de color pimentón sus calcetines y sus bambas. El abuelo Luciano estaba preparando los utensilios. Había dispuesto junto a la tienda el cepillo de pelo largo de caballo, el ahumador y la colmena vacía que retornaría plena de miel… y sonrió con todos los músculos de la cara en cuanto la vio llegar. Aún no se había puesto el traje, estaba esperándola.

—Buenos días, nieta. Hoy se te han pegado las sábanas —dijo, aunque todavía no habían dado las campanadas de las ocho en la iglesia de la plazuela, pero era la broma que le hacía desde que era pequeña.

Pilarín le abrazó por la espalda y de un brinco se sentó a su lado para quitarse las zapatillas y reemplazar sus calcetines finos por otros largos y fuertes. En silencio, se puso encima de su ropa el mono de lona. Le costaba metérselo porque llevaba unas gomas que le apretaban el cuello, las mangas y los tobillos, y estaban tan tensas que parecía que le iban a cortar el fluir de la sangre. A continuación, se calzó las botas y luego se caló la careta, un armazón cubierto de una tela gorda que le llegaba hasta el pecho y a la que había pegado una rejilla metálica a la altura de los ojos que le servía para ver y para respirar. Su abuelo y ella tuvieron que ayudarse el uno al otro para colocársela: había que arremeterla bien bajo el cuello del mono asegurándose de que quedaba herméticamente cerrada, o al menos todo lo estanca que puede quedar una pieza tan rudimentaria. Por último, se enfundó las manoplas de cuero, rematadas también por unos elásticos que se ajustaban en los codos.

El abuelo prendió la yesca del ahumador y, como dos astronautas, se encaminaron a las colmenas ahítas de miel. Cualquiera que se haya acercado a un colmenar sabe lo que impresiona el zumbido de las abejas, pero nada comparable al momento que se levanta la tapa de su nido y el enjambre entero sale a protegerlo. Entonces el ruido resulta ensordecedor y aterrador. Cientos de ellas chocaban contra sus trajes de lona produciendo un golpe sordo, como el que hace una pelota de tenis al botar en el suelo. Miles de topetazos. Un millón de himenópteros dispuestos a inmolarse contra tu cabeza, tu cara, tu cuerpo, tus manos, pero Pilarín llevaba años ayudando a cosechar la miel y no se amilanó. El aroma a cera virgen resultaba tan embriagador que anulaba el olor a hierba quemada del ahumador, que el abuelo sostenía sobre la colmena para intentar atontar a los insectos. Mientras la nieta, envuelta en una zumbante nube negra, extraía con cuidado un pesado cuadro cuajado del precioso fluido viscoso rodeado de abejas y lo sustituía por un panal de cera virgen, el abuelo maniobraba con el cepillo de crin, las apartaba con cuidado para no espachurrarlas e introducía el panal chorreante del dulce néctar en la caja de madera vacía. El mismo proceso en un panal y luego en otro y otro, y a por la siguiente colmena, preocupándose de dejar parte de la producción en cada una de las cajas de madera para que las abejas no murieran de hambre en invierno. Así sacaban la miel el abuelo y la nieta.

Pilarín empezó a escuchar un zumbido más elevado en su cabeza en el mismo momento que su abuelo le hizo la señal de «nos vamos», y seguidamente advirtió el aleteo del bicho en el pelo. De alguna forma, una abeja había conseguido introducirse en la careta. Cualquiera en su circunstancia se la habría quitado presa del pánico, pero si estás rodeada de una colonia de abejas furiosas es necesario extremar la sangre fría. Ella se quedó muy, muy quieta, en tensión, no se atrevía ni a parpadear. Sintió cómo el insecto se le posaba en la nuca y, luego, como avanzaba lentamente y en horizontal por el cuello, remontaba por la garganta hasta la barbilla y seguía subiendo. Pilarín estaba paralizada. La abeja se paseó por la comisura de sus labios entreabiertos, descendió al labio inferior y entró en su boca. Entonces, cuando la tuvo a tiro, Pilarín la mordió fuerte, sintió un picotazo muy doloroso y la trituró con los dientes.

Cuando Ben Newman aparcó en el pilón de la ermita junto a su coche, ella hizo un esfuerzo denodado por sonreír, pero le salió un mohín de lo inflamada que tenía la cara: el ojo se le había cerrado y la sien, el pómulo y los labios le explotaban. Se había puesto un sombrero de paja para disimular la deformidad.

—Estoy hecha un monstruo —le dijo levantando el ala del sombrero.

No parecía avergonzarse de que la viera así.

—Pero ¿qué te ha pasado? —exclamó sin rodeos.

—Una abeja.

Pilarín se echó a sus brazos y masculló que tenía gracia la cosa. Un viento cálido y seco soplaba fuerte. La cruz de la capilla desconsagrada giraba como una veleta apuntando insistentemente en su dirección, y él rotó unos pasos para protegerla de él. A su alrededor, los girasoles, el lavandín, el espliego y el tomillo pimpantes, y a lo lejos las huertas rebosaban de tomate y pepino. El campo no parecía agostado, sino inusualmente verde. No había nadie en diez kilómetros a la redonda. Un golpe de aire se llevó volando el sombrero, pero ninguno de los dos se movió un ápice para recuperarlo.

—Te he echado de menos, Pilar Ordiola —le dijo acariciándole con la yema de los dedos la cara desfigurada.

Luego entrelazó sus dedos a los de ella y le besó delicadamente el párpado, la nariz y la que había sido su bella boca.

—¡Ay! —gimió ella con un amago de sonrisa, y le condujo de la mano hasta una pequeña loma en el lateral de la ermita donde había dispuesto una gran tela de flores sujeta con cuatro piedras para evitar que volara.

Un grupo de encinas y arzollos en arbusto formaban una especie de muro que protegía el rincón del viento y de miradas curiosas y junto a ellos descansaba una cesta de mimbre, un poco deteriorada de haber pasado por mil romerías, y el americano intuyó que dentro de ella habría alguna clase de alimento. Se conmovió observando la delicadeza con la que había arreglado su encuentro y, a continuación, su mirada se detuvo en un punto de su rostro hinchado. Entonces pensó que nada en esa mujer insinuaba vulnerabilidad sino todo lo contrario, realismo, vigor y determinación, y que ella podría volver loco a cualquier hombre que se propusiera. Entonces la cogió en brazos, la tumbó sobre el lecho de tela y hierba y se recostó de lado junto a ella. Pilarín se quitó las bailarinas con un movimiento inapreciable con los pies. Después, mirándolo con devoción, le rozó con la punta de los dedos el nacimiento del pelo, la sien, la mandíbula…, le quitó las gafas de sol, las plegó, las apartó para no romperlas y le atrajo hacia sí de manera suave pero demandante. Llevaba diez días sin verlo y desde que le conoció no había hecho otra cosa que esperarle en bares, en el coche, en la entrada de la base o en su apartamento, una espera que la consumía y a la vez alimentaba su deseo de él. Newman alargó el brazo, le puso la mano bajo el vestido de vuelo y le acarició los muslos.

—¿Está bien? —preguntó buscando su aprobación.

—¡Oh, sí! —dijo ella.

—Ahora quiero que me expliques lo que te ha pasado.

Estaban sentados sobre la tela floreada y el viento había cedido. Pilarín le relató su episodio con la abeja y se desternillaba con los aspavientos y las muecas de pavor que le provocaba.

—Por favor, no me hagas reír, que me duele la cara. —Se tapó la boca, el ojo y el rostro entero como intentando mantenerlo en su sitio.

—No puedo evitarlo. Si ya me aterrorizaría estar cerca de una colmena, imagínate estar en una colmena y con una abeja metida en el casco —dijo exagerando un escalofrío.

Ella continuó atormentándole.

—Hace unos años me picó una en la sien y del daño que me hizo me tiró al suelo. Recuerdo que de la hinchazón la barbilla se me juntó con el pecho.

—*Oh, my God!*

—Señor teniente coronel de las fuerzas armadas, es usted un gallina. —Le acarició el pelo y no pudo evitar reírse entre dientes.

—¡Me has pillado! —exclamó Newman. Y luego cambió de conversación—. Creía que pasabas las vacaciones con tus padres en Sotogrande.

—Estaba harta de polo y barco —dijo ella.

Abrió dos cervezas que se mantenían medianamente frías en la cesta, desenroscó un bote que contenía aceitunas y le dio a probar.

—Son de las olivas de mis abuelos. Están bastante saladas, pero a mí me encantan. —Escupió el hueso en dirección a un tomillo seco y atinó.

Él cogió una y la imitó.

—¿Por qué te has venido tan pronto al pueblo? —insistió él. Intuía que había pasado algo—. ¿Tu madre, otra vez?

Ella estiró los brazos y bostezó.

—No puede evitarlo. Es su naturaleza —dijo—. ¿Conoces la fábula del escorpión y la rana?

—¿Qué ha pasado?

—Ha acusado a una de las criadas de robarle un echarpe de seda. La pobre chica era inconsolable. Lloraba sin parar diciendo que ella no había sido, que nunca nadie la había culpado de algo tan horrible y que no podía quedarse en una casa donde la señalaban. Luego mi madre recordó que lo había dejado en otro armario.

—¿Y se disculpó?

—¿Mi madre disculpándose por algo? ¡Cómo se nota que no la conoces! —exclamó—. Qué va. Dijo que si la chica se marchaba es porque no tenía la conciencia tranquila. A veces... —se interrumpió.

—¿A veces? —la conminó a continuar.

—A veces he llegado a pensar si ella misma no lo habría escondido a propósito. No es la primera vez que ocurre.

—Pero eso no es posible, sería de una crueldad terrible.

—Ya —dijo escuetamente—. Vamos —añadió levantándose, poniéndose las bailarinas y alisándose el vestido—. Mis abuelos nos esperan para cenar. Quieren conocerte.

Media hora más tarde, frente al espejo del único mueble decorativo que había en la alcoba de los abuelos, Pilarín le trenzaba a Carmen su pelo largo, blanco y sedoso para hacerle un moño. Observó su tez blanca que desconocía los cosméticos, invadida de pequeñas arrugas y manchas de sol; reparó en sus manos tan pequeñas como sus pies, en sus uñas cortas y pulidas pese a que ya no veía tan bien como antes para cortárselas..., esas manos secas y ásperas que tantas veces le habían enjugado las lágrimas o acariciado la mejilla cuando no podía conciliar el sueño, esas manos que olían a jabón, depositarias de la misión de proporcionarle el afecto materno que nunca tuvo. Por consideración a su invitado, su abuela se había puesto el vestido azul marino ribeteado que reservaba para la misa de los domingos y que olía a limpio incluso a distancia. Pilarín dejó el cepillo sobre el tocador al sentir una oleada de amor por ella y la abrazó fuertemente.

—¿Estás bien, cariño mío? —le preguntó Carmen, reteniendo una lágrima entre las pestañas.

Era evidente que estaba preocupada, lo advirtió en cuanto Ben y ella llegaron a la casa.

—Estoy feliz, abuela —contestó su nieta—, más feliz de lo que nunca he estado. No te inquietes, te lo suplico —le dijo con una sonrisa, cruzando sus manos sobre el pecho de la anciana para notar los latidos de su corazón. Y la imagen que el espejo le devolvía de ellas dos era tan asombrosamente hermosa que también ella se emocionó.

En el comedor, el ritmo de la conversación de su amante con el abuelo Luciano la marcaba el anciano, tal y como a él le gustaba, eligiendo muy bien las palabras y prolongando los silencios.

—Malo…, qué nombre tan extraño para un gato —observó el americano.

El abuelo le acercó un plato con olivas para que acompañara con algo sólido la cerveza Mahou que le había ofrecido y no contestó hasta que se sentó junto a él en la mesa cubierta por un hule reluciente.

—Primero vino el gato y luego el nombre. Los nombres de los animales no deben de ser fortuitos —dijo finalmente.

—¿Y cómo se ganó este pobre gato ese nombre tan desdichado? —preguntó estirando el brazo por debajo de la mesa para intentar acariciar al animal.

Cuando se llevó un zarpazo, musitó, sonriendo, algo que sonó a «ya veo por qué». El abuelo se levantó con brío y propinó al gato un buen puntapié y el animal salió de la habitación emitiendo un maullido lastimero.

—Es un excelente cazador de ratones —le excusó, mientras se sentaba de nuevo junto al piloto—. Como su madre.

—¿Y la madre era tan arisca como él?

—Este de vez en cuando se deja acariciar, su madre era mucho más huraña, enseguida echaba la zarpa. La recogimos en la calle muerta de hambre y al rato de darle de comer ya tenía un ratón entre los dientes. Pensábamos que era un macho y le llamamos Malo, y cuando nos dimos cuenta del error estaba preñada, una camada de cuatro. Devoró a tres de sus hijos, solo sobrevivió este.

—¿Y qué pasó con ella?

—Debería lavarse ese arañazo —le sugirió el abuelo.

Newman se acercó al grifo de la cocina, se lavó y se secó con un trapo limpio que le tendió Luciano.

—Gracias —dijo—. ¿Qué pasó con la gata?

—Un día, Pilarín y sus hermanos trajeron al pueblo una jaula con dos hámsteres. La nena no debía de tener más de cinco o seis años. Venían tan ilusionados a enseñárnoslos. Dejaron la jaula en nuestra alcoba y aunque les habíamos prevenido muchas veces de que cerraran bien la puerta, en un descuido la gata entró, consiguió abrir la jaula y despedazó a los ratones. Mis pobres nietos no tenían consuelo. «Y todo por la gata mala», decían alzando la mano para pegarle y sin parar de llorar. Me dio miedo que les hiciera daño, así que la arrinconé en el patio y la maté de un palazo. Mi hija esa misma tarde se llevó a los niños diciendo que había cometido un acto abominable... ¿Le parece a usted un acto abominable?

—No. —Newman, se quedó un rato pensando—. Usted hizo justicia.

Mientras los dos hombres terminaban de beber la cerveza de pie en silencio, la abuela frio unas croquetas de picadillo de jamón y pollo en la lumbre y Pilarín dispuso, sobre el hule de la mesa del comedor, un buen trozo de queso de oveja, una ensalada de pepino y tomate y dos tortillas de patata poco cuajadas. El porrón tenía sitio fijo en la mesa a la derecha del abuelo. A él le gustaba beber en porrón y no en bota: había visto demasiadas veces los efectos nocivos del vino en aquellos otros hombres del pueblo que iban con la bota a cuestas, que empinaban el codo desde el desayuno y la colgaban detrás de su silla para almorzar y cenar.

—¿Bendices tú, nena? —le pidió el abuelo cuando estuvieron sentados.

La cena transcurrió como todas las cenas de verano en casa de sus abuelos: alegres y en paz. Newman derrochó encanto durante toda la velada, esforzándose por beber en el porrón sin derramar ni una gota, lo cual dicho sea de paso nunca consiguió, y rescató para la ocasión un montón de anécdotas sobre la vida en la base o el día que conoció a Cole Porter —a la abuela Carmen le encantaba «Begin the Beguine» en la versión de Xavier Cugat y su orquesta—. No mencionó la guerra ni su vida en América y nadie preguntó. Pilarín les contó cómo vivió la fiesta de las mil y una noches a la que había sido invitada en Casablanca y la abuela les relató el último conflicto del que todo el mundo hablaba en el pueblo y que afectaba a un pariente lejano de la familia que Pilarín no acertó a ubicar. Cuando Ben Newman dio cuenta de la séptima croqueta, le dijo a su anfitriona que no había comido mejor en toda su vida y le pidió permiso para fumar.

—Pero antes tiene que probar una cosa —le dijo el abuelo. Se levantó de la mesa despacio y regresó con un trozo de panal virgen recién abierto, que chorreaba miel sobre un cuenco de estaño—. Si le da un mordisco a este manjar, le garantizo que nunca lo olvidará —le aseguró—. Hay quien lo prefiere con requesón —continuó mostrándole un plato por si gustaba—, pero yo no.

—Abuelo, ¿por qué no le cuentas a Ben tu historia de la abeja reina? —le apremió Pilarín mientras el norteamericano daba un buen mordisco al panal—. Mi abuelo no solo es el mejor recolector de miel del mundo; él sabe embrujar a las abejas —le dijo posando su mano sobre la de él.

Las dos ventanas del comedor del caserón de piedra permanecían abiertas y se escuchaba el canto de las cigarras. Fuera la oscuridad era total; «Ventajas de tener la casa en la linde del pueblo», decía la abuela, aunque de tarde en tarde echaba de menos divertirse al fresco con las vecinas. El abuelo de Pilarín comenzó su relato.

—Nunca he tenido miedo a las abejas; he nacido para sacar la miel, como mi padre, mi abuelo y el padre de mi abuelo. Fue hace muchos años, poco antes de que mi padre muriera…

Hizo una pausa para servirse una copa de brandy y continuó:

—Estábamos en el antiguo colmenar arreglando algo, todavía no era tiempo de cosecha. Mi padre llevaba puesto el hábito de tela que nos protegía de las picaduras, pero yo me lo había quitado ya… Entonces no tomábamos tantas precauciones como ahora. Estaba a punto de cerrar la colmena cuando la vi: una abeja reina preciosa, tan grande y brillante que parecía una judía de oro. La cogí con muchísimo cuidado y me la coloqué en la barbilla. Sabrá usted que todas las obreras van en enjambre hacia donde va la reina, así que en solo un instante cientos de abejas se reunieron en torno a ella formando en mi barbilla una barba viva.

Luciano dio un sorbo a la copa y cogió dos almendrucos de un plato. No era de mucho comer, pero le gustaba picotear.

—Si cierro los ojos, todavía puedo sentir las cosquillas en mi barbilla y en mi cuello y escuchar su zumbido ensordecedor en mis oídos —dijo.

Pilarín nunca se cansaba de escuchar la historia. Sin apartar su mano de la de Ben, se sirvió también ella una copa de licor.

—Y mi nieta también tiene el don. Pero no lo ejercita lo suficiente —concluyó el abuelo.

—Sinceramente, abuelo —dijo—. El único don que tengo es que soy como un oso. Me unto la miel a todo: al pan, al queso, al yogur, a la fruta. La abuela dice que me alimento de miel, de miel y de jalea real.

Ben se fijó en que la inflamación le había bajado y que incluso podía abrir el ojo.

—Por eso te has convertido en una reina —dijo Newman llevándose la mano de ella a sus labios.

Poco después, Pilarín permanecía plantada en medio de la oscuridad esperando a que las luces y el sonido del motor del

coche de Ben Newman se apagaran del todo. Sintió un picotazo en el alma, el aguijón por su marcha.

***

—Dios te salve, María, llena eres de gracia, el Señor es contigo, bendita tú eres entre todas las mujeres, y bendito es el
fruto de tu vientre, Jesús…

Sentada junto a la mesa de formica de color azul de la cocina, a la madre de Montse Salvador le gustaba llevar la voz
cantante en el rosario cotidiano; ella recitaba la parte de la
salutación del ángel y las otras tres —Montse, la costurera
y una criada— replicaban al unísono: «Santa María, Madre
de Dios, ruega por nosotros pecadores, ahora y en la hora de
nuestra muerte, amén».

Se podría decir que era una de las pocas costumbres que
mantenían de «los buenos tiempos», como a ella le gustaba
referirse a la que fue su vida antes de quedarse viuda, pese a
que nunca fueron buenos, sino más bien terribles por el carácter tiránico de su marido. El hecho de haber tenido que
vender buena parte del patrimonio familiar para pagar las deu-
das de juego que acumulaba el señor Salvador fue algo que
todos convinieron ocultarle, tal era a veces su inocencia. Tan
solo salvaron el piso de Alberto Alcocer, el viejo Morris y la
casa de la sierra, esta última gracias a una rehipoteca que
Montse se ocupaba de pagar todos los meses y de la cual su
madre nunca supo nada.

—*Gloria Patri, et Filio, et Spiritui Sancto…*

Siempre que llegaba al Gloria utilizaba el latín, fruto de sus
años de estudio de lenguas clásicas, y miraba de reojo a su
público para ver qué efecto causaba. Cuando escuchó el sus-
piro que exhaló Montse, la amonestó con un chisteo, lo cual
desconcentró a la criada que, perdiendo el hilo, contestó con
«el pan nuestro de cada día, dánoslo hoy…» y se creó un pe-

queño desbarajuste que Montse solucionó anunciando el quinto misterio. Una vez recuperado el timón, la oración terminó sin contratiempos. Su madre besó la cruz bizantina de su preciado rosario de cuentas de coral, lo guardó en su caja y dijo:

—Hasta mañana, Virgencita mía. —Y disolvió el grupo.

La sirvienta se dispuso a hacer algo de cena, la costurera se alegró de tener una hora para rematar algunos arreglos en la máquina alemana de la casa, que Montse le cedía sin cargo a cambio de «coser gratis para ellas y mostrar buena disposición para rezar el rosario» y la madre y la hija se marcharon a merendar a la cafetería Alcoy.

Tomar una leche merengada con su biscote era la segunda de las buenas costumbres que se mantenían en la casa de las Salvador todas las tardes de verano, y si bien es cierto que la concurrencia de la cafetería no era tan elegante como la del club al que acudían en otros tiempos, nada se podría objetar a la gracia y gentileza que su madre desprendía en aquella mesa de hierro oxidado del Alcoy mientras atendía con preocupación a las cuitas de Pepe y Pepita, los camareros, a los sinsabores que le daba el carnicero a su pobre mujer, una andaluza muy discreta que solía sentarse en la mesa vecina a tomar una horchata, o a los quebraderos de cabeza de, podría decirse, la mitad de las mujeres del pueblo.

Así, poco a poco y sin aspavientos, desde la silla más alejada de la entrada de la cafetería para que el pelo no le cogiera olor a sándwich mixto, la madre de Montse Salvador repartía bondad y simpatía y, en ocasiones, buenos consejos pese a su personalidad un pelín infantil, y no había día que no se comprometiera a llevar a alguna de las beneficiarias de su afecto a la localidad vecina para acudir a una cita médica, al mercado o a la estación de tren.

Su Morris se convirtió en la guagua de buena parte de las mujeres del pueblo y en el trayecto era habitual escucharla contradecir a sus pasajeras con frases del tipo: «La mayoría de las veces no es la mujer la que hace o deshace un matrimonio» o «No pasa nada si un día sirves tarde la cena o si todavía tienes los rulos puestos cuando el marido llega». «Si padre pudiera verla ahora se revolvería en su tumba», pensaba a menudo la subdirectora de *Dana*, que con esa tendencia que siempre había tenido de justificar los arranques de ira paternos no había prestado atención a la verdadera esencia de su madre y a sus preciosas cualidades. Pero una vez comenzó a admirar a regañadientes su extraordinaria facilidad para ponerse en el lugar del otro, observó otros detalles que en otros tiempos había despreciado sin piedad o le habían pasado desapercibidos, como su alegría incontestable, su capacidad para recordar el nombre de las personas, de sus hijos y de sus nietos, o el esmero que ponía en la elección de su vestuario y sus joyas para sentarse en aquella acera concurrida del centro del pueblo, tan minucioso como cuando se arrellanaba en las historiadas sillas de la terraza del club junto a sus amigas de antaño. «Es una cuestión de educación», repetía, «intentar siempre dar lo mejor de una misma».

Como todas las decisiones que se tomaban en casa, fue su padre y no su madre quien dispuso que Montse dejara de corretear en verano con sus amigas por las calles del pueblo y acompañara a sus padres al club. Mientras en una sala los hombres jugaban al póquer, en la contigua ella se sentaba obedientemente en la mesa de su madre y sus amigas a beber la deliciosa leche helada y escuchar sus conversaciones. «No son conversaciones apropiadas para una niña», se quejaba su madre. «Debería estar con niñas de su edad». «Debería invitar a alguna amiguita a la piscina». «Debería divertirse». «Deberíamos dejarla bajar a las fiestas». «Debería ir al baile del círculo recreativo». Pero nada de eso ocurrió. Sus amigas se fueron apartando y lo poco o mucho que Montse aprendió de la amistad y de las relaciones sentimentales, se forjó en aquellas tardes de leche merengada y mujeres derrotadas. Cuando a los dieciséis años la enviaron a un internado de señoritas, ya era una mujer mayor.

Como todas las noches, a eso de las nueve, volvieron a casa caminando cogidas del brazo. El aire era fresco y Montse le puso su rebeca sobre los hombros a su madre para evitar que se resfriara, y por una vez no le recriminó que no hubiera cogido algo de abrigo, un pañuelo, un chal quizá, y su madre se lo agradeció apretándole levemente el antebrazo. Recordó que solamente en una ocasión, hace más de diez años, cuando al poco de morir su padre se dispusieron a revisar su ropero para decidir qué prendas daban a los parientes y cuáles a la casa de beneficencia, su madre se sentó en la cama junto a ella, rodeó su mano con las dos suyas y enhebró una tras otra las frases que llevaba años guardando en el corazón y que la herían como si fueran puñales.

Toda una vida a la orden de las decisiones del hombre de la casa, sin atreverse a cuestionarlas, habían condenado a Montse a una soledad que su madre calificó de insoportable entre sollozos muy quedos. En un primer instante la hija se sintió conmovida, seguidamente pareció dubitativa y finalmente miró a su madre con desdén y en su interior la culpó una vez más por no haber tenido el coraje de enfrentarse a su marido. Pensó que era ella quien debería haberle abierto la jaula y no vestirla de confort y llenarla de amor y afecto hasta el punto de que los barrotes se desdibujaran, pero a sabiendas de que nunca dejarían de estar ahí, alienándola, aislándola. Recordó la imagen de ambas ese día, reflejada en el espejo del armario ropero, y el dolor instalado en la cara de su madre. Por qué no tuvo el valor de sincerarse con ella entonces es algo que lamentó durante años.

Muy al contrario, desasiéndose de sus manos, le reprochó que la incluyera en el pelotón de mujeres que siempre se lamentaban por todo, con las que nada tenía que ver, y mientras doblaba enérgicamente los trajes apilados sobre la cama, reforzó su palabrería recordándole su trabajo, la independencia que le proporcionaba, lo moderna y emancipada que se sentía y lo que se divertía con sus compañeras flirteando con los chicos de deportes en los bajos de la Casa de la Prensa. Aquel día de hace diez años, de manera independiente pero similar, madre e hija abrazaron de nuevo el engaño para aplacar sus terrores más íntimos. Montse Salvador todavía tardaría años en aceptar que no conocía el verdadero amor, ni la amistad verdadera, que nunca los conocería porque se sentía terriblemente inútil para ambas cuestiones y que lo mejor era dejarlo pasar porque eran cosas que sucedían. La voz de su madre la alertó de sus distracciones.

—¿Me escuchas, Montse? Las mujeres debemos ayudarnos siempre entre nosotras —le escuchó decir cuando llegaron a los pies de la escalera de piedra que daba acceso a la casa.

Era tan estrecha y empinada que Montse solía colocarse detrás, no fuera que se cayera y se rompiera la cadera o algo peor. Pero esa noche no la escoltó. Las palabras de su madre habían hecho mella en ella.

—Sube tú, mamá —le dijo—. Voy a comprobar que la puerta del garaje está cerrada.

La siguió con la mirada hasta que alcanzó el último peldaño y se quedó abajo, junto al seto de tuyas. Estaba tan tupido que podía guarecer cualquier objeto sin que se mojara y desde hacía años tenía la costumbre de esconder allí un paquete de cigarrillos mentolados y una caja de cerillas para cuando sintiera la necesidad de fumar. Y ahora experimentaba esa urgencia. Encendió uno de los cilindritos y dejó caer al suelo la cajita de fósforos como si el peso de la culpa que llevaba quince días arrastrando como un fardo le impidiera moverse. Recordó la excitación que sintió cuando Chata la reclamó arriba y, vívidamente, el lamento de la puerta del ascensor al cerrarla tras de sí. Estaba tan segura de que recibiría un halago por su compromiso con la revista y por quedarse al pie del cañón en pleno agosto con prácticamente toda la redacción de vacaciones, que entró azorada al despacho.

—Querida, hace demasiado calor para subir andando —recordó que le dijo la nueva gran jefa con condescendencia y cómo ella intentó sonreír con naturalidad, pero no lo consiguió—. Te he llamado porque sé que estás al mando —prosiguió Chata—. Me gustaría publicar esta entrevista en el próximo número de la revista.

Como si estuviera viviendo una experiencia extracorpórea, Montse rememoraba con todo detalle cómo se acercó a coger los folios que le tendía y su agitación al leer el enunciado: entrevista a la Fundadora de la Sección Femenina.

—Pero, Chata… —replicó.

—Se la hice ayer mismo en su casa —se limitó a decir sin dejarla hablar—. Sé que estamos al filo del cierre del número, pero llegamos a tiempo. Así que la publicamos.

Montse asintió despacio, dubitativa.

—Por cierto, no es necesario que molestes a Mercedes con esta exclusiva de última hora. Mejor démosle la sorpresa —dijo dirigiéndole una mirada inquisitiva.

Montse estaba descolocada. No había nada que no estuviera dispuesta a hacer por conseguir la aprobación de Chata, pero, al mismo tiempo, los recuerdos del consejo de redacción en el que Mercedes la puso contra las cuerdas, cuando por indicación de Colomina insistió en entrevistar a Pilar Primo de Rivera, se agolpaban en su cabeza. Compartía con sus jefes una cierta admiración por el personaje, pero en el fondo sabía que lo correcto era informar a Salvatierra. Observó la cara de Chata: esta mujer no aceptaba un no. La astuta cronista debió reconocer en su expresión todo su sinfín de dilemas y finalmente perdió la paciencia.

—¿No eres la subdirectora? ¿No estás tú al mando cuando la directora no está? Pues, por Dios, ¡ejerce el mando! —le ordenó sin contemplaciones.

Tenía que haberse negado a incluir la entrevista en la revista sin, no ya la aprobación, sino el conocimiento de Mercedes, pero le faltó el valor para defenderlo ante una e informar a la otra. Se sintió varada en una vía viendo cómo se aproximaban dos trenes que irremediablemente iban a chocar llevándosela por delante. No supo actuar. Incluso Teresa le preguntó al respecto, terriblemente extrañada, cuando la vio estampar su firma en la prueba que mostraba la foto de Pilar Primo de Rivera y Chata obsequiándose sonrisas la una a la otra. «Es una decisión de la dirección editorial», respondió a su redactora jefe para zanjar el asunto.

Sabía que su relación con Salvatierra atravesaba momentos tempestuosos, pero con esa firma había traspasado la línea y conforme se acercaba el día de la salida de la revista al quiosco más se arrepentía de haber colaborado en la siniestra enésima tentativa de Chata de derrocar a la reina de *Dana*. Tras apurar el mentolado quiso hacer un último intento para armarse de argumentos que le permitieran dormir plácidamente, pero no los encontró y además se estaba haciendo tarde. «Y qué otra cosa habría podido hacer», pensó sin demasiado convencimiento. Pero mientras iniciaba la subida a la casa, sus ojos se llenaron de lágrimas de rabia.

***

Cada vez que Mercedes bajaba por la imponente escalera de la casa roja, tenía la costumbre de mirar los retratos que Viana pintó durante los meses que se instaló con ellos en Ronda y lanzar una petición al cielo. El amigo de sus padres necesitaba compañía y cariño para sobreponerse al abandono del que había sido su amante secreto y confidente durante dos décadas, y la familia Salvatierra lo acogió en su confortable red de afecto y liberalidad, tan inusual en aquella época. Fue un año antes de ahorcarse en una vieja encina en Florencia cuando en el verano de su desasosiego, trabajó al óleo en los retratos adolescentes de las chicas Salvatierra y de su hermano Leopoldo. Por más que Mercedes protestó, Viana la obligó a ponerse un prendido de camelias rojas en el cuello con una cinta de terciopelo que le hacía parecer pomposa, pero, afortunadamente, al artista le gustó tanto la pintura que se la quedó para su colección privada; Mercedes se tranquilizó cuando tuvo que repetir su retrato, ya sin camelias, sin cinta y sin pompa. Además, en la primera versión no le había pintado las pecas.

Rodeó la mesa de nogal del recibidor, presidida por un gran ramo de olivo y dos fotografías en blanco y negro de su abuela, tan diferentes que parecía que se trataba de dos mujeres, seguramente gemelas. Una de ellas la mostraba con pantalón y botas de montar posando con orgullo al lado del gigantesco jabalí que acababa de abatir; empuñaba en la mano la lanza con la que le había asestado la lanzada mortal. En la otra, llevaba puesto un decoroso traje de satén claro largo hasta los pies en cuya pechera destacaba su famoso collar de zafiros y miraba con tal arrobo a sus tres hijos que nadie diría que esa mujer dulce enmarcada en plata de Christofle y la feroz cazadora de la foto de al lado pudieran ser la misma persona.

Atravesó la galería consciente de que se había entretenido demasiado haciendo la maleta, de manera que no se sorprendió cuando, al entrar en el comedor, comprobó que las criadas ya habían retirado el servicio de desayuno. Siguiendo estrictas normas de la casa, o más bien de su madre que se levantaba y se acostaba con las gallinas y no soportaba a los holgazanes, a las diez en punto de la mañana ya no debía quedar en la mesa ni las migas de las tostadas.

De camino a la cocina se cruzó con dos chicas jóvenes que no conocía en un inusitado ajetreo de limpieza general y, hechizada por el rico olor a carne asada, llegó al territorio de la señora Luisa. La cocinera estaba comprobando la temperatura del asado y a la vez regañaba a Isabelita por no haber limpiado bien de espinas los lomos de sardinas. ¡Sardinas desespinadas! Solo entonces recordó que hoy sus padres tenían a cenar al «ilustre invitado», así que debería apañárselas con un café si no quería desatar un terremoto en la cocina. Nunca había sido la preferida de la señora Luisa, pero su relación con ella empeoró cuando anuló su boda con Fernando. Sin duda alguna, Fernando y su hermano Leo eran sus favoritos, de igual manera que su padre. Utilizando un concepto sociológico de andar por casa, se diría que era de esas mujeres para quienes los hombres de la casa eran los amos y soberanos, y se ocupaba de privilegiarlos cocinándoles para su deleite sus platos preferidos.

Mercedes echó un vistazo rápido a la estancia y como no divisó la cafetera, buscó en la nevera la jarra de té blanco frío que la señora Luisa solía preparar en los días de verano. Efectivamente, allí estaba, junto a la de gazpacho. Se bebió un buen vaso y luego, de un pequeño salto, alcanzó la llave de la despensa que su madre dejaba colgada de un cordel encima del marco de la puerta, fuera del alcance de los niños, y haciendo caso omiso al mohín desagradable que le dedicó la señora Luisa se aprovisionó de unas galletas y de un pedazo de bizcocho de pera y salió de la habitación.

La mañana era magnífica. Corría un delicioso aire fresco en el patio pequeño y sombrío, exuberante de vegetación verde dispuesta en tiestos, macetones y parterres delineados geométricamente, y aunque la casa estaba llena de gente, allí reinaba un silencio absoluto. Le parecía un milagro no haberse cruzado con ningún miembro de su nutrida familia y apreció la soledad y la brisa. Una avispa comenzó a revolotear en torno al bizcocho y tan ensimismada estaba que, cuando se percató, ya eran tres las que picoteaban a placer el envoltorio de pera confitada. Hacía mucho tiempo que no recordaba que la vida pudiera ser placenteramente dulce y se regocijó con la idea, metiéndose en la boca un buen bocado de mantecado rebosante de fruta. Rememoró la risotada de Juan cuando se lo dijo, y experimentó un arrebato gozoso. Quizá viéndolo desde fuera, alguien podría objetar que las cosas entre Juan y ella iban demasiado rápido, pero no era así como ella lo percibía. Durante las dos últimas semanas había descubierto que la amistad, la admiración y la particular protección que ambos se profesaban desde hacía años conferían a su nueva relación, más íntima, una valiosa urdimbre sobre la que tejían besos, olores, humores y deseo, pero de los que nunca hablaban porque les hubiera parecido una cursilería hacerlo.

A Mercedes le dio una risilla tonta al recordar cómo flirteó con él en su despacho, lanzándole señuelos de la misma manera que Rita Hayworth lanzaba el humo a la cara de sus enamorados. Como una provocación. Estaba tan sorprendida… Jamás había pensado en Juan de aquella manera y todavía no conseguía entender qué extraño impulso se adueñó de ella, pero a estas alturas qué más daba. Tras aquel primer beso no tardaron ni dos horas en besarse más en serio cuando él apareció en su puerta pasadas las once y media de la noche.

—Me hubiera encantado que me invitaras a venir a tu casa —le dijo Juan en cuanto le abrió.

Parecía cansado.

—Podrías haber llamado —contestó ella con la mano apoyada en la puerta entreabierta.

Llevaba una bata muy fina que ondeó por efecto de alguna corriente de aire.

—Entonces no me habrías invitado a venir —señaló él.

Juan permaneció en el umbral esperando una señal y a Mercedes le pareció tan extraordinariamente sugestiva aquella capacidad que tenía el reportero de forzar la situación para luego quedarse en los márgenes a ver qué ocurría que le miró fijamente como si quisiera mandarle un mensaje y, a continuación, le dijo:

—Pues habría sido exactamente lo contrario.

El reportero entendió. Cerró la puerta tras de sí y en el mismo recibidor le desanudó lentamente el cinturón de la bata, y este cayó al suelo. Sin avergonzarse ni un poco ni esforzarse por tapar su blanca desnudez bajo la prenda abierta, Mercedes le condujo de la mano y en silencio hasta el dormitorio, atravesando varias estancias de su piso que estaban vacías de muebles. Juan seguía su estela mansamente, sin apartar los ojos de su espalda. La melena ondulada que Mercedes llevaba a la altura del hombro todavía mostraba la huella de las horquillas y peinas del moño, y su cuerpo, afilado y elegante, avanzaba con los pies descalzos por la madera con tal suavidad que parecía que en cualquier momento iba a empezar a bailar, de manera hipnótica y expresiva. Cuando llegaron al cuarto, ella dejó caer su bata al suelo y Juan la rodeó con sus brazos bronceados, tapizados de un vello rubio muy fino.

Al día siguiente, al despertarse y ver a Juan dormido resoplando a su lado, intentó analizar sus sentimientos. Pensó con verdadero alivio que era la primera vez que no se sentía un poco triste después de hacer el amor con alguien que no fuera Fernando Salina. No es que las relaciones sexuales casuales que había tenido no hubiesen sido placenteras, recordaba bien los encuentros, no fueron más que cuatro. «Cuatro en diez años, menuda Mata Hari», sonrió. Pero le dolió recordar sus esfuerzos de entonces, recién separada de Fernando, por mitigar su sensación de ausencia y soledad y mermar sus expectativas demasiado altas; puede que entonces confundiera algo de afecto y emotividad con un verdadero vínculo sentimental, o puede que cayera sobre ella el peso de la culpa, como si estuviera traicionando a Fernando; el caso es que al despertar se sentía vacía y triste y el malestar se instalaba en ella durante unos días.

Con Juan, sin embargo, su sensación fue de pleno bienestar desde el principio, como si un calor doméstico se apoderara de las frías estancias de la casa cuando la extraordinaria humanidad de su buen amigo, sus risotadas y la explosividad de su

233

carácter impregnaban paredes, techos, suelos y el aire que circulaba entre ellos. Ya habían pasado juntos algunas noches desde entonces y yacido en apacible silencio algunas mañanas, y ambos daban por descontada la presencia del otro en su vida, sin extrañarse por ello. Se acordó de improviso de que no había informado a su madre acerca de su viaje y se disponía a levantarse para buscarla cuando escuchó unos ladridos alegres; en menos de un segundo ya tenía a Salmón a sus pies y panza arriba, suplicando con la mirada su atención y sus caricias. Las demandas del inteligente teckel de sus sobrinos se habían hecho más persistentes desde que al pobre perro bigotudo le habían operado de la columna, así que en vez de masajearle la barriga se lo subió a su regazo, conmovida. Solo entonces notó que tenía enredados en el pelo algunos pinchos de las zarzas y que estaba jadeando.

—¿Ya estás mimándole?

Era Elena, su cuñada. Venía, tan acalorada como el perro, por el camino de piedras que enfilaba hacia el río y el bosque de encinas, alcornoques y coscojas que rodeaba la casa familiar y le daba la milagrosa apariencia de estar aislada del mundo. Como era habitual en ella, portaba el cinturón con la navaja que solía llevar en sus incursiones, lo que le daba un aspecto nada tranquilizador. Sonrió al rememorar los respingos que daban sus sobrinos cuando su madre les relataba con pelos y señales la historia de cómo combatió con un gran gato montés y a la vez que les mostraba la afiladísima hoja del cuchillo que utilizó para vencerle, les arrancaba la promesa de no tocar jamás el arma, bajo ningún concepto.

Sin embargo, Mercedes juraría que no era la navaja lo que más impresionaba a los niños, sino la posibilidad de acariciar con sus manos la cola roma, de unos treinta centímetros de longitud y de pelo largo y rayado, que presumiblemente perteneció al animal y que decoraba la llave del cuarto de su madre. Adoraba a Elena. Permaneció un rato contemplando su deslumbrante imagen: llevaba el pelo recogido en una coleta alta, un pantalón corto de color naranja que mostraba sus largas y torneadas piernas, una camiseta azul plomo y unos tenis. Una vez más se preguntó asombrada cómo era posible que esa mujer al filo de los cuarenta, con cinco hijos y una vida ciertamente difícil luciera un aspecto tan envidiable. Después de tomar aliento y beber a morro un poco de agua de la fuente, Elena se sentó con ella.

—Me ha extrañado no oír a los niños en toda la mañana. ¿Dónde están? —inquirió Mercedes.

—En el cobertizo, con tu madre. Están muy ocupados preparando el espectáculo de luciérnagas de mañana por la noche.

Fue en una de sus giras por Japón cuando su madre presenció extasiada el famoso festival de luciérnagas y se propuso emularlo todos los veranos en Ronda. Adquirió en el mercado de Fussa tres docenas de pequeñas jaulas de madera que le empacaron cuidadosamente para que no se rompieran en el viaje de vuelta, e invierno tras invierno se ocupaba de criar y alimentar a los coleópteros para liberarlos de sus jaulas una noche de agosto. El espectáculo de luminiscencia era asombroso y la gente del pueblo se acercaba a presenciarlo. Mercedes permaneció callada unos instantes recordando su propia excitación de cuando era una niña y, junto a Elena, sus hermanos y otros chicos, portaban en cada mano una jaulita con los bichos de luz de camino a un claro del bosque.

—Mimi, Leo me ha llamado. Quiere volver a casa —le confesó su cuñada con un tono apremiante.

En un principio Mercedes tuvo la sensación de que no había entendido bien. Ni siquiera le había contado a Elena el encontronazo que tuvo con su hermano y su amante para no hurgar en la herida ahora que había rehecho su vida con sus hijos, al margen del desgraciado de Leo. Tuvo que hacer un verdadero esfuerzo para mirarla a la cara y no dejar traslucir su aflicción.

—¿Y has pensado qué vas a hacer? —inquirió, inquieta.

—Llevo unas semanas dándole vueltas. No quiero volver a lo que ocurrió, al abandono, al destrozo familiar… De alguna forma eso es toro pasado. Intento imaginarle de nuevo en nuestra vida, la mía y la de mis hijos. Recuperar su rastro, el del padre maravilloso que fue.

«¿Y qué hay de ti?», pensó Mercedes, pero no se atrevió a decirlo. Como si fuera presa de un presentimiento repentino, Salmón se puso alerta y de un brinco bajó al suelo y se tumbó a los pies de su dueña.

—Leo ya no está con ella —continuó Elena—. Se ha trasladado a vivir al hotel Hilton, ya sabes, el del Paseo de la Castellana.

Mercedes sabía perfectamente dónde estaba el Hilton, todo Madrid lo sabía.

—¿No tendrás un cigarrillo? —le preguntó Elena empequeñeciéndose.

—¿Desde cuándo fumas?

Pero Elena no la escuchaba.

—Leo está mal, Mimi, pero esa no puede ser la razón para permitirle que vuelva. Soy yo la que tiene que tomar la decisión al margen de él; es más, te diría que incluso al margen de los niños…

¿Al margen de sus hijos? ¿Con lo madraza que era? Mercedes rodeó con sus manos las de su cuñada y la miró con dulzura.

—Sí, ya sé que eso es imposible —añadió Elena anticipándose a su comentario. Y prosiguió—: Por otra parte, si consiento que regrese, ¿seré capaz de perdonarle? No, no es eso —corrigió—. Seguro que soy capaz de perdonarle, porque le he amado con toda mi alma. Pero ¿seré capaz de olvidar? Porque, Mimi, me niego a convertirme en una mujer enfadada, rencorosa, vengativa. No quiero eso para mí. Yo no soy así.

Elena la miraba buscando una respuesta y Mercedes le sostuvo la mirada, pero no dijo nada. Percibió que su cuñada se sentía un poco decepcionada, y eso la confundió.

—Entiendo, es tu hermano, claro.

Mercedes percibió un fuego en su interior. Hubiera querido prevenirle, decirle: «¡No!, no lo hagas, no le permitas volver, no alivies su mala conciencia, su crueldad, su desprecio a lo más sagrado. No lo merece». Sin embargo, le dijo con una voluntariosa imparcialidad:

—Elena, querida, eres la mujer más extraordinaria que he conocido. Te quiero más que a mis propios hermanos, eres una hermana para mí y una hija para mis padres y, sea cual sea tu decisión, la aceptaremos sin parpadear. ¿Acaso lo dudas?

—No —dijo—. Supongo que solo necesitaba oírtelo decir.

—¿Lo sabe alguien más? —preguntó.

—Sé que Leo ha hablado con tu padre. Él sí accedió a verlo, tu madre no quiere saber nada de él.

Oyeron el crujir de las chinas que cubrían el camino a la casa, señal de que alguien se acercaba. Mercedes besó la mano de su cuñada antes de soltarla y cuando Salmón desapareció corriendo tras el muro, escuchó a Elena decir en un murmullo:

—No sé si podría soportar no darle, «no darnos», otra oportunidad.

Fue entonces cuando supo que la decisión estaba tomada. No había nada que añadir. Levantó la vista hacia las voces que se acercaban y cuando divisó a su padre y a su amigo, el doctor Pereira, levantó la mano a modo de saludo.

—Doña Mercedes, le llaman al teléfono. Es el señor Nadal —le reclamó Isabelita.

Mercedes se excusó y subió a su cuarto a atender la llamada. Le pareció extraño porque Juan debería estar de camino. Había quedado en recogerla después de comer para llegar a Cádiz antes de la hora de la cena, pero tenía la incómoda sensación de que se avecinaba un cambio de planes. Rápidamente, Juan le puso al tanto de las novedades: uno de sus reporteros había localizado al único testigo del asesinato. Y, aunque Juan no quería hablar mucho del tema durante sus encuentros, sabía que el ayudante de Costa llevaba desaparecido desde el día en que este murió. Aquello daba al traste con su viaje. «Te prometo que te lo compensaré», le dijo antes de colgar precipitadamente.

«¡Qué fastidio!», pensó, pero de igual manera que el reportero, también ella entendía su oficio como un sacerdocio y su entrega a la revista era absoluta, razón de más para no hacer ningún drama. Era la conversación con Elena lo que la había dejado revuelta. Sintió un estremecimiento y un pliegue de preocupación asomó en su frente. Para Mercedes su hermano estaba muerto, incluso una vez le dijo a su madre medio en serio que Elena debería poner en la calle todas las pertenencias de Leo y venderlas, como hacían muchas familias con las cosas de sus difuntos. Qué *boutade*.

Oyó unos pasos que se acercaban con sigilo a la puerta y luego escuchó cómo se alejaban. Debía de ser alguno de sus sobrinos merodeando por las habitaciones en busca de metales, botones o quién sabe qué para hacer alguna manualidad al dictado de la abuela. Se alegró de no haberle dicho a su madre que se marchaba de viaje, así se ahorraría las explicaciones. ¿Sería mejor deshacer la maleta ahora o después de comer? Entonces recordó los vestidos y blusas envueltos en papel de seda, la bolsa con la ropa interior, los pares de sandalias que metió a mansalva a última hora, el absurdo neceser de viaje pleno de afeites que no usaría… y le invadió tal pereza que decidió dejarlo para más tarde.

Cuando bajó a la terraza, su cuñada ya no estaba y su padre y el doctor Pereira se encontraban apurando el último sorbo de Palo Cortado. Por sus palabras, comprendió que hablaban de don Juan.

—No puede soportar a los aduladores que pretenden ser más monárquicos que él —dijo su padre—. Recordarás lo que ocurrió el año pasado en Estoril, en el aniversario de la muerte del último rey.

—Es cierto. Las lisonjas le resbalan. Pero me temo que va a tener que ceder sus derechos dinásticos en favor de su hijo Juanito. Y eso va a ser muy duro para él —se dolió su amigo.

—No recordaba que venía a cenar esta noche —intervino Mercedes— hasta que he visto a la señora Luisa preparar las sardinas tal y como le gustan.

—Como el buen marino que es —aclaró su padre, sonriendo—. Aunque en principio solo está de paso, no se queda.

Mercedes apreciaba a don Juan. Se acordaba vívidamente del día en que le vio por primera vez, durante unas vacaciones en Cascais, cuando acudió a cenar a la casa de su abuela. Tras un largo debate parental se determinó que la familia al completo le recibiría al pie de las escaleras, delante de una de las alegrías más espectaculares de la zona. La planta había hecho hijos, nietos y bisnietos y tenía tantas flores que la abuela siempre se refería a ella con orgullo como la *busy Lizzie* y tanto presumía de su Isabelita que a menudo se prendía un pequeño ramito de pimpollos en la cintura y la pechera de sus vestidos para extrañeza de sus amigas que consideraban la alegría una flor muy poco distinguida.

El caso es que para que los chicos no dieran la lata, les habían bañado y dado de cenar antes de lo habitual. Mercedes no recuerda las veces que, para desesperación de la criada y con Leo en el papel del ilustre invitado, sus hermanas y ella ensayaron su pequeña reverencia mientras la sirvienta les abrochaba sus mejores camisones y batas. Cuando don Juan bajó del coche estaban tan nerviosas que su hermana pequeña se puso a llorar. Pobre Rosetilla, no se le pasó el disgusto durante días.

—… así que puedes imaginar la desgracia de esa mujer —escuchó decir al amigo de su padre dirigiéndose a ella.

Mercedes movió la cabeza acompasadamente de un lado a otro y se irguió en la silla.

—Perdona, Alberto, estaba pensando en mis cosas y me he despistado. ¿A quién te refieres?

—A Chata Sanchís, creo que ahora trabaja en tu empresa.

—Sí, desde hace unas semanas. Pero no sabía... —Todos sus sentidos se pusieron alerta, pero intentó mantener la compostura—. Ya sabes cómo es —continuó.

—Se trata de su sobrino... —El cirujano enfiló su explicación, pero se calló.

Mercedes intentó tranquilizarle:

—Puedes estar completamente seguro de que mantendré la discreción.

—Se trata de su sobrino, un chaval de los que no hay —prosiguió el doctor Pereira—. Se contagió con el virus de la polio y desarrolló una meningitis aguda, muy grave. No sé cómo sobrevivió, pero las secuelas del virus en su cuerpo fueron devastadoras.

—Pobre niño —dijo Mercedes y aunque se compadeció verdaderamente, no quería perder el hilo de la conversación—. Y supongo que su tía ha sido una gran ayuda —añadió animándole a proseguir.

—Sin duda —afirmó el buen doctor—. Nueve operaciones con sus respectivas recuperaciones, muy dolorosas. Este tipo de enfermedades tan largas acaba con las familias.

—Imagino. Además de la carga económica. Será tan costosa que no todas las familias podrán asumirla —insistió Mercedes.

—Las familias se desangran en el proceso, porque no se trata solo de la operación, es la rehabilitación durante meses, el profesor en casa... Por eso me alegré cuando Chata me llamó para agilizarlo todo. Me consta lo difícil que lo ha tenido para costear este proceso tan largo, pero su nuevo trabajo le asegura el colchón financiero que necesita. Con un poco de suerte esta será la última cirugía.

—¿De cuánto estamos hablando, Alberto? —preguntó, nerviosa.

El médico la miró extrañado, pero achacó su pregunta un tanto impertinente a su curiosidad periodística.

—No menos de cincuenta mil pesetas.

—¡Caramba! —exclamó Mercedes—. Y con tantas operaciones acumuladas… —observó en un hilo de voz mientras en su cabeza hacía el cálculo—. Han debido de estar muy apuradas. ¿Y qué pasa con los padres del chico?

—El chico es huérfano y Chata se ha hecho cargo de él desde que murió la madre. Era, en sus propias palabras su «sobrina adorada» y trata al chaval con amor de madre. Es conmovedor ver cómo esa mujer tan temida y odiada por todos le arregla las almohadas al muchacho, le lee, le peina, le perfuma y se tumba a su lado cuando llora de dolor. Bueno, no sé si conmovedor es la palabra adecuada… —puntualizó observando la cara de su anfitrión.

El padre de Mercedes asistía callado a la conversación y, tras lanzar a su hija una mirada elocuente, se levantó al tiempo que rumiaba al aire las palabras.

—Alberto, ya sabes que esa mujer no es santo de mi devoción.

El doctor comprendió que se refería a la columna que Sanchís dedicó, sin nombrarle, a Leo Salvatierra, aquella en la que aludía a su romance con la íntima amiga de su esposa y, quedamente, emitió un sincero «discúlpame». Seguidamente, tras dar dos palmaditas a Mercedes en la mano, se levantó llevándose consigo la copa vacía.

—No te preocupes por la copa, Alberto. Yo me encargo —dijo Mercedes.

—Mimi, ya sabes que a tu madre no le gusta la impuntualidad en la mesa —le avisó su padre, girándose hacia ella antes de entrar a la casa, de evidente mal humor—. Y a mí tampoco.

Pero Mercedes no le escuchaba. Solo deseaba quedarse sola unos minutos para intentar procesar toda la información que acababa de conocer de primerísima mano. Si alguien necesitaba dinero urgentemente, esa era Chata Sanchís. Esas cincuenta mil pesetas eran un asunto de fuerza mayor para ella. En cierta manera la entendía: quién no haría lo que fuera para curar a un hijo. Bueno, no era exactamente su hijo, pero como si lo fuera. Pobre chico, se apiadó. Pero ¿cómo había conseguido Sanchís el dinero? ¿Tendría algo que ver con su reciente incorporación a su empresa? Incluso yendo más lejos: ¿sabría la gran entrometida algo de su editor para conseguir su favor? ¿Por qué, si no, se había quitado de en medio el infame Colomina? «La verdad siempre te encuentra», sentenció, y tras su asombroso descubrimiento se sintió reforzada.

***

—No seas capullo, recuerda que el chico ha puesto su vida en nuestras manos —le dijo su reportero con sorna después de sonarse fuertemente y hacer un revoltillo con el pañuelo.

—Serás cabronazo —musitó Nadal a su oído.

Y, a continuación, ambos entraron en su despacho. Pedrete se estaba comiendo un bocadillo de lomo con pimientos mientras hojeaba un tebeo de *El Jabato* que Carme le había comprado para que se entretuviera. Como leía con dificultad, la secretaria de Nadal le señalaba las viñetas y las comentaban juntos. Tenía la Pepsi intacta sobre la mesa y la grasilla goteaba encima de las ilustraciones en blanco y negro del gladiador.

«Sin duda se trata de un chaval guapetón», pensó Nadal al verlo sentado tímidamente en el borde de la silla. Tenía el pelo muy rubio, desgreñado; los ojos pardos, casi verdes; llevaba el flequillo largo para disimular una cicatriz en forma de uve en la ceja; y era ancho de hombros, se notaba porque tenía puesta una…

—Sí, le he dado una de tus camisas. El niqui que llevaba estaba hecho un asco —le susurró Carme cuando pasó a su lado.

A continuación, salió de la estancia.

—¿Te han tratado bien esta panda de gandules? Si no es así, dímelo, que los pongo de patitas en la calle ahora mismo —le dijo a Pedrete, guiñándole el ojo y tendiéndole la mano—. Soy Juan Nadal.

El chico se limpió la mano izquierda en el pantalón y la alargó por encima de la mesa para estrechársela. El director se sentó frente a él y observó la mirada del joven, por un breve instante clavada en la suya.

—Sabes por qué te andamos buscando, ¿verdad? —le soltó sin rodeos.

Pedrete no contestó y bajó la vista al suelo. Comenzó a mover rítmicamente las piernas mientras entrechocaba los nudillos de una mano contra los de la otra. Si la puerta no hubiera estado vigilada por el sabueso, sin duda se habría escapado de allí veloz como un ratón. Le apenó sentir esa tensión en el chaval; sabía detectar y conmoverse con el dolor ajeno y, en cuanto lo vio, comprendió que era de esa clase de muchachos que desconfiaban de todo por causa de los infortunios que les había deparado la vida.

Hacía calor. Se quitó la chaqueta y la colocó en el respaldo de la silla sin dejar de observarlo. No tendría más de dieciséis o diecisiete años. Si no fuera por la persistencia y la sagacidad de su reportero nunca habrían dado con él. El investigador le había contado que intuyó que la madre sabía más de lo que le estaba relatando y que aprovechó que siempre había rencillas en los pueblos y gente que hablaba más de lo debido… Así que, por fin, logró encontrarlo en una cueva-refugio a varios kilómetros de la localidad. La cavidad era tan grande y con tantos recovecos, y el chico tan escurridizo, que tardó días en poder atraparlo.

—Creo que eres un chaval inteligente —le dijo Nadal—. Has sido capaz de desaparecer durante semanas sin dejar rastro y llevas años buscándote la vida cuando la mayoría de los chicos de tu edad continúan siendo unos niños de teta.

«Pues claro que sé buscarme la vida, qué se habrá creído», pensó el chico. Y aunque la alusión a la teta le hizo gracia y esbozó una media sonrisa, estaba arrepentido de haber vuelto a Madrid con ese tipo que no hacía más que sonarse los mocos y que le había metido a su madre en la cabeza que no tenía otra opción que acompañarle. «Eso o huir permanentemente, como un forajido», le dijo. Pedrete se estaba desollando los nudillos de tanto apretar.

—Con esto quiero decir que, a pesar de que entiendo tus dudas, vas a tener que confiar. Sabes que no puedes permanecer escondido toda tu vida —prosiguió Juan.

Notó que el chico le miraba por el rabillo del ojo.

—Hace mucho, tendría yo unos pocos años más de los que tienes ahora, me empeñé en ganarme la vida como reportero de guerra: Indochina, Argelia, el Congo y otros países de los que ni siquiera habrás oído hablar. Solía viajar con un fotógrafo, se llamaba Manu, un gallego de Vigo con mucha retranca y, como buen gallego, bastante desconfiado. Al cabo de pocas semanas ya éramos muy buenos amigos. Estábamos dos meses fuera, colocábamos los reportajes aquí y allá por dos pesetas y malvivíamos en habitaciones cochambrosas mientras que al resto de los periodistas y fotógrafos sus agencias de noticias y sus periódicos les pagaban hoteles a lo grande, pero esa era la vida de aventuras que habíamos elegido.

Nadal abandonó por un instante el relato. La tristeza de su rostro le daba el aspecto de un hombre mayor.

—Todavía éramos demasiado jóvenes para comprender que la guerra no es una aventura, sino el mayor de los fracasos —continuó—. Estábamos en Laos cuando Manu decidió pegarse a un comando francés de liberación de rehenes. Murió ese mismo día en una emboscada y me tocó a mí identificar el cadáver en una morgue y expatriarlo a España.

La puerta del despacho estaba abierta y se oían las voces de los periodistas en la redacción. Pidió con una seña a su reportero que la cerrara y reanudó la historia.

—Manu se jugaba el pellejo cada día y daba lo mejor de sí mismo porque estaba convencido de que las guerras, sin testigos y sin periodistas, serían mucho más terribles. Fue el tipo más decente que he conocido. ¿Crees que alguien le dio una medalla al mérito periodístico por ello? ¡Qué va!

A continuación, hizo una pausa prolongada y sin dejar de mirar fijamente a Pedrete, prosiguió:

—Estoy convencido de que has sido testigo involuntario de un robo y probablemente de un crimen, y también sé que tienes el suficiente coraje para ayudarnos a buscar al que lo hizo. No diré que se lo debes a tu jefe, aunque también. Pero, sin duda, te lo debes a ti mismo.

Ya entonces el chaval había levantado la cabeza y le miraba de frente con una mezcla insólita de curiosidad y recelo. A través de la ventana abierta del despacho, Juan percibió que el calor pesado de la tarde había dado paso a una llovizna débil que refrescaba el ambiente. De repente, se oyó un ruido sordo que venía de la calle y asustó al muchacho.

—Tranquilo —le dijo—. No es más que un petardo. Antes de morir —continuó—, Costa hizo unas fotos para mi revista, unas fotos que han desaparecido. Estoy seguro de que tu jefe no murió de un ataque epiléptico, como mantiene la policía. La única persona que puede ayudarme a saber lo que pasó aquel día eres tú.

Sin girarse, Nadal buscó a tientas el paquete de cigarrillos en el bolsillo de su americana y se encendió uno.

—¿Quieres? —preguntó al chico.

Él negó con la cabeza.

—¿Qué necesitas para confiar en mí?

—Tiempo —contestó Pedrete.

—Amigo, tiempo es lo único que no tenemos. ¿Qué pasó aquel día? —insistió.

Hablándole como le hablaría a un adulto, poco a poco, Nadal consiguió abrir una pequeña brecha en la coraza del adolescente. Hubiera sido impropio de él hacerlo de otra manera.

—Le vi —dijo Pedrete, pronunciando en voz baja las dos palabras.

Nadal asintió y acercó su cara a la del chico.

—Y él no te vio porque estabas en el altillo, ¿verdad? —preguntó.

Pedrete afirmó con la cabeza.

—¿Qué pasó?

—Yo me había echado un rato mientras el jefe se ponía con la boda. Estaba muy cabreado porque la señora decía que no le iba a pagar a no ser que le diera las fotos esa tarde o al día siguiente como mucho. Me despertó el sonido de la llave y pensé que era el jefe, que siempre cerraba a cal y canto, incluso cuando salía a fumar. Estaba a punto de bajar, pero entonces vi al hombre entrar con la bolsa y cerrar la puerta con la llave. Me entró canguis y me pegué todo lo que pude a la pared.

Nadal giró levemente la cabeza hacia el reportero. Sigilosamente, había acercado una silla a la puerta y tomaba notas en la libreta.

—Desde el altillo, ¿pudiste ver lo que hizo?

—Sí, a través de las tablas de madera, porque están clavadas al buen tuntún y hay huecos. Nada más cerrar, echó un vistazo a su alrededor, también al cuarto oscuro y arrambló con todo: las cámaras, los carretes nuevos, los que se estaban secando para ser revelados. Cogió todo lo que había en la ampliadora, en los cajones… Todo el trabajo de las dos últimas semanas estaba ahí. Lo único que no tocó fueron los químicos.

—¿Cuánto tiempo estuvo en el laboratorio?

—Fue visto y no visto.

—¿Pudiste verle la cara?

—Más o menos. Parecía que llevaba el pringue que se ponen algunas mujeres, ya sabe usted, de color naranja. Eso, tenía la piel naranja. Era raro.

—¿Como si llevara maquillaje?

—Eso.

—¿Y qué sentido tiene que un hombre lleve maquillaje? ¿Quizá para tapar heridas o quemaduras?

—Quizá —dijo Pedrete con solemnidad.

—¿Era rubio o moreno? ¿Llevaba barba? ¿Cuántos años dirías que podría tener?

—No tenía barba, tampoco arrugas, era como si le hubieran pasado un rodillo de piedra por la jeta.

—¿Qué quieres decir?

—Que tenía la piel como si fuera nueva, pero el tío era mayor.

—¿Cómo de mayor?

—Más que usted.

—¿Y el pelo?

—No pude vérselo bien porque llevaba una de esas gorras de paleto.

—¿Una boina?

Pedrete asintió.

—¿Y tú dirías que era un paleto?

El chico negó con la cabeza.

—Así que no te parecía un paleto, ¿por qué?

—Por cómo se movía.

—¿Con elegancia, con seguridad?

—Eso.

—¿Cómo iba vestido?

—Normal.

—¿Con un pantalón y una camisa?

Asintió.

—Y también llevaba guantes…, no se los quitó.

—¿Viste si llevaba algo en las manos al entrar al laboratorio? Me refiero a una pistola o algún otro tipo de arma.

—Si llevaba algo, yo no lo vi —dijo, pero a continuación, como si estuviera contemplando por primera vez una posibilidad en la que no había caído, añadió—: Cuando entró, vi que metía algo en la bolsa, pero no sé el qué.

—¿Qué complexión tenía?

—No era un blando. Un tío alto y fortachón.

—Lo estás haciendo muy bien. ¿Algo más que te llamara la atención?

—El olor. Olía a miel.

—¿Cómo? —preguntó extrañado Nadal.

—Olía a miel. A miel de abeja —aclaró.

—¿Y qué pasó luego?

—Abrió la puerta, metió la llave en la cerradura y salió andando, dejando la puerta abierta —contestó.

—¿Y tú qué hiciste?

—Me quedé un rato muy quieto. Tenía miedo de que volviera —dijo bajando de nuevo la cabeza.

Cuando se incorporó, la cicatriz de la ceja había adquirido un tono tan rosado como las marcas de los nudillos y, pese a su mirada empañada, no lloró.

—Cuando salí a la calle, vi a mi jefe despatarrado en el suelo. Me agaché, le moví un poco y luego le sacudí con fuerza, pero estaba tieso, con los ojos y la boca abiertos —prosiguió—. No había nadie y en lo único que pensé fue en salir por piernas de allí para que no me colgaran el...

—El muerto... —dijo Nadal finalizando la frase—. ¿Habías visto alguna vez a Costa con un ataque epiléptico?

—Dos veces. Tenía unos temblores de aúpa y luego no se acordaba de nada, pero me dijo que no me preocupara, que no pasaba nada, que bastaba con que le pusiera de lado y sanseacabó.

—¿Han entrado a robar muchas veces en el laboratorio?

—¡Qué va! Solo dos veces. La primera solo se llevaron una cámara vieja porque no había nada más. Fue uno o dos días antes de que todo sucediera.

Nadal se levantó y alborotó el pelo al chico en un gesto que este recibió con extrañeza.

—Quiero irme ya.

El director clavó la mirada en el reportero e hizo una mueca, contrariado. Volvió a sentarse frente al chico y le dijo:

—A lo mejor a este —señalando al sabueso— se le ha olvidado decirte que para encontrar al que lo hizo nos tienes que ayudar a hacer un retrato robot. Hemos llamado a un especialista en retratos y lo va a dibujar siguiendo al pie de la letra tus indicaciones. Es muy importante que estés muy pendiente y muy concentrado. Y luego...

Interrumpió lo que le estaba diciendo porque sintió lástima al verle los nudillos despellejados.

—¡Carme! —gritó—. ¡Trae yodo!

Las facciones de Pedrete estaban teñidas de inseguridades. Las cejas elevadas, los labios contraídos denotaban el mar de dudas por el que navegaban sus pensamientos. El pobre chaval era la viva imagen de la incertidumbre.

—Sé que todo suena un poco complicado —se conmovió el director—. Pero quiero que estés tranquilo, confía en mí. —Le sonrió con los ojos—. ¿Estás de acuerdo?

Pedrete asintió y como para confirmar su gesto, le sonrió. Pero no parecía totalmente aliviado.

—No te vamos a dejar solo en ningún momento —precisó Nadal—. Cuando el retrato robot del criminal esté totalmente acabado, te vamos a acompañar a la comisaría...

—¿Al puesto? —murmuró el chico con desánimo.

—No, no al puesto de la guardia civil, sino a la comisaría del centro, donde hay unos detectives muy preparados para resolver los casos. Les tenemos que contar todo lo que sucedió aquel día.

—¿Y luego qué va a pasar? —preguntó el chaval.

—Que pillarán al tipo y pagará por lo que hizo.

Pedrete pensó que Nadal no tenía malas intenciones y que su preocupación era sincera.

—No confío en la policía, solo eso —trató de explicarle, aunque le hubiera gustado añadir que no permitiría que le tocaran un pelo.

—Estamos juntos en esto —respondió Nadal.

Y a continuación le invitó a seguir a Carme al cuarto de baño para que le aplicara el antiséptico en las manos. Cuando el chico salió del despacho, Nadal se giró hacia el reportero y le dijo:

—Escribe cagando leches sin mencionar al chico e incluimos en un cuarto de página el retrato robot. Cuando regrese de la comisaría, quiero tener encima de mi mesa mil palabras.

8
De cacerías y despidos

D espués de sus vacaciones, el primer lunes de septiembre, Mercedes Salvatierra llegó a la redacción, como de costumbre, a las siete de la mañana. Se moría por una taza de café. En la despensa de su casa reinaba la escasez y se había tenido que conformar con un par de galletas y una triste infusión de flores de manzanilla que solo tomaba en caso de una emergencia estomacal.

Escuchó a Martina trajinando en la sala del consejo de redacción y se fue directa a saludarla. Unos minutos más tarde, mientras preparaba una cafetera bien cargada en la cocina, sonó el timbre.

—¡Voy yo! —gritó.

A esas horas solo podía ser el chico que se encargaba de traer los ejemplares del nuevo número. La revista había que repartirla salomónicamente entre el equipo de la redacción y los entrevistados, además de satisfacer algún que otro compromiso.

Por más que Mercedes insistía en tenerla al menos veinticuatro horas antes de su distribución, los gandules del taller apuraban tanto los tiempos que no había forma de disfrutar de ese colchón, y la camioneta de reparto paraba en la glorieta de Bilbao como si se tratara de un kiosco más en la ruta para surtir de *Dana* a Madrid.

«Además, cada vez los traen más contados», pensó al recoger el paquete con las dos docenas de ejemplares apilados y unidos con un cordel. Cuando llegó a su despacho buscó las tijeras y, como no las encontró, se dirigió al cuarto donde se preparaban las producciones de moda. El costurero de Elena siempre estaba bien provisto de imperdibles grandes, medianos y pequeños; pinzas de tender la ropa; bobinas de hilo de todos los colores; rollos de cinta con pegamento en las dos caras y un sinnúmero de enseres que la directora de moda utilizaba para coger un dobladillo, estrechar una cinturilla o adaptar una chaqueta al cuerpo de la maniquí de turno.

No había regresado a su mesa cuando escuchó el borboteo de la cafetera. Si había algo que odiaba era el sabor del café quemado, así que corrió a apagar el fuego. Llenó hasta arriba una taza para ella y solo media para Martina, que lo prefería mezclado con leche fría, y se encaminó al despacho con el café en una mano, las tijeras en la otra y la deliciosa expectación que siempre le proporcionaba abrir un número de *Dana* recién horneado.

—¡Quiero que me expliques esto! —le dijo colérica, estampando en la mesa la revista abierta por la doble página de la entrevista a Pilar Primo de Rivera.

Montse Salvador ni se sentó. La secretaria de Mercedes tenía la consigna de hacerla pasar a su despacho en cuanto llegara y ella permanecía de pie frente a su jefa, conteniendo el aliento, con una camisa demodé de color gris y el bolso colgado de la muñeca, como si estuviera de visita. Los pensamientos batallaban en su cabeza. ¿Debía decirle que Chata le había sugerido no informarle de nada relacionado con la entrevista? ¿Explicarle la cantidad de veces que había marcado los números de su teléfono y que se había precipitado a colgar, por miedo? Miedo a ella, miedo a Chata, miedo a todo. Pese a haberse preparado a conciencia para este momento, olvidó todos sus mecanismos mentales y se sintió muy incómoda.

—La entrevista es de Chata. La ha escrito ella y fue ella quien me dio la orden de publicarla —dijo.

Mercedes también permanecía de pie, furibunda.

—¡No insultes mi inteligencia, Montse! ¡Esto lo has hecho tú! ¡Tú has permitido que se publicara ignorando mi criterio! ¡Tú no has defendido la línea editorial de la revista! ¡Tú ni siquiera me has avisado de lo que se urdía a mis espaldas! ¡Tú y solo tú eres la responsable!

Vio a Mari cerrar con una suavidad inusitada la puerta del despacho e imaginando el revuelo en la redacción ante semejantes gritos, calló durante unos segundos. Un molesto moscardón se coló en el despacho y comenzó a sobrevolar las cabezas de las dos mujeres.

—Mira, esto me saca de quicio —dijo Mercedes manoteando al aire para espantar al moscón, lo que le ayudó a serenarse—. He pasado por alto tus enredos con Colomina, pese a lo extraordinariamente difícil que es para mí trabajar…

—¿A qué te refieres con enredos? —le interrumpió Montse, a la defensiva.

Mercedes la miró fríamente.

—Enredos, confabulaciones…, ¡qué más da! —Y continuó—: Has intentado durante mucho tiempo nadar entre dos aguas y no hay nada más peligroso, porque siempre acabas traicionando a una de las partes.

—No sé de qué estás hablando. Mi compromiso y mi lealtad con la revista son inquebrantables.

—¡No me hagas reír! ¡Tu lealtad hace tiempo que está en la planta cuarta! Aunque me pregunto si realmente conoces el significado de esa palabra.

La mosca gorda chocó repetidamente contra el cristal de la ventana produciendo un sonido opaco y, a continuación, comenzó a revolotear alrededor de Montse con un zumbido muy desagradable, como si le susurrara cosas malas al oído. El color ceniciento de su cara, a causa de la fatiga y la falta de sueño, denotaba el calvario por el que había pasado los últimos días. Sus carrillos eran una prolongación de la sombría blusa que llevaba puesta y la barbilla le temblaba como si fuera a romper a llorar o a estallar de ira.

Dio dos pasos a su derecha hasta la silla y se sentó. Colocó el bolso sobre los muslos y lo agarró con ambas manos como si viajara en el asiento de un autobús y, aunque por un instante pareció que se iba a derrumbar, respiró hondo y cogió nuevo fuelle.

—Sé que a lo largo de los años hemos tenido que ir haciendo ajustes en nuestra relación —dijo intentando sonar conciliadora—. Pero siempre hemos compartido una misma visión del periodismo y por ello nos hemos respetado.

—¡Ni se te ocurra hablar de respeto!

Directora y subdirectora intercambiaron una mirada que dejaba claro que las posturas eran inamovibles y ambas mujeres eran lo suficientemente inteligentes para asumirlo.

—Y todo esto por publicar una entrevista con Primo de Rivera... He sabido bandear la arbitrariedad de muchas de tus decisiones —dijo Montse con rencor—, pero me pregunto el porqué de esa animosidad. —El tono de su cara estaba cambiando de gris a rojo.

—A estas alturas no voy a intentar explicarte la diferencia entre animosidad y marcar una línea editorial —dijo la directora, inamovible—. Sal y recoge tus cosas —le ordenó.

Montse se puso en pie, consciente de que no había vuelta atrás: había llegado el momento de cobrarse sus esfuerzos, a menudo tremendamente impopulares, por intentar allanar las diferencias entre Mercedes y la dirección de la empresa.

—Seguro que entenderás que suba a hablar con Chata y Román —dijo, insinuando una familiaridad con ellos que realmente no existía.

Solo era un vano intento de amedrentar a su jefa.

—Como si hablas con el papa de Roma. Mi decisión está tomada.

—Me he dejado la piel en esta revista y no voy a renunciar, Mercedes. Te aseguro que voy a encontrar mi camino.

—No aquí. Estás despedida.

Montse se giró y salió del despacho con grandes zancadas provocando un remolino de aire que debió de engullir al moscardón. «Se lo ha llevado consigo», pensó Mercedes. Y recordó algo que se le había quedado grabado de una clase de Ciencias Naturales: que en algunas culturas utilizaban las larvas de los moscones para limpiar de tejido muerto las heridas.

Solo eran las diez y cuarto de la mañana cuando percibió movimiento y agitación en la redacción. Desde que la subdirectora salió del despacho, salvo el traqueteo de las máquinas de escribir, el silencio había sido total. Intuía, sin embargo, el juego de miradas y gestos que se estaría produciendo entre las chicas después de lo ocurrido. Escuchó con atención el ruido de las sillas al desplazarse y cómo se reanudaba el murmullo de voces, y comprendió que Montse estaba recogiendo sus cosas y despidiéndose. «Entonces ¿te encargarás tú de regar las cintas?», le oyó decir.

Si había acogido con indiferencia su amenaza era porque conocía a Chata y a Colomina lo suficientemente bien como para comprender que el pulso con la subdirectora lo tenía ganado de antemano. La falta de escrúpulos de esos dos le garantizaba que era a Montse a quien iban a dejar caer, porque no tenía el dinero de los Salvatierra, ni su influencia, ni su red de apoyos y amistades, y aunque siempre había condenado a quienes basaban su juicio sobre las personas en otras cuestiones que no fueran el puro mérito, Mercedes estaba tan indignada que no concedió a su segunda ni el beneficio de la piedad. Para ella la lealtad era sacrosanta, la primera de todas las condiciones para desenvolverse en la vida con decencia y acompañó su sentencia con el desagradable ruido que emitía el eje del sillón de ratán al girar sobre sí mismo. Le dolía la cabeza y le alivió soltar el pasador y las peinas del moño.

A continuación, sacó el paquete de Winston y la caja de cerillas del cajón, encendió un cigarrillo y aspiró profundamente el humo de la calada, pero enseguida lo aplastó con fuerza contra el cenicero como si quisiera descargar su ira en él. ¿Por qué Montse había sido tan estúpida? ¿Por qué no le había llamado? Había mil maneras de parar la publicación de la entrevista sin dejarla en evidencia ante Chata. Pero concluyó que su traición no tenía perdón ni vuelta atrás. Y no pudo evitar esa mirada arrogante que su madre siempre le había recriminado desde que era una niña cuando la veía cargada de razón. Por la ventana divisó un cielo profundamente azul y brillante.

«Madre mía, qué cansada estoy», pensó, y su rabia se fue desvaneciendo poco a poco para dejar paso a una reflexión más fría. Esta vez Chata no había pedido su cabeza, pero ¿y la próxima? Un oscuro presentimiento se apoderó de ella. Comprendió que había llegado el momento de defenderse y que la información que había conocido gracias al doctor Pereira podía ser un primer hilo del que tirar.

Esa misma tarde pediría ayuda a Juan: seguro que alguno de sus investigadores encontraba una explicación a la inesperada contratación de Sanchís en la empresa. Permaneció en el sillón por unos minutos barruntando acerca de las posibilidades que se abrían ante ella. Luego ajustó de nuevo las peinas a su melena y se dirigió a la sala de la redacción para dar a su equipo unas cuantas y necesarias explicaciones.

***

En cuanto vio el retrato robot que acababa de publicar *El Ciudadano*, hizo un rulo con la revista, se la metió en el bolsillo de la chaqueta y pagó el café. Sin esperar las vueltas, corrió a la calle a parar un taxi y en menos de diez minutos remontaba de dos en dos las escaleras que conducían al primer piso del edificio. Tejidex Importación y Exportación S. A., tal y como consignaba la placa negra de la puerta en esa tipografía tan neutra que se había puesto de moda, era una reputada empresa recientemente trasladada a España que se dedicaba a la venta al por mayor de tejidos provenientes de Francia, Alemania, Suiza e Italia.

El portal del inmueble delimitaba los dos mundos que alimentaban el negocio. El almacén, a pie de calle, estaba formado por un laberinto de estancias grandes y pequeñas, penosamente iluminadas por tubos fluorescentes, donde se apilaban desde el suelo hasta el techo centenares de piezas de terciopelos, rasos, organzas, crepes y encajes, minuciosamente ordenados por referencias y tipos de tejido. En un ambiente menos tétrico, en el primero derecha, se ubicaban la oficina de contabilidad, la sala de ventas y el despacho de dirección, en estancias despejadas, soleadas y con vistas al bulevar. El almacén era el territorio de las batas de color azul, los metros de madera, las grandes mesas y las plegadoras de cartón mientras que los trajes con corbata, el télex, los libros de cuentas y las máquinas de escribir se circunscribían a las oficinas. Apenas unos metros y una veintena de escalones separaban ambos mundos, pero el contraste entre ellos era exagerado y, además, cada uno tenía sus liturgias, sus horarios y sus convenciones.

Ben Newman llamó al timbre, la puerta se abrió automáticamente y pasó por delante del pequeño mostrador de recepción sin que la mujer que lo atendía levantara siquiera la cabeza. Algo entrada en años, tenía un aspecto agradable y extraña-

259

mente sofisticado, llevaba las gafas en la punta de la nariz y sus hermosas manos enjoyadas pulsaban las teclas de la máquina de escribir como si fueran las de un piano, acariciándolas más que impactándolas. Con paso veloz y seguro, el piloto atravesó un pasillo bordeado por elegantes maderas hasta llegar a una puerta identificada con la palabra «Archivo».

La pequeña estancia oscura daba a un patio interior y parecía congelada en el tiempo. Ordenadas por años, decenas de cajas apiladas las unas sobre las otras recopilaban un meticuloso historial de los muestrarios de la empresa desde principios de siglo hasta los años cincuenta: montones de papeles amarilleados por el tiempo y trozos de tela de diferentes tamaños, algunos grandes como un cobertor y otros más diminutos que un posavasos. Además de una valiosa información, cobijaban a poblaciones descontroladas de pececillos de plata y piojos de libro que nadie se ocupaba de erradicar.

Newman encendió la luz y retiró de la estantería una de las cajas: el número mil novecientos cuarenta aparecía escrito en la tapa. Una vez abierta, despreció las cuartillas y los tejidos que le daban la misma apariencia que las demás y del fondo sacó una carpeta con varias docenas de fichas. En seguida encontró la que buscaba: la de Hans Burgener.

Nacido en Argentina en 1905, de padre alemán y madre argentina. En 1930 la familia vuelve a Alemania y en 1932 ingresa en las Waffen SS. Blockführer en el campo de concentración de Dachau (Alemania), jefe de los barracones. Se le acusa de ser responsable del exterminio de al menos trescientas personas en los primeros tiempos del genocidio, la mayoría enfermos y deficientes mentales. Su nombre aparece en las actas de varios procesos en calidad de acusado.

Conocía de memoria la biografía del criminal, así que no era la ficha lo que buscaba, sino que lo que le interesaba era la vieja fotografía que estaba adjuntada a ella. La liberó del clip que la sujetaba y la examinó concienzudamente. Mostraba a un hombre de unos cuarenta años de rostro severo, piel pálida, pelo claro, barbilla dominante y musculada, frente ligeramente prominente, ojos tal vez demasiado separados y evidentes signos de calvicie incipiente. La altura y la postura activa de sus poderosos hombros le conferían el aspecto de un hombre de acción. Vestía el uniforme de las SS y bajo los cuellos asomaba, colgada de su cinta, la condecoración militar favorita de Hitler, la Cruz de Caballero.

Newman sacó de su bolsillo el ejemplar de *El Ciudadano* y comparó la imagen en blanco y negro con el retrato robot del presunto asesino de Costa, sorprendentemente parecido al hombre al que seguía la pista desde hacía meses. Estaba tan habituado a hallar las respuestas en los rostros que ni el paso del tiempo ni las operaciones quirúrgicas conseguían obstaculizar la pericia de su análisis.

La misma distancia de los ojos, la misma complexión… Estaba seguro de que era él. Su aspecto en la actualidad era más inofensivo, pero nada que no arreglara un buen cirujano plástico argentino con una reducción de mandíbula y de los arcos superciliares. «El mismo que le estiró la cara hasta dejarle sin expresión», pensó. Los labios delgados y desdibujados, así como la hendidura en las sienes denotaban una edad acorde con un varón de sesenta o sesenta y cinco años, los mismos que tendría Burgener ahora.

—Te tengo —murmuró.

El reportaje del semanario no se aventuraba a elaborar una hipótesis, se limitaba a relatar el testimonio de un testigo presencial de manera que, si bien Newman no acababa de entender la relación del fugitivo con el asesinato del fotógrafo, sí que estaba absolutamente convencido de lo que para él significaba su hallazgo.

—Te tengo —repitió, esta vez más alto.

Introdujo la foto en el bolsillo interior de la americana y guardó los expedientes de nuevo en la caja. A continuación, se sentó frente al pesado teletipo de Siemens y escribió: «Block-führer identificado». Casi instantáneamente, el dispositivo telegráfico se puso de nuevo en marcha y escupió, en la bobina rosa, una sola palabra: «Ejecuta». Newman arrancó el papel, buscó en sus bolsillos un encendedor y lo prendió. Estaba exultante. Llevaban años detrás de él, pero un pájaro que vuela solo es muy difícil de atrapar. Burgener nunca perteneció a Die Spinne, la organización que se ocupó de evacuar de Alemania a los dirigentes y funcionarios del Tercer Reich. No utilizó «las rutas de las ratas» y nunca se supo cómo consiguió los documentos necesarios para empezar lejos una nueva vida. Estuvieron a punto de cogerle hace casi veinte años en Rosario, Argentina, pero se les escapó. Fue a finales de los cuarenta, cuando Newman no había sido captado todavía. Pero esta vez actuarían con celeridad…

—¡Joder! —se quejó.

Se había quemado los dedos. Cuando quiso depositar en la papelera metálica lo que quedaba del papel, no restaban más que cenizas y humo. Intentó abrir la contraventana de hierro, pero estaba sellada, de manera que decidió esperar a que el humo se disipara. Desconectó el télex, colocó sobre el teclado la foto del nazi que se disponía a cazar y la miró con detenimiento. Si conseguía atraparle sería el tercero en su historial de cazador. Se sentía cargado de legitimidad para cazarle y hacer justicia siguiendo su propia teoría, la que él llamaba «teoría de los condenados»: que la pena eterna cayese cuanto antes sobre aquellos que se habían hecho merecedores de ella.

Al piloto no le guiaba la venganza, sino su propio sentido de la justicia y de la verdad. Se sentía en guerra contra los genocidas y los monstruos, su propia guerra privada, y esa era la única razón por la que había aceptado el ofrecimiento de la organización hacía doce años, pese a que ni las leyes de su país ni las de su código militar le amparaban. Ni siquiera el hecho de que su padre, maestro de escuela, fuera despedido, humillado y boicoteado en aquella Alemania preparada para odiar a los judíos tuvo peso en su decisión. Tampoco el trastorno neuromotor con el que nació su hijo Simon. El respeto a la vida, a la verdad y a la justicia era su tabla de mandamientos. La vida, la verdad, la justicia… Poco a poco el humo se había ido desvaneciendo y con él también desaparecieron los monstruos.

Tenía poco tiempo y mucho que hacer. Apagó la luz y a través de un rayo de sol que se colaba por el orificio de la contraventana observó a unos diminutos insectos bailando entre el polvo en suspensión. Sintió asco y salió de allí dejando atrás el costosísimo archivo de tejidos que se estaba echando a perder a causa de las plagas y que guardaba en su interior una interesante documentación obtenida bajo secreto: las fichas de los fugitivos nazis probablemente instalados en España.

***

—Debería darte vergüenza pasearte por todo Madrid con un hombre que podría ser tu padre. Seguro que está casado.

Pilarín miró a su padre implorando ayuda, ya que solo él, y no siempre, conseguía aplacar la ira de Asunción, pero en esta ocasión Julián Ordiola continuó comiendo la menestra de verduras sin levantar la vista de sus papeles de trabajo.

—No, no mires a tu padre —continuó.

En ese preciso instante sus tías entraron en el comedor. «Salvada por la campana», pensó aliviada la relaciones públicas a sabiendas de que su madre no dirimiría una cuestión así delante de las hermanas de su marido. Iban vestidas con lo mejor de su guardarropa, bonitas prendas, pero de los tiempos de Maricastaña, y con el bolso colgado del brazo. Por más que se esforzaba, Pilarín no recordaba haberlas visto nunca sin sus bolsos y le enterneció tanto ver cuan viejos y baqueteados los tenían que decidió que con su próximo sueldo les compraría unos nuevos. Pero la suerte que había presentido se le escabulló entre los dedos cuando vio que su madre les dirigía una mirada harto desagradable para indicarles que se marcharan por donde habían venido. Las pobres pusieron una excusa de lo más peregrina y salieron del comedor como alma que lleva el diablo.

—¡Ay! —dijeron dándose codazos la una a la otra como dos pajaritos de los dibujos animados—. ¡Vamos a hacer ejercicio!

Por el rabillo del ojo Pilarín miró a su padre. Ambos sabían que el ejercicio de las tías consistía básicamente en tirarse al suelo y levantarse, y a menudo hacían guasas al respecto. Pero no vio en él ni un atisbo de sonrisa.

—Julián, no estoy para bromas —amenazó Asunción, por si las moscas.

Estaba terriblemente enfadada. Era una mujer que cuidaba las apariencias, obsesionada también por las normas sociales y sobre todo las morales, que cumplía de manera inflexible.

—Estoy segura de que puedes imaginar el bochorno que he pasado en la peluquería al escuchar que Pilarín Ordiola «se entiende» con un americano —subrayó el «se entiende» con el tono malicioso que empleaba para hacer daño—. Todo el mundo piensa que eres una descarriada.

«Seguramente», pensó Pilarín, «porque lo soy». Y haciendo un esfuerzo, porque tenía cerrada la boca del estómago, se sirvió una cucharada de la fuente de verdura. Después, mantuvo la cabeza fría y replicó con lo que sabía que más la ofendería.

—Madre, tú nunca has sido vulgar. Ese «Pilarín se entiende» no te pega nada.

—No te atrevas a hablar así a tu madre —intervino con el semblante serio Julián Ordiola, dejando a un lado los papeles—. No estás en situación de hacerlo.

—No tengo nada que esconder —dijo Pilarín.

Pero la respuesta sonó tan solemne como inverosímil.

—¡Por supuesto que sí! —gritó su madre—. Te vas a echar a perder. ¿Quién es él?

Asunción se limpió la comisura de los labios, plantó la servilleta sobre la mesa y apartó el plato. Estaba iracunda. Pilarín se mantuvo callada, con la cabeza erguida y los labios apretados. La sirvienta entró sigilosamente con el café para su padre, que no acostumbraba a comer más que el primero y si acaso una naranja para volver al despacho cuanto antes. Se hizo un silencio prolongado y cuando la chica salió, su madre volvió a la carga.

—¿Sabes lo que te digo? Que no me importa. Pero te lo voy a decir solamente una vez: te prohíbo que vuelvas a verlo.

—Eso no va a ser posible —contestó inmutable Pilarín.

Asunción no podía creer lo que estaba oyendo. Siempre había advertido que, bajo esa apariencia angelical, la tercera de sus hijos escondía una arrogancia y una terquedad sin límites. «Cuando a esta chica se le mete algo en la cabeza, no para hasta conseguirlo», le advertía siempre a Julián, consciente de que Pilarín era su debilidad, seguramente porque era clavada a su madre. «Que Dios la tenga en su gloria, pero lo que me hizo sufrir la condenada...». Y, además, estaba Mercedes, que tenía patente de corso en la familia. Pilarín nunca se habría atrevido a plantarles cara de esa manera si no trabajara bajo la influencia de Salvatierra. Y, claro, de aquellos barros estos lodos: ahora les estaba poniendo a prueba, pero por primera vez sentía a Julián completamente de su lado.

—¿Cómo te atreves a contestarme?

—Porque estoy harta, mamá, de tu control, de tu desprecio, de tu intransigencia. De que decidas con quién debo salir, cómo debo vestir, a qué fiestas debo acudir y qué invitaciones debo rechazar. «Pilarín, tienes que...», «Pilarín, debes de...». «Qué decepción, Pilarín». «Qué indecencia, Pilarín». «Pilarín, nunca serás una verdadera Ordiola». ¿Sabes lo que te digo, mamá? Que soy una verdadera Ordiola y no sé muy bien lo que eso significa y ni siquiera sé si me gusta.

Pilarín temblaba mientras lanzaba al aire frases inacabadas que se había guardado durante mucho tiempo, pero cargadas de significado.

—Me parece que ya he escuchado suficiente —dijo Asunción.

Apretaba las manos sobre el mantel, tan tensas que la pantera de ónix de su carísima sortija parecía a punto de horadar la mesa como si fuera un taladro.

—¿Acaso me has preguntado alguna vez en tu vida cómo estoy? —prosiguió Pilarín—. ¿Si soy feliz? ¿Si el novio que tan bien os parecía porque su familia estaba «a nuestra altura» me trataba con respeto? No. Eres puro fariseísmo, mamá. Todo por el qué dirán, por el bien de las buenas costumbres.

—¡No! ¡Por el bien de esta familia! —dijo levantando la voz.

El rostro de Julián había adquirido una expresión de desconcierto. Estaba pálido y se le notaba terriblemente incómodo haciéndose una pregunta que a todas luces le resultaba insoportable.

—¿Qué quieres decir con falta de respeto? Pilar, ¿te ha hecho algo malo Ignacio?

Pilarín se encogió de hombros y se levantó de la mesa.

—Da igual, papá. Esto me supera —dijo con tristeza.

—Eso, la táctica del avestruz: esconder la cabeza para no enfrentarte a la realidad. Te estás arruinando la vida, hija.

Pilarín dirigió a su madre una mirada desolada.

—Pues, probablemente. Pero ¿sabes lo que veo en ti cuando me miras?

Asunción no respondió.

—Veo rencor.

—¡Qué tonterías dices! Es por tu bien —se defendió su madre.

—Tú no sabes lo que es eso. Tengo que irme.

Y se levantó de la mesa sin probar bocado.

Aquella tarde, tan pronto llegó a la redacción, Pilarín dejó su bolso en la silla y se encaminó a la terraza a fumar, aprovechando la tregua que le daba la hora de la comida. Las chicas estarían todavía en sus casas y ella necesitaba desesperadamente poner sus ideas en claro. Ben le había llamado esa misma mañana para avisarle de que destinaban a su escuadrón de forma inmediata a la base de EE.UU. en Tailandia y que probablemente estarían semanas, puede que meses, fuera. Había sido un golpe terrible para ella. Al final, su madre iba a salirse con la suya. Los ojos se le llenaron de lágrimas mientras subía. Odiaba no haberse podido despedir; decirle por teléfono lo mucho que lo amaba y que contaba los días para su regreso no aminoró su ansiedad. Se sentía hundida, peor imposible. Incluso había tenido una falta, ella que solía ser tan puntual. Pero es que eran demasiadas cosas a la vez.

Contra todo pronóstico, cuando llegó a la azotea del edificio se encontró la puerta abierta. Pensó en darse la vuelta, pero Clementina ya la había visto y hubiera sido tremendamente descortés por su parte no contestar a su saludo. Estaba sentada sobre un papel de estraza para no mancharse la falda y tomaba el sol con unas gafas de gato negras iguales que las que llevaba Marilyn Monroe.

—Son bonitas —dijo señalándolas.

—Gracias, son un regalo.

—¿De tu novio?

—No, de mi medio hermano. ¿Quieres?

Probablemente otra compañera le hubiera ofrecido la mitad de su bocadillo de mortadela, pero Clementina se lo tendió para que le diera un mordisco y de alguna manera ese gesto de camaradería un poco infantil le dio un pequeño consuelo.

—No, gracias. ¿Puedo? —preguntó indicando el papel.

Clementina asintió y le hizo un sitio a su lado. Enseguida se percató de que tenía la máscara de pestañas corrida y los ojos enrojecidos, pero hizo como que no se había dado cuenta y le preguntó:

—¿Qué haces aquí a estas horas?

—Complicaciones en casa. Nada serio —contestó, encendiéndose un pitillo.

Clementina le pidió otro y las dos fumaron en silencio hasta que exhalaron la última bocanada de humo.

—¿Alguna vez te has empeñado en conseguir algo sabiendo de antemano que estás cometiendo el mayor error de tu vida?

Pilarín necesitaba vaciarse y, pese a lo poco que la conocía, intuía que de todas sus compañeras Clementina era la única que podía ser una tumba y que no la sentenciaría con un juicio rápido o con un reproche.

—Entiendo que me estás hablando de un hombre.

Pilarín asintió.

—¿Casado?

Volvió a asentir.

—Comprendo.

—Cuando estoy con él, me siento feliz y plena, ni me cuestiono si lo que estoy haciendo está bien o no. No te exagero si te digo que vivo para esos encuentros. Lo amo con locura, pero con locura locura… ¿Me entiendes? ¿Cómo es posible que cuando estoy con él no me siento ni siquiera un poco culpable?

—¿Culpable de arruinarle la vida?

—No, soy yo la que se está arruinando la vida. Él se marchará y volverá con su familia, nunca me ha engañado. Y hasta es probable que su mujer no le pida cuentas en ese sentido.

—¿Eso te ha dicho?

—No, eso prefiero pensar yo. No quiero que me hable de su familia, no quiero saber.

—¿Entonces?

—Es la cuestión moral lo que se me hace más difícil de soportar, lo que siempre he considerado que era sagrado y que no he tenido ni medio escrúpulo en profanar. A menudo me siento la más miserable de las criaturas, pero cuando estoy con él no creo que haya en todo el planeta una mujer más afortunada que yo. A veces desearía no haberle conocido, a veces bendigo el día que se cruzó en mi camino.

—¿Por qué no te buscas uno libre? —le preguntó Clementina.

Y sonó tan tonto que ambas rieron.

—¿Por qué todos los buenos están ocupados? —soltó.

Era la frase más recurrente de la redacción, y eso les hizo reír más.

—Ahora en serio —dijo Clementina—. Creo que te mereces algo mejor que un hombre que va a volver con su familia.

Pilarín la miró y sintió una paz que la reconfortó. Cada una reflexionaba a su manera y en silencio sobre lo complicada que era la vida cuando, de pronto, el campanario de la parroquia de Nuestra Señora dio cuatro campanadas.

—¡El consejo! —dijeron al unísono.

Se levantaron con celeridad y antes de bajar, en un impulso, Pilarín abrazó a su compañera.

—Te agradezco mucho que me hayas escuchado.

La mañana había sido tan tortuosa que todo lo previsto para ese día se había pospuesto o cancelado. El propio consejo de redacción, proyectado para las diez de la mañana, no había comenzado hasta las doce y como a las dos de la tarde todavía no habían abordado el último tema de actualidad, la directora decidió suspenderlo y reanudarlo a las cuatro. Cuando Pilarín y Clementina se sentaron, respetando la silla vacía de Montse Salvador, el consejo ya había comenzado.

—Eso de tomar la píldora no está bien —dijo Ana María.

Todas conocían su profunda convicción religiosa, los esfuerzos concienzudos por quedarse encinta desde que se casó hacía tres años, las ilusiones renovadas con cada nuevo ciclo y la frustración sobrevenida con cada regla.

—Vamos a ver, y por centrar el punto de vista —intervino Mercedes—. Aquí no estamos planteando si es legal o no tomar anovulatorios como anticonceptivo. No es legal, y punto. Pero ya hay muchas mujeres españolas tomando Anovial 21 por prescripción médica para la dismenorrea, la endometriosis o las irregularidades de ciclo.

—También sabemos que millones de mujeres de Alemania, Holanda, Reino Unido o Estados Unidos ya lo están tomando para controlar su fertilidad —añadió Teresa, la redactora jefe.

—Y evidentemente son datos que no debemos obviar en el reportaje: cuándo se ha legalizado en cada país y cuántas mujeres lo toman. Pero me gustaría hacer un informe amplio ateniéndonos a la manera en que se pauta en España, con diferentes voces de expertos. ¿Qué dicen los médicos españoles? ¿Es eficaz? ¿En qué casos? ¿Cómo se toma? ¿Qué contraindicaciones tiene? Teresa, te ocupas tú de esta parte.

—Yo puedo investigar los datos del censo de población en estos países donde su uso como método anticonceptivo es legal —añadió Rosario—. Si ha afectado a la tasa de natalidad y si ha reemplazado a métodos naturales como el Ogino o el *coitus interruptus*.

Fue mencionar el latinajo y las chicas estallaron en carcajadas.

—Rosario, me temo que esta redacción no comprende el significado de una relación carnal interrumpida —dijo Mercedes intentando parecer seria.

Entonces se armó. Ni con Lina Morgan y Concha Velasco juntas en la escena de «De qué se ríen estos hijos de... de Washington» las chicas se habían reído tanto. Ana María se puso roja como un tomate y Teresa, de pie junto a ella, le abanicaba. Rosario salió precipitadamente de la sala porque se hacía pis. Pilarín sacó el pañuelo del bolsillo para enjugarse las lágrimas. El estruendo era tal que hasta Mari se presentó para ver qué pasaba y, aunque Clementina intentó explicárselo, el alboroto era tan ruidoso que la secretaria no entendía nada. Así las cosas, el consejo tardó minutos en reconducirse.

—Ni que estuvierais en el Preu... —continuó Mercedes moviendo la cabeza mientras el sonido de las risitas se iba atenuando.

—Bien —continuó—. De la parte de la curia se va a ocupar... Clementina —dijo posando su mirada sobre ella—. Lo que imaginas: ¿se ha pronunciado la Iglesia sobre su uso? ¿El papa ha dicho algo al respecto?

Cuando Clementina asintió, Mercedes comenzó a recoger sus notas y todas la imitaron.

—Una cosa antes de ponernos de nuevo con nuestras tareas —dijo—. Sé que no ha sido un día fácil. Pero por muy grande que sea la decepción, la vuestra y la mía, quiero que sepáis que mi compromiso con esta revista y con todas vosotras no va a cambiar. Teresa va a asumir el puesto de Montse y estoy segura de que todas vais a respaldarla con vuestra profesionalidad y afecto. Estamos en un momento complicado. Debido a los intereses individuales de ciertas personas se está cuestionando cada línea que publicamos. No sé muy bien cómo ni dónde acabará esto, pero la revista la hacemos nosotras. Con esto quiero decir que nuestra línea editorial es el sentido y la dirección, no solo de la revista, sino de muchas mujeres de este país a las que no se les deja hablar. Hemos llegado a cierto grado de libertad con mucho esfuerzo y sacrificando cosas. Por eso, si alguien no está de acuerdo, que se sienta libre de decir su opinión, pero que sus decisiones no se rijan por contentar sus intereses personales o los intereses de los de más arriba. Creo que soy imparcial y me gusta que construyamos la revista con la mayor diversidad de puntos de vista posibles. Pero que no se os olvide que esto es cosa nuestra y de nadie más.

La voz se le quebró ligeramente y las chicas, agradeciendo el gesto, le correspondieron con inclinaciones de cabeza.

Ella sonrió y dijo:

—Ahora sí, vamos a trabajar. Ana María, quédate un segundo, por favor.

La redactora de belleza dejó caer al suelo su cuaderno. Tenía un concepto de la autoridad tan pronunciado que siempre se ponía muy nerviosa cuando Mercedes la requería.

—Sabes que no me gusta entrometerme en la vida privada de nadie —le dijo—. Pero llevas mucho tiempo intentando quedarte embarazada y no sé si lo has comentado con el médico.

Si algo podía violentar en extremo a Ana María era sin duda que su jefa hiciera referencia a sus relaciones íntimas. Pero lo cierto es que el desánimo se había instalado en la pareja y eso había derivado en una pereza sexual que la tenía altamente preocupada.

—No es mi intención decirte lo que tienes que hacer —continuó Mercedes—. Pero hay soluciones eficaces para este tipo de casos y no pierdes nada por consultar. Si quieres, yo puedo proporcionarte el teléfono de algún especialista.

Ana María suspiró. Sintió que por primera vez en su vida alguien le prestaba un poco de atención y comenzó a hablar…

***

Pasadas las once de la noche, Ben Newman aparcó la furgoneta de reparto frente al portal del inmueble y se encaminó a la puerta trasera del restaurante, que siempre permanecía abierta durante el servicio. En la cocina y en la sala la actividad era frenética y el volumen de reservas que traía consigo la vuelta de las vacaciones proporcionaba a todo el *staff* un placer solo superado por lo que el jefe llamaba la *happy hour* y que no era otra cosa que el momento de repartir equitativamente las generosas propinas.

La abulia de agosto que tanto desesperaba al cuerpo de camareros y cocineros había dado paso, ese primer lunes de septiembre, a una gozosa diligencia. En la cocina las *crêpes Suzette* ardían en la sartén festivas como un ninot, el trajín del *maître* en la cava mejor surtida de buenos cigarros de todo Madrid era constante e incontable el desfile de bandejas rebosantes de copas balón y botellas de coñac fuerte, preparadas para alentar nuevas y viejas relaciones de negocios. El poder se palpaba calentito y palpitante y el Gatti hacía caja al fragor del disfrute de sus clientes por el lujo y el cotilleo político.

En esa algarada de ajetreadas idas y vueltas, voces y risas, Ben Newman no tuvo problema en adentrarse sin llamar la atención por la escalera interior que conducía al tercer piso del señorial inmueble. La puerta por la que se accedía a la vivienda de Guillermo Gattinara estaba cerrada con llave. Newman se metió en la boca una linterna del tamaño de un bolígrafo, bordeó con los dedos todo el perímetro de la madera y, cuando estaba a punto de contornearlo, se percató del chivato: un pequeño trozo de papel que el criminal había introducido en la puerta para asegurarse de que nadie había entrado en la casa durante su ausencia. Mecánicamente, el militar abrió sin dificultad la cerradura utilizando una ganzúa y antes de cerrar volvió a colocar el papel en su sitio.

Era evidente que no había nadie en la casa. Siguiendo su costumbre, todos los lunes el ama de llaves viajaba en autobús a Segovia y no regresaba hasta bien entrada la mañana siguiente, lo que proporcionaba a Newman una excelente oportunidad. Olía mucho a cera, como si se acabara de frotar bien el suelo con el encáustico.

Sacó de la mochila una linterna con más alcance e iluminó la estancia. El recibidor conducía a dos salones contiguos, colmados de extravagancias. Dirigió el haz de luz hacia un par de vitrinas grandes que abrigaban una curiosa colección de jarras de cristal de Murano rematadas con cabezas de halcón y una docena de dragones y extrañas criaturas en cristal y bronce. Los sillones ricamente tapizados con sedas brocadas se amalgamaban, sin dejar espacio para pasar, con secreteres, cómodas y rinconeras decoradas de laca por broncistas y artistas con motivos muy variados. Había apliques, candelabros y girandolas por doquier, relojes de mesa con vestales y morillos de chimenea. Aquello parecía el almacén de un anticuario. Al fondo, dos columnas de alabastro con su capitel daban paso a otra estancia donde se repetían los mismos delirios decorativos. «¿De dónde viene todo esto? ¿De dónde procede el dinero para abrir el restaurante?», pensó. Pero no estaba para elucubraciones, ya habría tiempo para ello. De nuevo, dirigió su atención a lo importante.

Atravesó la segunda estancia sin detenerse hasta el *trompe-l'oeil* del fondo que simulaba el jardín de una villa romana. Recorrió con la linterna el paseo rectilíneo, los laureles y los acantos que rodeaban las dos fuentes y la gruta que había junto al estanque, buscando en la pintura un picaporte, una palanca, las ranuras de una entrada. Encontró el tirador y pasó a un pequeño distribuidor con dos puertas. Se detuvo para asegurarse de que no oía ningún ruido y a continuación eligió la de su izquierda. Un cuarto de baño suntuoso se abrió ante él. Le sorprendió que hubiera dos bañeras, una empotrada a la pared, de las que habitualmente encuentras en cualquier casa, y otra gigante, cuadrada y con las paredes altas, de mármol de Carrara. Imaginarse a Gattinara refrescándose en el mármol como si fuera un emperador de Roma le revolvió las entrañas. A continuación, entró en la habitación. El corazón de la bestia apestaba a miel.

Los camareros acababan de recoger los últimos platos de postre cuando Guillermo Gattinara encontró sobre la encimera de fríos de la cocina un ejemplar de *El Ciudadano*.

—¿Quién ha dejado esto aquí? —bramó, y al girarse, furioso, arrolló a uno de los pinches que portaba una bandeja de trufas dispuestas en cápsulas de papel.

Los bocaditos de chocolate rodaron por el suelo y el polvo de cacao aterrizó en su delantal impoluto.

—¡Maldita sea! —exclamó—. ¡Cuántas veces he dicho que no quiero distracciones en mi cocina! —gritó, agitando la revista con tanta vehemencia que las grapas se soltaron y las hojas volaron hasta el suelo.

Colérico, se agachó a recoger los papeles y se dirigía con paso firme al cuarto de la basura cuando vio el retrato robot. Se quedó atónito, no había duda de que era él. Nervioso, ordenó las páginas, encontró la primera de la crónica y leyó: «Se complica el caso de la muerte del fotógrafo de la calle Dulcinea. Nueva versión de un testigo presencial». No se entretuvo en continuar leyendo. Se irguió, volvió sobre sus pasos intentando dominar la emoción e informó en cocina de que subía a casa a cambiarse.

Se quitó el gorro y mientras enfilaba, pausado, los delgados escalones que conducían a su vivienda, se alegró de haber quemado el material fotográfico de Costa. «Algo menos de lo que preocuparse», pensó. Tantos años construyendo un segundo yo, una nueva vida, evitando las fotos, las preguntas, las indiscreciones que pudieran relacionarle con el hombre que fue... Su gran secreto. Aquellas fotografías que el desgraciado le había tomado por sorpresa en la boda Ordiola le habían costado la vida. Y ahora él se veía en la obligación de huir. Sin perderse en fútiles pensamientos, repasó en su cabeza los pasos a seguir. Descartó por inoperante la búsqueda del testigo, partía de cero, y además el tiempo jugaba en su contra. Seguramente el retrato robot estaría ya pinchado en la pared de todos los puestos de la Guardia Civil de aquí a los Pirineos, y lo mismo ocurriría en el aeropuerto y en la frontera.

Cuando llegó a la puerta, giró la llave y en un acto reflejo se fijó en que el trozo de papel caía al suelo. No tenía tiempo que perder. Rápidamente, se encaminó a la vitrina y sacó de una de las jarras de cristal de Murano la pequeña pistola semiautomática que tantas veces le había servido como arma y talismán a partes iguales. En su habitación, dispuso sobre la cama y junto a la pistola una mochila militar del ejército suizo con algunas prendas y enseres de aseo y la crema que le ayudaba a perpetuar la juventud de su piel.

Se cambió de ropa con celeridad, descolgó de la pared el Pissarro y para protegerlo lo envolvió en la chaqueta filipina que acababa de quitarse. Desde el teléfono de la mesilla hizo dos llamadas: usó una línea interna para comunicar a su jefe de sala que un problema familiar le mantendría dos semanas fuera de España y a continuación marcó el prefijo de Segovia e informó telegráficamente en los mismos términos a su ama de llaves.

En la oscuridad del distribuidor, Newman le escuchaba y observaba la precisión con la que preparaba su huida, como si fuera inmune a su incierto destino y a las tinieblas que se cernían sobre él. La temprana irrupción de Gattinara en la casa le había pillado desprevenido. Cuando escuchó la llave girando en el bombín, apenas le dio tiempo a apagar la linterna y sacar el arma de la mochila. Como Gattinara se entretuvo un momento en el salón, le dio tiempo a esconderse en la bañera y tumbarse en ella boca arriba con la pistola entre las manos, preparada para disparar. Esperó, rígido, unos minutos y a continuación se incorporó y, como un fantasma, se deslizó hasta el distribuidor.

El espejo del cabezón del guerrero le proporcionaba un buen ángulo de visión de los pies de la cama. Vio a Gattinara introducir con cuidado el cuadro en la mochila y calzarse unas botas de montaña. Seguidamente, manipuló su automática, despacio, con la mirada baja. Newman pensó que le había descubierto y se pegó a la pared, alerta. Podía sentir el frío metal de su pistola en la cara. Tenía trece balas.

Sentado en el borde de la cama, Guillermo Gattinara revisaba mentalmente el plan de fuga que tenía preparado desde hacía años: Zaragoza, Huesca hasta Canfranc —un conocido tenía una pensión cerca de la estación y estaba seguro de que podría ayudarle a cambio de unos miles de pesetas— y luego pasaría a Francia por Candanchú. «Sencillo y ejecutable», se dijo.

Newman escuchó claramente cómo abría las puertas del armario del aseo y se asomó de nuevo, pero el criminal había desaparecido de su campo de visión. Aguzó el oído: percibió el sonido de algo voluminoso depositado en el suelo, una cierta actividad y cómo el objeto volvía a su colocación inicial y las hojas del armario se plegaban. «¡El espejo!», dedujo, no podía ser otra cosa, pero no le había dado tiempo a inspeccionarlo con detenimiento. Otra vez la imagen de Gattinara apareció reflejada en el cabezón: le vio depositar junto a la mochila la fotografía en blanco y negro que el militar conocía bien, la insignia de la Cruz de Hierro nazi, tres pasaportes y un gran fajo de billetes de diferentes divisas. Luego, sin dudar ni una milésima de segundo, metió la foto y la condecoración en el bolsillo interior de su americana, acomodó la pistola en la cinturilla de su pantalón, distribuyó el resto en los compartimentos laterales de la mochila, agarró la bolsa y salió sin apagar la luz. Gattinara acababa de cruzar el umbral del distribuidor cuando sintió el metal en la nuca.

—Sigue andando. Despacio —escuchó y enseguida identificó la voz y el acento del militar americano.

Comprendió que, si hacía el más mínimo movimiento para intentar sacar la pistola, estaba muerto.

—Para —dijo Newman.

Sin dejar de apuntarle a la cabeza, le arrancó la mochila de la mano, la tiró al suelo y, tras cachearle, le arrebató el arma y la depositó también sobre el parqué con un movimiento rápido.

—Continúa hasta la puerta. Sin tonterías —le ordenó, apretándole el cañón en la cabeza.

Muy despacio, bajaron las escaleras del inmueble.

—Por ahí no. Por el portal. —Empujó el arma contra su espalda.

Eran casi las doce cuando salieron a la calle. A una veintena de metros, una pareja flirteaba a sus anchas y no prestaron atención a los dos hombres.

—A la furgoneta —le indicó Newman.

El alemán se encaminó hacia la DKW aparcada justo enfrente. Llevaba un nombre comercial pintado en el lateral que consiguió leer con dificultad, Tejidex. Antes de abrir el portalón trasero, Newman echó un vistazo a los amantes. Se estaban despidiendo.

—Adentro —dijo.

Gattinara no se resistió. A continuación, el americano se subió al asiento delantero y esperó unos minutos a que la chica entrara en el portal y el chaval desapareciera de su vista. No quería llamar la atención poniendo en marcha el contacto porque la maldita DKW petardeaba escandalosamente, como si fuera una moto. Había soldado una chapa en su interior para separar el puesto de conductor del compartimento de carga.

Detrás, a oscuras, Guillermo Gattinara asumía que había llegado su gran adiós. Qué cosas. Después de tantos años se sentía a salvo en Madrid. El hijo de puta del americano debía de pertenecer a alguna organización y lo había secuestrado para entregarlo a Israel. No tenía la menor duda de que le condenarían. Conocía bien la detallada información que manejaban porque había tenido en las manos una copia del expediente. No estaba todo, pero sí lo suficiente para enviarle a la muerte. Su gestión en Dachau y anteriormente en los Gaswagen: la cantidad de viajes a hospitales e instituciones mentales que habían pasado por su mesa de planificación de rutas. Enfermos, disminuidos, judíos… Pura escoria. En el informe se referían a ellos como «los camiones de la muerte». Comenzó a aporrear las paredes de la furgoneta en un intento lastimero de no sabía muy bien qué, pero se contuvo, era indigno de un hombre como él.

En cuanto Newman arrancó la furgoneta, sintió un fuerte olor, una mezcla de gasolina y aceite, y a continuación percibió el humo y comenzó a toser. ¡No le llevaba a juzgar! ¡El hijo de puta le iba a gasear! ¡Había conectado el tubo de escape con el interior del habitáculo! Escuchó el petardeo festivalero de la furgoneta rodando pimpante por Madrid y pensó que había llegado al final de la escalada. Tosió de nuevo, cada vez más fuerte. No podía respirar. Se ahogaba. Le escocían los ojos hasta el punto de querérselos arrancar. ¡Qué pena de gran nación aquella Alemania levantada a partir de una ruina! Y él había contribuido a hacerla grande. «¡Soy Hans Burgener!», intentó decir. Pero la tráquea se le cerraba y la cabeza le estallaba mientras tosía, vomitaba y lloraba agónicamente. Sabía que tardaría entre diez y quince minutos en morir.

Como llevaba la ventanilla abierta, Newman apenas escuchaba las toses y los golpes en el habitáculo de carga. Pero de vez en cuando miraba por el retrovisor imaginando el último estertor del gran perpetrador de atrocidades, el acreedor de tantas muertes.

9

Nuevos ojos

Por la manera en que Juan había encajado en su vida, Mercedes se sentía en armonía. «Cada uno en su casa y Dios en la de todos», pensó para sus adentros con placer. Su madre a menudo le decía que cada día acusaba más las rarezas de vivir sola, pero se equivocaba: era la misma de siempre, tozudamente independiente. «Imaginarme a mí misma mientras leo una revista en el salón de mi casa esperando la llegada del marido, ayudarle después a quitarse la americana y a ponerse el batín y acercarle el carro de las bebidas para servirle un whisky, prepararle la cena y luego ver juntos la televisión…, literalmente, me enferma», le repetía para arrancarle una carcajada, más por diversión que por defenderse. «Sí, sí —le contestaba ella—, ándate con sarcasmos, pero la soledad cuando se llega a cierta edad es difícil».

«A cierta edad», pensó mientras regaba en su terraza, «es cuando mejor me siento». Podría decirse que ocuparse de las plantas era la única tarea del ámbito doméstico que le deparaba algún gozo, aunque sería más exacto aclarar que había elegido la ligereza para su escasa vida personal y que ese pequeño santuario verde reunía las únicas responsabilidades que estaba dispuesta a asumir. Plantar, trasplantar, regar, velar y contemplar los rosales, hibiscos, helechos, bambúes, dalias y cannas. La terraza era la única estancia de la casa que contenía todo lo necesario para estar, incluso una mesa y unas sillas que ya habían adquirido el tono grisáceo de la madera expuesta a las inclemencias del sol y el agua.

El resto era como el piso de un estudiante, la total desnudez: una cocina con un frigorífico y un aparato de radio; un salón con un sofá y una mesita baja; un televisor que parecía muerto de asco en un aparador vacío y una estantería con cuatro baldas, tres para libros y la otra para el tocadiscos, algunos vinilos y revistas. Ciertamente, el dormitorio había ganado protagonismo con la irrupción de Juan en su intimidad cotidiana, pero la terraza seguía siendo el fortín de la casa, el único lugar en el que le gustaba guarecerse, leer, fumar y entretenerse.

Era algo tarde cuando Nadal llamó al timbre. Al salir de la redacción, Mercedes había comprado unas agujas de ternera y unos tomates porque, aunque apenas tenía tiempo para preparar una ensalada rápida, le parecía poco delicado ofrecerle tan solo unas lonchas de jamón de york y un yogur. Puso el último disco que había comprado, contenía una preciosa canción titulada «La Bohème».

—Aznavour y sus colegas... —dijo Juan, estrechándola entre sus brazos—, que solo comían caliente cada dos días. Como tú. Menos mal que hay personas que velan para que no mueras de hambre.

Y a continuación le mostró la bolsa que llevaba escondida, repleta de manjares. Mercedes dio unas palmaditas alegres y se dirigió a la cocina, sonriendo... Apostaría hasta su última peseta a que había sido su secretaria la encargada de aprovisionarle en una buena tienda de ultramarinos de lo necesario para el festín. Todo tenía un aspecto bonito y tan bien presentado que podía sacarlo directamente a la mesa. Con deleite, fue extrayendo de la bolsa dos bandejas con blondas, una con salmón ahumado lonheado acompañado de huevo hilado y otra con un aromático pollo relleno de verduras y frutos secos, un queso brie, una cajita de trufas de chocolate y dos botellas de champán.

—¡Oh! —exclamaba cada vez que desprendía el hilo que anudaba cada paquete y asomaba algo rico.

Juan observaba con regocijo cómo disfrutaba con cada descubrimiento, sus movimientos recordaban al alborozo de un niño abriendo un sobre de cromos. Sintió que su estómago empezaba a protestar e hizo un gesto de fastidio. El bote de bicarbonato debía estar en el armario del baño junto a una caja de benzodiacepinas. Ambos remedios más el cepillo de dientes, perfectamente alineados en la estantería más alta, eran los únicos indicios de su presencia en la casa.

—Discúlpame, voy un momento al baño.

Sabía que Mercedes agradecía que actuara con la cortesía que se le supone a un invitado y, al fin y al cabo, ¿no era esa vida libre de ataduras lo que siempre había perseguido? Cada uno en su casa y Dios en la de todos. Sonrió y se dirigió al lavabo. Frente al espejo, se metió en la boca un puñado de bicarbonato para paliar la acidez que le habían provocado los dos whiskies que se había tomado en la redacción y descartó el Valium porque quería estar bien despejado.

—¡Qué maravilla! —exclamó Mercedes cuando regresó a la cocina—. ¿Tenemos algo que celebrar?

Con gestos estudiados, más propios de un mago que de un barman, Juan descorchó una botella, sirvió el líquido burbujeante en los únicos vasos que había en el armario y dijo enigmáticamente:

—Tal vez.

Mercedes soltó una carcajada.

Habían dado cuenta de la primera botella de champán y de buena parte del pollo trufado y el salmón mientras comentaban el extraño caso de Guillermo Gattinara, que continuaba sin aclararse. Hacía semanas que los periódicos se habían hecho eco de la aparición del cadáver del cocinero, al parecer asfixiado con monóxido de carbono y abandonado en un bosque de encinas a las afueras de Madrid. Como no llevaba encima ninguna documentación, la policía tardó dos o tres días en identificarle, pero luego todo se precipitó: descubrieron en su casa varios pasaportes falsificados y una cantidad enorme de dinero y, dado el extraordinario parecido con el retrato robot que Pedrete ayudó a dibujar, enseguida le vincularon con el ladrón del material fotográfico de Costa y su más que probable, aunque no demostrado, asesinato.

El ayudante del fotógrafo tuvo que acudir al depósito para el reconocimiento del cuerpo y pese a su estado de putrefacción, las horribles manchas verdes, la hinchazón y la deformación, no dudó de que se trataba del mismo hombre que había perpetrado el saqueo del laboratorio el fatídico día. Y hasta ahí. Casi un mes después, ninguna prueba, ningún indicio, ningún sospechoso, ninguna línea de investigación, nada, el caso seguía estancado en la jefatura…, y en los periódicos, las hipótesis para intentar entender lo ocurrido se sucedían sin llegar a ninguna conclusión razonable.

—Pero seguro que tú tienes una teoría, ¿no es así, Juan? —pregunto Mercedes, que valoraba más que nadie su necesidad de intentar comprender siempre lo que ocurría a su alrededor.

—*Yesssss* —sonrió, limpiándose la boca. —No es mucho, pero es un hilo del que empezar a tirar. El informe policial recogía que, entre la asombrosa cantidad de pertenencias de Gattinara, se habían encontrado, dentro de una mochila, tres pasaportes falsificados con tres nombres diferentes, una Astra semiautomática, bastante dinero en francos franceses y suizos y, lo que a mi modo de ver resultaba más interesante: un cuadro pequeño.

—¿Un cuadro dentro de una mochila?

—Sí, un Pissarro.

—Qué extraño…

—Se trata de un paisaje invernal. Y mira por dónde, esa pequeña tela figura entre las obras de arte expoliadas por los nazis durante la Segunda Guerra Mundial. Su propietaria, una pianista judía, lo tuvo que malvender para obtener un visado con el que abandonar Alemania.

—¿Estás sugiriendo que Gattinara era un nazi?

—No necesariamente. Una red de galeristas y marchantes, pero también todo hijo de vecino, se aprovechó del infortunio de los judíos para rapiñar todo lo que podían. Y las obras pasaron de unas manos a otras, así que quién sabe.

—¿Y entonces? —preguntó Mercedes intrigada.

—Entonces nosotros estamos siguiendo el rastro de un cuadro —respondió.

El «Cheek to Cheek» de Ella Fitzgerald y Louis Armstrong empezó a girar en el tocadiscos y, con el vaso en una mano y chasqueando los dedos de la otra, Juan se levantó y tiró suavemente de ella.

—¿Qué puede hacer una mujer cuando un hombre tan atractivo te invita a bailar? —dijo Mercedes sin resistirse.

Agarrados de una mano, continuaron con «My Heart Belongs to Daddy». Eran dos torpes a los que el sonido de las trompetas obligaba a juntarse, soltarse, girar y deslizarse por el parqué como si fueran dos profesionales. Nada más alejado de la verdad, no paraban de chocar y de reírse por el placer que les proporcionaba estar juntos.

Let me warn you right from the start.
That my heart belongs to daddy
And my daddy belongs to my heart.

Cuando la canción terminó, estaban sofocados de bailar y reír y se sentaron de nuevo.

—¡Menuda estampa! —Rio ella descalzándose.

Nadal llevaba el faldón de la camisa por fuera del pantalón y le hizo notar que tampoco ella se quedaba atrás —algunos mechones del moño le caían sobre los hombros y dos pasillos de champán recorrían su blusa de seda—, pero enseguida lo compensó acariciándole el cuello y diciéndole que olía como una floristería llena de flores, y entonces Mercedes le dio en los labios uno de esos besos gustosos que sabían rico.

—Eres bastante poético para ser un periodista —le dijo a continuación. Pero en cuanto vio que se disponía a atacar la última trufa de chocolate, se lanzó veloz sobre la caja, sin poder reprimirse, y se la metió entera en la boca. Tras tragársela, se limpió de chocolate la comisura de los labios, dejó la servilleta sobre la mesa baja y recostándose sobre el sillón, le soltó, traviesa—: ¿Y bien?

Juan cortó un buen trozo de brie, le encantaba, le gustaba tanto que hasta se lo comía con corteza y sin pan, y se lo tomó de un bocado.

—He investigado lo que me pediste.

—Y has encontrado algo, ¿verdad?

Mercedes bajó los pies del sofá, se irguió, se atusó los mechones rebeldes con los dos pasadores y se dispuso a escuchar atentamente.

—De hecho, he encontrado mucho.

—Te escucho —dijo Mercedes, apremiándole también con la mirada.

—Hemos conseguido los movimientos de la cuenta bancaria de Chata Sanchís. Al no tener un marido, un padre o un hermano que la tutele, la cuenta estaba a su nombre, lo cual nos facilitó mucho las cosas.

Mercedes asintió. Y, a continuación, como siempre que se exigía concentración, empezó a jugar con el gran ópalo, girándolo rápidamente. La puerta de la terraza estaba abierta y en la calle alguien dio unas palmadas para reclamar al sereno.

—Durante los últimos años —prosiguió Nadal sin perder el hilo—, prácticamente todos sus ingresos coinciden con las colaboraciones en los diferentes periódicos y revistas en los que publica, todo muy fácil de rastrear. Sin embargo... —se interrumpió para encenderse uno de los cigarrillos de Mercedes—. ¿Quieres? —le preguntó, solícito.

Ella negó con la cabeza.

El corazón le latía muy rápido. Las fuertes palmadas para llamar al sereno se tornaron todavía más impacientes, y finalmente se escuchó la voz lejana del vigilante: «¡Ya voy, señorito, ya voy!».

—Sin embargo —continuó Juan, retomando sus últimas palabras—, detectamos una serie de ingresos que no provenían de sus pagadores habituales sino de otros, y todos distintos.

A continuación, se puso de pie lentamente con el cigarrillo en los labios para meterse la camisa por dentro del pantalón, como si alguien acabara de reprenderle por su falta de decoro. Y prosiguió:

—Curiosamente, las cantidades de esos pagos eran muy similares, en torno a las veinte mil o treinta mil pesetas, una vez al año o dos como mucho. Cruzamos los pagos con las fechas de hospitalización de su sobrino y, efectivamente, los empleaba para costear esos gastos.

—Su sobrino Rafael —dijo Mercedes.

—Exacto. Pero lo más inusitado eran esos ingresos, así que nos pusimos a investigar. Y no te lo vas a creer...

Mercedes le miró, expectante, y Juan volvió a sentarse y se reclinó hacia ella.

—La mayoría provenían de empresarios importantes con los que no tenía ninguna relación laboral y como las almas caritativas no abundan..., aquello no podía significar otra cosa que una extorsión.

—¡Un chantaje! —exclamó Mercedes.

De Chata se podría esperar cualquier cosa, pero… En su cabeza los pensamientos se arremolinaban sin orden ni concierto e intentó ordenarlos.

—Utilicé algún contacto hasta dar con uno de esos empresarios, que se avino a hablar conmigo si le juraba, porque me hizo jurar, que la conversación quedaría entre nosotros.

Juan descorchó la segunda botella, pues se estaba quedando seco de tanto hablar.

—Si quieres, traigo una jarra de agua —le ofreció Mercedes.

—¿Agua? ¡Por el amor de Dios! —contestó, sonriendo, antes de volver a la historia—. Un caso de infidelidad como cualquier otro. El *modus operandi* de Sanchís era tan sencillo como eficaz: escribía la crónica; a continuación, llamaba al afectado y le informaba de lo que iba a publicar; si este le ofrecía dinero a cambio de no sacar a la luz su pecadillo, ella lo aceptaba, pero se cuidaba mucho de no ser ella la que daba ese primer paso. De alguna manera, la corruptela la iniciaba el otro proponiéndole una mordida.

—¿Crees que usó el mismo procedimiento con Colomina? —inquirió Mercedes encendiendo un cigarrillo.

—No podría asegurarlo, pero tiene toda la pinta. Mandé a mi mejor sabueso a ver qué había de él en comisarías y juzgados y encontramos los registros de dos denuncias que luego se retiraron.

—¿Por qué le denunciaron?

—Por exhibicionista y actos obscenos.

—¿Cuándo?

—Hace años. Entonces era el director de un colegio mayor de chicos.

El semblante de Mercedes se tornó lívido:

—Dios mío… Serían casi niños.

—Jóvenes de dieciséis o diecisiete años. A fuerza de preguntar conseguimos dar con uno de aquellos chavales en un pueblo de León, ahora ya un hombre. Sus padres decidieron retirar la denuncia para evitar el escándalo. Imagínate, aquello les superaba, así que fueron a buscar al chico y le sacaron inmediatamente del colegio.

Nadal hizo una pausa.

—Podría describirte los actos… —continuó.

—Mejor no.

Mercedes permanecía sentada sin decir ni una palabra, sentía una profunda rabia. Estaba asqueada. La gente como Colomina representaba lo más abyecto y sucio.

—La verdad siempre te encuentra —citó a Nadal.

—Mimi —le dijo—. Ve a por él.

Ella asintió con convencimiento y le abrazó fuerte durante un tiempo muy prolongado. Le brillaban los ojos de excitación. Una pareja empezó a discutir y los gritos se escucharon por todo el vecindario hasta que volvió la paz. De nuevo el silencio de la calle quedó interrumpido por una sirena y finalmente por un camión cisterna.

—¿Quieres que me quede? —preguntó Juan al cabo de un buen rato desentumeciendo uno de sus brazos, que se le había quedado dormido.

—Hoy prefiero que no —contestó ella.

***

El resultado del análisis de sangre no admitía dudas y confirmó sus peores sospechas: presencia de hormona beta-hCG en niveles que indicaban entre doce y catorce semanas de gestación. Como si anduviera sin rumbo, y pese a que su coche estaba aparcado a solo una manzana del laboratorio, Pilarín Ordiola pasó por delante de él un par de veces sin verlo y cuando finalmente lo localizó, se sentó en el asiento del conductor y lloró. Lágrimas de rabia y de impotencia caían sobre el papel emborronando las letras y los porcentajes, pero ella solo prestaba atención a la última línea del informe que leía y releía como si se tratara de un veredicto de condena. ¿Acaso no lo era? «¡Mierda, mierda, mierda!». Golpeó con tanta fuerza el volante que se hizo daño en las manos. Luego apoyó la frente en él y cerró los ojos. El señalamiento público, la reputación, la indecencia, la vergonzante condición de madre soltera. Sus padres no se lo perdonarían. ¿Cómo había podido suceder? Se había preocupado de tomar medidas. Aunque, visto lo visto, estaba claro que no siempre y no las suficientes. Sin embargo, no había tenido náuseas, ni cansancio, ni había engordado… No había observado ningún síntoma de embarazo a excepción de las dos faltas.

Pero ¿cuándo pasó? ¿Y qué podía hacer ella ahora? Estaba, desde ese mismo momento, condenada, inhabilitada para tener una familia y un hogar normales. Ben le había dejado claro desde el principio que él ya tenía una. «Pobre hijo o hija mía». Tendría que hablar con él, sería lo suyo, y seguro que asumiría su responsabilidad, porque no era de esa clase de hombres que escurren el bulto. Pero ¿y si no era como ella creía? Fuera como fuera, estaría en Connecticut o en Laos, o vete a saber en qué guerra, y el suyo sería un hijo sin padre y le dirían de todo, bastardo, ilegítimo, se reirían de él a sus espaldas, se mofarían de su madre y él tendría que pegarse con ellos para defenderla y que le dejaran en paz.

Aunque nunca fumaba en el coche, encendió un cigarrillo y abrió la ventanilla del todo sin acordarse de exhalar el humo hacia afuera, a la calle, pero la nicotina tuvo la virtud de aplacar las lágrimas y ordenar los pensamientos. Se sentía sola, perdida, y no sabía a quién recurrir. Hacía diez días que no sabía nada de Ben, estaba la posibilidad de que hubiese muerto. «¡Por Dios! ¿Cómo puedes pensar algo así?». Sin terminar el cigarrillo, se encaminó a una cabina próxima, metió una ficha y marcó.

—Buenas tardes, Mari, soy Pilarín. Verás, es que me he mareado y creo que es mejor que esta tarde me quede en casa.

Por favor, ¿puedes decírselo a Mercedes? No, no es necesario, no te preocupes, me cojo un taxi… Pero ¿puedes pasarme con Clementina? Necesito que haga una llamada por mí, no sea que se nos escape la entrevista. Muchas gracias. —Esperó unos segundos—. Hola, Clementina. Soy Pilarín. Perdona que te moleste, pero es que necesito hablar con alguien. ¿Puedes venir? Sí, es importante.

En una de las terrazas que permanecían abiertas en octubre, poco a poco Pilarín Ordiola se fue apaciguando. Sentir que Clementina la escuchaba sin juzgarla, que la entendía y la apoyaba, la reconfortaba. Ni siquiera cuando le dijo que estaba embarazada se mostró alarmada, ni escandalizada, ni hizo comentario alguno. Al lado de la mesa que ocupaban las dos amigas, una familia en pleno festejaba que en el sorteo de los quintos al chaval le había tocado España y no África y se estaban pillando una buena. Para colmo, uno de los camareros comenzó a apilar las sillas y las mesas metálicas con tanto estruendo que comprendieron que no había manera de hablar si no era a gritos, de manera que decidieron pagar y continuar la conversación paseando.

—Va a ser un mazazo para mis padres. Sobre todo lo siento por mi padre, ¿alguna vez te he dicho que soy su ojito derecho? Aunque él es muy liberal para algunas cosas, esto le va a destrozar.

Pilarín marcaba el ritmo del paseo y andaba tan despacio que a menudo tenían que disculparse por entorpecer la marcha de la gente que salía con prisas del trabajo y quería llegar a casa cuanto antes. Pero Clementina no se lo hizo notar.

—Probablemente se disguste muchísimo, pero seguro que te apoyará —dijo con convencimiento.

—Es probable que lo haga. Pero esto cambiará para siempre el concepto que tiene de mí.

—¿Tú crees?

—Sí. Es como la riqueza. Dicen que cambia a las personas, pero no es verdad: cambia la manera en que la gente te trata. Pues ocurre lo mismo si eres una madre soltera.

—Con la diferencia de que un hijo sí que cambia a las personas.

—Imagino que cambia el sentido de tu vida, tu sentido de la responsabilidad, tus prioridades. Pero a lo que me refiero es que en esencia tú eres la misma persona, con y sin hijos.

—¿Lo que te preocupa es que la decepción de tu familia sea tan grande que tu padre ya no vuelva a mirarte con los mismos ojos?

—Entre otras muchas cosas —dijo con voz queda.

Le temblaba la voz.

—Pilarín, todo se olvida, incluso las peores decepciones. ¿Se lo has dicho a Ben?

—No sé nada de él. Solo sé que está en Tailandia, y ya sabes lo que eso significa. Pero, bueno —dijo agitando la mano para disipar los malos pensamientos—, es el mejor piloto del mundo, el mejor. No puede pasarle nada malo al mejor, ¿verdad?

—Seguro que no. Pero intenta hablar con él cuanto antes.

—Llamaré a la mujer del embajador americano para que me pase algún contacto. Sé que me va a ayudar porque me adora. Hace unos años le hicimos un reportaje en *Dana* y desde entonces somos íntimas amigas.

En silencio, pasaron por delante de una tienda de objetos para regalo y de un quiosco en el que habían sujetado las revistas con pinzas de tender la ropa, como si acabaran de sacarlas de la lavadora, y ninguna de las dos pudo evitar echar una mirada furtiva al puesto para ver cuántos ejemplares quedaban de *Dana*. Cruzando la calle, vieron un banco libre y decidieron sentarse.

—Lo que daría porque esto no fuera más que un mal sueño.

—No por no pensar en ello esto va a dejar de existir.

—Ya.

—Además estás de catorce semanas, enseguida se te empezará a notar.

Pilarín se desabrochó la casaca y se observó la tripa, la tenía plana como una tabla y se la mostró a su amiga.

—A ti ahora mismo la vida te ha puesto contra las cuerdas —insistió Clementina—, pero conozco a pocos púgiles tan valientes como tú.

—Tú me ves capaz. Pero ¿quiero ser capaz? ¿Estoy decidida a provocar el sufrimiento de mis padres, el mío propio, el de mi hijo cuando nazca…? Estoy tan confundida… Por mi cabeza pasan, como en una película, escenas terribles que me parten el alma: una madre soltera, lo peor. Imagínate el estigma de la separada y multiplícalo por mil. Me echan de casa y también del trabajo, y nadie me quiere contratar porque soy una mala mujer. ¿Te imaginas vivir como una apestada?

—Sabes que nada de eso va a ocurrir. Y qué tontería es esa de la mala mujer, tú eres una mujer fuerte. No recuerdo quién decía que «carácter es destino». Grábate en la cabeza esa frase.

—No las tengo todas conmigo, ¿sabes? Mientras esperaba a que llegaras, he barajado todas las posibilidades, incluso refugiarme en el pueblo con mis abuelos y dar al niño en adopción. Seguro que encontraría para mi hijo una familia buena que lo quisiera con locura.

—No te imagino escondiéndote, no eres una jovencita de quince años, eres una mujer de veinticinco años, adulta, económicamente independiente. Y, además, está el padre del niño. Tengo la sensación de que das por hecho que no se va a ocupar de su hijo. ¿Por qué piensas algo así? Él te quiere, me lo has dicho muchas veces.

—Sí, él me quiere, pero ya tiene su vida en América. Tiene una familia allí. Y yo también quiero una familia para mí. Mi familia. No quiero ser la otra, ni quiero que mi hijo sea el otro, al que solo ve una vez al año y si acaso le manda un regalo por su cumpleaños y pasa con él las Navidades. Creo que esto es cosa mía —dijo pensando en voz alta y, a continuación, se levantó—. Perdóname, no quiero preocuparte más.

Hasta aquel momento Clementina no había advertido lo que su amiga estaba cavilando. Se sentía tan halagada por la confianza como preocupada por los acontecimientos que se precipitarían las próximas semanas.

—Tienes que estar muy segura de tu decisión. Piénsalo bien —le aconsejó.

Pilarín se agachó para abrazarla muy fuerte.

—No sabes lo que me has ayudado y lo que significa para mí tener a alguien en quien confiar.

La redactora se quedó sola viendo cómo se alejaba, como si fuera un pájaro distinguido en medio de una multitud de aves grises, con su traje de pantalón de ante color burdeos de Herrero y Rodero y la pequeña coleta que le permitía su moderno corte de pelo; y pensó que viéndola tan hermosa nadie podría imaginar su sufrimiento y que, más allá de conseguir instantáneamente un crédito millonario en cualquier banco o al mejor cirujano del mundo para un *bypass*, había muchos problemas que igualaban a todos, ricos y pobres, blancos y negros. Miró la hora en su reloj de pulsera. Era tarde. Tenía programada al día siguiente una entrevista con Juanjo Rocafort, el diseñador más revolucionario de España, y no se la había preparado.

***

Era una visión aterradora: la tibia al aire le asomaba casi a la altura de la rodilla, y la herida había empezado a infectarse. La frente, la pierna, el cuerpo entero le ardía y los gritos que profería, cada vez que hacía un pequeño movimiento, se asemejaban a los de un animal agonizando. Ni siquiera el pañuelo que se había introducido en la boca conseguía atenuar los rugidos de su sufrimiento, si acaso le provocaba unas arcadas continuadas que le impedían escuchar el ruido de los motores de los aviones norvietnamitas, los Skyhawk norteamericanos y el de los morteros de la infantería. Con un movimiento vacilante, Ben Newman logró conectar de nuevo por radio con su unidad. Estaba escondido entre la maleza, pero los soldados del Vietcong peinaban la zona en busca del piloto derribado y no tardarían en encontrarle.

—Están por todas partes. Abortamos el rescate —masculló.

—Acuda al punto de recogida —escuchó—. El equipo ha salido en su búsqueda.

—Abortamos —repitió, y consiguió apagar la radio antes de quedarse sin fuerzas.

El artefacto se le escurrió por la barbilla y el pecho hasta llegar al suelo y no intentó recuperarlo. Aquella radio que le había dado pequeñas ráfagas de esperanza durante las últimas veinticuatro horas ya no era más que un espejismo. A esas alturas, aferrarse mentalmente al delirio de un loco no tenía fundamento; si no daban con él los soldados del Vietcong lo harían los campesinos, y estos lo entregarían de inmediato a los vietnamitas. No hacía falta ser un adivino para saber lo que le esperaba si le atrapaban: un campamento de prisioneros, una celda de bambú, una septicemia agónica o, en el mejor de los casos, perder la pierna y la razón en los interrogatorios, las torturas... Escuchó voces de soldados que se aproximaban e intentó pegarse lo más posible a la espesura, pero la sacudida de dolor fue tan inaguantable que se desmayó.

Una vez recobró el conocimiento, se encontraba en el mismo sitio y empezó a tiritar convulsivamente. Se dio cuenta de que había anochecido. Tanteó el suelo para buscar la radio y cuando quiso encenderla, comprobó que se había quedado sin batería. Maldijo su suerte y lágrimas silenciosas recorrieron su rostro. Entonces vislumbró un fulgor de luz y explosiones en el cielo y, pese a las alucinaciones que le provocaba la fiebre, comprendió que esa vaga iluminación era una última oportunidad para intentar llegar al punto de encuentro. Así que, antes de darse por vencido, canalizó toda su energía en ponerse en pie. Cuando lo consiguió, lo percibió como una señal de fuerza y grabó esa escena en su memoria como el mayor acto de heroicidad que había acometido en toda su vida. Arrastrando la pierna, apoyado en unas cañas y marcando a gritos y gemidos el ritmo de su avance, logró progresar quinientos metros hasta alcanzar un camino. Según sus cálculos, todavía estaba a más de cuatro kilómetros del punto de rescate.

Newman alzó la cabeza al cielo. Los destellos habían concluido y él estaba roto y exhausto en medio de ninguna parte. No podía dar ni un paso más. Se dejó caer a orillas de la cuneta, esperando su destino. «La intención ha sido buena, soldado», se dijo a sí mismo buscando refugio en lo más profundo de sus convicciones.

No había visto el MIG -19 hasta que lo tuvo encima. Acababan de repostar en el aire y tenían la orden de ejecutar la misión lo más rápidamente posible. No era la primera vez que su escuadrilla bombardeaba el área Pack-6, en las inmediaciones de Hanoi, no en vano no había pilotos más diestros y experimentados que los que formaban su unidad. Precisamente porque se trataba de la zona más peligrosa y bien equipada del frente enemigo, toda concentración era poca, y siempre prevenía a sus hombres: «Se muere por una causa, no por un caza soviético. Vigilad detrás», les decía. Pero él no lo hizo. ¡Estúpido! Uno de sus pilotos no estaba consiguiendo desembarazarse de su perseguidor y al tratar de ayudarle no se percató de la amenaza que se cernía sobre él hasta que el misil impactó contra el ala derecha de su avión. Apenas le dio tiempo a eyectarse y a confiar en su suerte mientras descendía.

Sentado en la cuneta, los escalofríos y el dolor no le daban tregua. Esa ventura de la que siempre se vanagloriaba, ¡por el amor de Dios!, ¿acaso le había abandonado? Una vez más, su condición de combatiente le había proporcionado la coartada perfecta para cumplir la misión que le había encomendado la Organización y poner distancia después, miles de kilómetros de distancia.

Había perdido mucha sangre, pero no era eso lo que le preocupaba; era el aspecto del hueso lo que temía. Había visto muchas infecciones por fracturas abiertas: el hueso al aire, la zona hinchada, enrojecida y ardiente, el frío en el pie… En un ejercicio de optimismo, impropio de él, repasó mentalmente todas las probabilidades que tenía de sobrevivir: seguro que le encontraban los suyos, ya habían salido a buscarle y tenían sus coordenadas… Pensó en su mujer y en sus hijos. Pensó en Pilar. Sobre todo pensó en Pilar. Pensó en la exaltación de la vida y de la juventud. «Os quiero. Os volveré a ver. Enseguida, en unos pocos días». Un gemido angustioso le hizo volver a la realidad. «Es más fácil creer en Dios», pensó antes de perder el conocimiento.

***

El líquido de los jarrones presentaba el aspecto lechoso del agua no renovada y alguien había plantado en ellos dos ramos de flores sin quitarles el papel celofán, así que, lo que bien hubiera podido ser el único detalle alegre y cálido de la deprimente estancia, no era más que otro elemento feo y triste en la antesala de la clínica semiclandestina. Las seis mujeres que aguardaban, sentadas en unas sillas desvencijadas, permanecían en silencio, atentas a la conversación que tenía lugar en la salita adyacente.

Acababa de entrar una chica española. La amiga que la acompañaba esperaba fuera, pegada a la puerta entreabierta, escuchando las dificultades de su amiga para entender el inglés. Clementina hizo un amago de levantarse para ayudarla con la traducción, pero Pilarín enlazaba tan férreamente su mano que no se atrevió a soltarla. Ninguna mirada, ningún apretón conseguía tranquilizarla ni mitigar su miedo y su sentimiento de culpa. Una chica que esperaba junto a ellas les preguntó tímidamente el nombre y empezó a hablar. Era muy joven, no tendría más de diecisiete o dieciocho años y se llamaba Emma. «Como la protagonista de Jane Austen», observó gentilmente, pero provocó el desconcierto en la muchacha, porque claramente no sabía a quién se refería. La Emma que esperaba el turno en ese descuidado consultorio era hermosa como el caprichoso personaje de Austen, pero obviamente no gozaba de su buena situación económica. Tenía un vientre más voluminoso que las veintidós semanas de gestación que aseguraba y había tratado de perder a su bebé bebiendo ginebra hasta caer inconsciente o cargando cajas de patatas o de botellas de vino. Les contó que había abusado de ella el padre de una amiga y que no se atrevía a decirlo en casa porque no la creerían. Su hermana asentía a su lado; era ella la que había conseguido reunir los cientos de libras que costaba la intervención.

Otras dos chicas, más mayores, hablaban entre ellas al margen de la conversación que tenía lugar en la sala. Cuando las españolas salieron, dijeron adiós tímidamente, y una enfermera enérgica y antipática repartió unos formularios que debían de rellenar las embarazadas. Les pedían datos prácticos como la edad, si era la primera vez que se habían quedado embarazadas, si les habían practicado alguna operación recientemente, enfermedades, alergias, última menstruación... Aquel papel le pareció a Clementina la única verificación seria de todo el proceso desde que habían sido citadas en el consultorio, y se tranquilizó un poco. Observó que Pilarín cumplimentaba obedientemente las casillas con los datos y no había concluido de hacerlo cuando la enfermera anunció su nombre. Las dos amigas se levantaron al unísono.

—¿Quién es Pilar Ordiola? —preguntó en inglés, con muy malas pulgas.

—Yo —dijo Pilarín con un hilo de voz.

—Pues usted no puede entrar —indicó la sanitaria a Clementina.

—Es mi hermana —suplicó con la mirada Pilarín.

—Como si es su abuela, no puede entrar.

—Yo no hablo inglés —mintió, presa de los nervios, Pilarín, con el acento de la propia reina de Inglaterra.

La enfermera le dijo que no tenía todo el día y, sin cerrar totalmente la puerta, repitió a Pilarín la orden que había dado a la chica española que la había precedido. «Desnúdate de cintura para abajo para que el médico pueda revisarte», le indicó con la entonación metálica de un robot.

Durante el tiempo que duró la exploración de su amiga, Clementina no escuchó otra voz que no fuera la de esa mujer tan poco compasiva. Era ella la que daba las instrucciones de cómo tenía que tumbarse y dónde colocar los pies; quien informaba al médico de las semanas de gestación y de la última regla de la paciente y quien finalmente le dio a Pilarín las indicaciones para poder llevar a cabo la intervención al día siguiente, a las ocho de la mañana, y en ayunas «porque es anestesia general».

Cuando sin siquiera mencionar la palabra maldita, su amiga le pidió encarecidamente que le acompañara a Londres, Clementina hizo algo que iba contra su propia naturaleza y que no había hecho nunca: aceptar sin preguntar. Tenía la sensación de que la decisión era inamovible. Fue Pilarín quien se ocupó del viaje y del hotel de las dos y quien se reunió en una cafetería de Madrid con la organización que gestionaba todos los asuntos desde España. Lo que ninguna de las dos se esperaba encontrar era ese grado de desafección del personal, casi rozando el maltrato, ni la sordidez del lugar. Hacía unos meses que se había aprobado en Inglaterra la ley del aborto, pero los pocos facultativos que se avenían a intervenir a las mujeres que lo necesitaban seguían practicando las operaciones en todo tipo de lugares semiclandestinos: desde clínicas precarias a residencias de ancianos, y cobrando unos honorarios que no todas se podían permitir costear.

Pilarín había dicho en casa que se iba con una amiga del trabajo a Londres a pasar el puente y nadie se había sorprendido. Por su parte, la madre de Clementina asumió que era un asunto laboral mientras que en la redacción, para envidia de todas sus compañeras, gran enfado de Salvatierra y buen disgusto de Rosario, anunciaron que se cogían el viernes para marcharse de compras a vivir el *swinging London*.

Cuando salieron de la clínica, pese a que no eran todavía las cinco, ya era noche cerrada. Durante el trayecto en taxi hasta Mayfair, donde estaba el hotel en el que se alojaban, ninguna de las dos hizo comentario alguno sobre lo acontecido, más bien al contrario. Clementina admiró los denodados esfuerzos que hacía su amiga señalándole una plaza, un edificio, un restaurante, una tienda, un parque, un monumento… Incluso pronunció un alegre «buenas tardes» al aplicado botones que, vestido con un chaleco de fantasía, se encargaba de pulsar el botón del ascensor. Pero al llegar, por fin, a la habitación, su aparente vitalidad se consumió por completo y, sin descalzarse siquiera, se recostó en una butaca con los ojos cerrados. Si bien había podido contactar con la base en Tailandia donde había sido destinado Newman, cuando expresó su deseo urgente de hablar con él, no había conseguido más que evasivas, lo cual la sumió en una angustia mayor porque ya llevaba semanas sin noticias.

Pilarín permaneció mucho tiempo sin moverse, hecha un ovillo en la tapicería oriental, tratando de anestesiar el miedo y la culpa que sentía a partes iguales y en permanente batalla con la promesa de una vida normal y con el fin de sus preocupaciones. Tras deambular un rato curioseando y comentando en alto cada detalle de la lujosa habitación, Clementina quiso hacer un último esfuerzo por animar a su amiga y hacerle salir del bucle en el que estaba.

—¿Por qué no te das un baño y luego vamos a cenar y a emborracharnos?

Pilarín, primero, la miró como si no comprendiera por lo que estaba pasando y, seguidamente, se incorporó para proponerle tomar algo en el hotel.

—Perdóname, querida. Pero hoy no soy la mejor compañía —le dijo.

Horas después, antes de apagar la luz para dormir, Clementina la vio tan derrotada que se aventuró a preguntarle por última vez:

—¿Seguro que quieres hacerlo?

A la mañana siguiente, el teléfono de la habitación sonó a las seis y media de la mañana. Llamaban desde la recepción, la noche anterior habían dado indicaciones para que las despertaran. Clementina se estremeció al ver a su amiga vestida, preparada para salir.

—¿Acaso no has dormido en toda la noche? —le preguntó, preocupada.

—Sí, pero me he despertado pronto y no he conseguido conciliar el sueño —contestó.

—¡Vaya! —dijo—. Dame media hora para ducharme.

—Tranquila, he pedido un taxi a las siete y media. Tienes tiempo hasta de desayunar.

—¡No voy a desayunar!

En el viaje en taxi, Pilarín miró todo el tiempo por la ventanilla, pero a mitad del trayecto le asió la mano y Clementina la sintió muy fría incluso a través del cuero del guante y pensó en lo bien que le vendría un café hirviendo. No pudo evitar imaginar el magnífico reportaje que se podría hacer de todo lo que estaban pasando porque no había perdido detalle y tenía todos los contactos necesarios, pero se enfadó con ella misma por tener un pensamiento tan poco adecuado cuando su amiga estaba sufriendo tanto.

En cuanto llegaron a la clínica asignaron a Pilarín una habitación. Tenía las paredes de color verde, una cama con una colcha del mismo tono y una mesita de noche. La relaciones públicas se sentó en el borde de la cama sin quitarse el abrigo, muy nerviosa y con el bolso pegado al costado. Enseguida entró una enfermera joven, mucho más amable que su colega del día anterior, y le dijo que estuviera tranquila, que todo iba a ir bien. También le dejó un camisón de color azul abierto por la espalda.

—Ve desnudándote. Entras la primera —le avisó con una amplia sonrisa.

Incapaz de deducir lo que en ese momento estaba pasando por la cabeza de su amiga, Clementina solo vio cómo cogía el camisón para soltarlo de repente sobre el cobertor como si hubiera tenido una premonición. Seguidamente la escuchó decir:

—¡Vámonos de aquí!

Corrieron hasta alcanzar la puerta de la clínica, salieron y siguieron sin detener el ritmo varias manzanas, hasta que tuvieron que pararse porque no podían más.

—¡Perdóname! ¡Perdóname por todo! ¡Qué vergüenza, por Dios! —dijo Pilarín, abrazándola.

—¿Vergüenza por qué? La vergüenza no debería de existir —respondió.

Ella sonrió y no dijo nada. A continuación, cogidas del brazo se encaminaron hacia el río. El frío húmedo de Londres se les pegaba en la cara y el pelo, pero anduvieron un buen rato, en silencio. Luego Pilarín dijo que solo quería disfrutar de sus últimos tres días de inconsciencia y de juventud despreocupada.

—¡Vayamos de compras, a la peluquería y a bailar al Marquee!

De camino a Carnaby Street encontraron un pub abierto para desayunar y entraron.

***

—Encuentra una buena razón para esta visita. No me gustan las sorpresas.

Mercedes sacó de una carpeta un cheque con una cantidad y lo puso sobre la mesa.

—¿Qué significa esto? —inquirió, sorprendido.

En el despacho de Colomina había tal profusión de caoba que su figura y la de Chata, de pie a su lado, parecían todavía más vetustas y estrafalarias. Tan envarados, tan solemnes, antipáticos y vestidos de negro, los dos parecían los dueños de una funeraria. La mujer fumaba un purito con cara de acelga y Mercedes enseguida reconoció el sello del peletero que le había confeccionado su nueva estola de visón por su bonito aspecto brillante y húmedo. Supuso que apenas les había dado tiempo a cruzar más que dos palabras y media conjetura, ya que los había llamado por teléfono pasadas las once de la noche. «Tengo algo importante que comunicaros», les explicó, «y necesitaría veros mañana a primerísima hora». Por la reacción afable de ambos la noche anterior, la directora imaginó que esa mañana a las nueve en punto, en ese lúgubre despacho, el presidente y la consejera editorial de *Dana* esperaban su renuncia.

Mercedes sonrió.

—Es una oferta de compra, dado que no podemos trabajar de manera… constructiva —dijo.

—Tú estás loca. —Colomina le arrojó el cheque—. ¿Por qué razón iba yo a querer vender?

—Porque vas a necesitar el dinero —contestó, templada, ignorando la afrenta.

Colomina soltó una risotada estentórea terriblemente vulgar.

—¡Esta mujer está loca! —insistió dirigiéndose a Chata.

Pero la consejera no le secundó. Infinitamente más perspicaz, se mantenía alerta, a la espera del zarpazo que, intuía, estaba a punto de llegar.

—Seguro que recuerdas a Ángel Antonio López Aller, un chico de Molinaseca, en León. Estuvo en tu residencia. Hoy es un hombretón, dueño de un restaurante en el que se come muy bien, por cierto.

El semblante de Colomina había adquirido el tono del papel.

—No sé de quién coño me hablas —dijo a la defensiva.

—Evitemos esas palabras tan feas, por favor —añadió Mercedes—. Somos personas civilizadas a punto de cerrar un acuerdo.

Chata se sentó lentamente, no parecía en absoluto la despiadada mujer de siempre. Mercedes continuó:

—Es extraño que no le recuerdes, dado el atroz grado de intimidad al que le sometiste.

—¡La denuncia no prosperó! —Estaba tan colérico que dio un sonoro puñetazo sobre el teléfono y el marcador saltó por los aires.

—¡No! —respondió con contundencia—. La denuncia se retiró, que no es lo mismo. Aquella pobre gente había hecho un tremendo esfuerzo para que su hijo estudiara en Madrid y no las tenía todas consigo.

Después de una breve pausa, la directora añadió, dirigiéndose a Chata:

—Pero todo esto tú ya lo sabes bien, ¿verdad?

Chata calló.

—¿Verdad? —insistió—. Ángel Antonio, Pablo Tejedor, Eduardo Sánchez Redón… Seguro que alguno de estos nombres de esos pobres chicos que llegaron al lugar menos adecuado te suenan.

—¿Qué quieres? —interrumpió Colomina.

—Comprarte la revista.

—La revista vale tres veces más de lo que me das.

—Me halagas. Estoy harta de oírte decir que es una revistilla. —Mercedes, que llevaba un rato con la mirada clavada en él, elevó la vista al techo—. De cualquier forma, es una oferta que no voy a hacer dos veces. El tiempo corre en tu contra.

—¿A qué te refieres? —le interrogó Colomina.

Los ojos se le salían de las órbitas.

—A que dentro de veinticuatro horas se va a publicar un extenso reportaje sobre los terribles sucesos que tuvieron lugar en esa residencia, con testimonios reales de los chicos que sufrieron abusos, denuncias interpuestas y luego retiradas, investigaciones deficientes, compra de funcionarios... Todo. Vas a ir a la cárcel.

La información tuvo un efecto inmediato. Colomina se tapó los ojos con las manos y aulló.

—¡Eres una puta! —gritó.

Mercedes continuó avanzando en su exposición como si no le hubiera escuchado.

—Esta oferta te va a permitir contratar a un buen abogado, porque lo vas a necesitar. Y sobre todo va a proporcionar a tu pobre familia, a tu mujer y a tus hijos, una nueva vida lejos del escándalo y de la vergüenza. Lejos de ti.

Mercedes le acercó de nuevo el cheque.

—La oferta es firme y es justa. Pago por lo que vale la revista.

La respiración pesada del editor, la saliva espesa y blanquecina en la comisura de sus labios, la tez apergaminada y un fuerte olor corporal denotaban la explosión interior en sus vísceras. Pero no había contrición, ni vergüenza, ni pena en su mirada. Solo odio. Se levantó sudando con la cara desencajada y el puño cerrado dirigido hacia la cara de Mercedes. Pero ella no se movió.

—Prepara los papeles —dijo finalmente, conteniéndose.

Mercedes sacó de la carpeta unos papeles grapados.

—Es un contrato preliminar. Solo tienes que firmar.

Sin leer nada más que la cantidad por la que se cerraba la compra, Colomina estampó su firma y salió del despacho dando tal portazo que hizo temblar la *boiserie* de caoba. Mercedes introdujo el precontrato en la carpeta. Había luchado mucho hasta conseguir convencer a un pequeño grupo de inversores y a una entidad bancaria de que le prestaran los cientos de miles de pesetas que necesitaba para la operación. Al no estar casada no tuvo que acogerse al régimen de la licencia marital y no le pusieron trabas legales para constituir la sociedad. «¿Ves, mamá? Otra de las ventajas de la soledad a cierta edad», pensó para sus adentros. Sonrió. Estaba satisfecha. No había reparado en Chata hasta que esta carraspeó.

—Tienes una voluntad imperiosa. Te admiro —la escuchó decir en el otro extremo de la mesa.

Mercedes sonrió sin poder evitar sucumbir en cierta manera a su ánimo. Realmente, era incombustible.

—Estás despedida —le dijo.

—¿Y qué voy a hacer yo ahora?

—Bueno, eres una mujer con imaginación.

***

El comandante Maimer tenía el cometido de velar y acompañar los cuerpos de los soldados en el compartimento de carga del Hércules, algo que hizo con la dignidad y el respeto que merecía lo que él había definido como su servicio más importante. Una docena de ataúdes de zinc se alineaban, en filas de tres, a lo largo de los doce metros de longitud que tenía el vientre del aparato, y cada uno de ellos aparecía cubierto por una bandera norteamericana, perfectamente planchada y colocada de idéntica forma que el resto: con las estrellas sobre el corazón del soldado.

Se trataba de un traslado inusual, ya que entre las misiones del Hércules no estaba la de hacer regresar a los muertos a suelo estadounidense; para ese efecto el Gobierno contrataba expresamente vuelos comerciales de la TWA, la Pan-Am o American Airlines. Pero en esta ocasión, la aeronave debía trasladar de Washington a la base a decenas de soldados equipados para el combate, de manera que se aprovechó el viaje para transportar algunos cuerpos desde la morgue de la base de Tailandia a la capital norteamericana. Desde allí, según recordaba el oficial Maimer, serían transferidos en aviones comerciales a Alaska, Indiana, California, Atlanta o Connecticut.

A menudo había sido testigo de la entrega de los cuerpos a las familias, especialmente estremecedora en las ciudades pequeñas, donde una multitud aguardaba en silencio el desembarco del ataúd en la propia pista de aterrizaje. «Ya son decenas los miles de muertos en esta maldita guerra», pensó. La consideración le impidió despegar la mirada de las cajas durante las más de diecisiete horas que duró el vuelo. Otros doce hombres. En la soledad del habitáculo había revisado los nombres que aparecían en cada caja, sus regimientos y procedencia; también se había asegurado de tener preparada la documentación y los efectos personales, les había saludado con honores y había rezado por ellos y sus familias.

El avión tenía que hacer una escala en Torrejón para repostar y el comandante había recibido órdenes precisas para bajar la rampa trasera y permitir el acceso de una persona durante unos minutos al compartimento de carga. Al aterrizar se abrió la tapa del vientre de la aeronave y el comandante Maimer estaba de pie junto a los féretros con la mano derecha en la sien. En la pista dos mujeres esperaban la autorización expresa del comandante para acceder al avión. El piloto no terminaba de bajar y Maimer las observaba desde su puesto, erguidas y en silencio. Podrían ser madre e hija y la más joven estaba embarazada.

Había sido un mes de constantes sacudidas, de las que a veces la vida atiza sin contemplaciones, y poco pudieron hacer los que de veras querían a Pilarín Ordiola más que estar a su lado y asistir desconcertados a su sufrimiento intenso. Pocas personas lo hubieran aguantado sin enloquecer, pero a ella no le derrotó. «Tienes dos opciones», decía, «plantar cara a las desgracias o bailar con ellas; y si bailas con ellas, corres el peligro de cogerle gusto al baile». Cuanto más dolor le infringía la vida, más desafiante se volvía Pilarín.

La convivencia con su madre se tornó tan insoportable que decidió marcharse de casa y, cuando fue a despedirse, su progenitora le hizo en la frente la señal de la cruz con un ademán de desprecio. Su padre, que se había sumido en un mutismo y una tristeza impropias de él, la abrazó como nunca lo había hecho al despedirse. En su particular calvario, soportó impávida un rosario de desaires en forma de risitas, comentarios y murmuraciones hasta que también ella decidió olvidarse de saludar a quien no quería ser saludado..., y su día a día se convirtió en una pelea constante por demostrar a todos su fe en sí misma.

Sin embargo, cuando la mujer del embajador la llamó para comunicarle que habían dado por desaparecido a Ben Newman en Vietnam, toda esa estructura se tambaleó. Se refugió en sus abuelos que, como siempre, la acogieron cariñosos, y como no estaba en su naturaleza peleona confiar en la providencia, ellos fueron determinantes para que Pilarín volviera a forjar su andamiaje y aceptara lo que vino a continuación.

—Señora —el piloto saludó con un apretón de manos a la mujer del embajador—, puede subir cuando desee.

Pero no fue ella, sino su joven acompañante, la que inició despacio la subida por la empinada rampa. Al llegar al compartimento de carga y ver los doce ataúdes cubiertos por la bandera y al oficial velándolos de pie, sus labios temblaron y sus ojos se empañaron. Permaneció quieta y en silencio unos segundos hasta controlarse y a continuación movió los labios como si recitara una oración. Luego se aproximó a Maimer y esbozó una sonrisa para preguntarle cuál de esos féretros contenía los restos del teniente coronel Benjamin Newman.

—¿Y dónde está su cabeza? —preguntó.

—Donde están las estrellas de la bandera está el corazón del teniente coronel.

El ataúd metálico estaba en el suelo, no se elevaría más de cuarenta centímetros, y el soldado se sintió conmovido al ver cómo la joven embarazada se agachaba junto a él y ponía sus dos manos sobre la caja. Sin pensárselo, la ayudó a levantarse del suelo y le aproximó la silla en la que había permanecido sentado buena parte del vuelo. Le hubiera gustado abandonar el habitáculo para respetar ese momento de intimidad, pero no podía hacerlo hasta ser reemplazado en unos minutos. No obstante, se alejó todo lo posible.

Sentada, de manera que sus rodillas rozaban la bandera, la joven posó las manos sobre las estrellas. Los dedos acariciaron con delicadeza la tela dibujando los pómulos, la boca y los ojos de su amado. No pudo contener las lágrimas, pero a la vez una sonrisa amplia y generosa iluminó su rostro. En voz baja le presentó a su hijo, o puede que fuera niña, y rememoró uno por uno todos los momentos felices que Ben y ella habían vivido juntos. A los quince minutos, el oficial se acercó y con exquisita educación le avisó de que debían de continuar el vuelo.

—Su cuerpo está completo, señora —le informó Maimer cuando se despidió de ella.

Sabía por experiencia que eso sería un consuelo.

—Gracias por decírmelo, comandante. —Le tendió la mano—. Me llamo Pilar Ordiola.

A los pies del avión le esperaba la mujer del embajador. Fue ella quien le comunicó que un equipo de rescate había encontrado el cuerpo de Newman en un campamento de prisioneros. No le contó que habían expuesto su cadáver en una minúscula jaula de bambú para que el resto de los prisioneros lo vieran.

**

Mercedes Salvatierra aguardaba el final del día en el mismo despacho que había ocupado siempre. Acababa de terminar la ronda de llamadas a sus lectoras que procuraba hacer una vez por semana, tres en esta ocasión, y había tomado nota de algunas de las consideraciones que a menudo le hacían con esa clase de crítica constructiva que tanto agradecía. Sacó del cajón el cenicero con el escudo del Real Madrid, la caja de cerillas de cocina y el paquete de Winston y se encendió un pitillo.

Había sido un día duro. Pese a su recomendación para que se tomara un descanso, Pilarín se había empeñado en venir a trabajar. Cuando llegó a la redacción, llevaba un vestido de punto de color camel que evidenciaba su embarazo y no el esperado negro de luto. Lo más seguro es que la imaginación de todas las chicas de la redacción estuviese en el interior de ese avión que trasladaba a Estados Unidos el cuerpo de Ben Newman, pero ninguna se atrevió a mencionarlo, tan solo le preguntaron que cómo estaba o si necesitaba algo.

Si de algo estaba convencida Mercedes era de que contemplar día a día el empeño de Pilarín Ordiola por salir adelante sería para esas mujeres una de las experiencias más aleccionadoras de su vida y que todas, en adelante, se cuidarían mucho de convertirse en fiero censor de las vidas ajenas. ¿No fue Proust el que dijo que el verdadero descubrimiento no consiste en buscar nuevos paisajes, sino en mirar con nuevos ojos?

La autoridad y la dignidad que, a sus ojos, había ganado Pilarín en los últimos meses era incuestionable.

¿Y Elena? Hacía semanas que Leo había vuelto a casa y su cuñada había decidido cerrar el capítulo de su infidelidad, al menos en lo que respectaba a Mercedes, no volviendo a hablar del tema. Quizá para no tener que enfrentarse de nuevo a sus reproches que, sin embargo, no tenía la más mínima intención de volver a hacer. A su pesar, tuvo que reconocer que estaba un poco intranquila respecto al futuro de Elena en *Dana*. Con tantos hijos, tanta responsabilidad, ¿hasta cuándo podría seguir haciendo malabarismos la directora de moda para llegar a todo? En una situación similar se encontraba Ana María. Sospechaba que la redactora de belleza estaba por fin en tratamiento y que probablemente se quedaría embarazada, lo cual era su máximo deseo, pero amenazaba seriamente su compromiso con la revista. Si algo le quitaba el sueño a Mercedes era la posibilidad de perder a sus responsables de moda y belleza.

Lo cierto es que poco a poco, a base de grandes y pequeños hitos, su extraordinario equipo había conseguido que *Dana* se hiciera un hueco en el corazón de las mujeres. Las diferentes visiones de la vida de las periodistas hacían de su querida redacción una representación, a pequeña escala pero muy fiel, de las miles, decenas de miles de mujeres que buscaban nuevos horizontes en su vida. Ahí estaban todas: Pilarín, Elena, Rosario, Teresa, Clementina, Paloma, Ana María abriendo ese camino para todas ellas. Eran las primeras de todas las que vendrían a continuación, todavía más preparadas que ellas, pero seguro que no más ambiciosas. Las señoritas, como las llamaba Martina con cariño. Pensó en su asistenta, en su lealtad, en su inteligencia, levantándose toda su vida a las cinco de la mañana para sacar adelante a su familia: ella sí que era un gran señora.

Estaba a punto de marcharse cuando vio en la bandeja de entrada de reportajes la propuesta de Clementina. Se había empeñado en escribir una historia sobre los disturbios en la universidad. «¡Hay protestas a diario!», le dijo con una convicción que le recordaba a ella misma con veinte años menos. «Claro que las hay, pero dame algo de lo que no haya oído hablar y que me pueda permitir publicar», le contestó. Y ahí lo tenía: «Encuesta en la universidad. Por qué luchan nuestros jóvenes». «Esa chica es un terremoto», dijo para sí. Pero, al fin y al cabo, era ella la que siempre había mantenido que la prudencia era el peor de los males de un periodista. Tachó las palabras «por qué luchan» y las sustituyó por «qué quieren» y dejó el folio en la bandeja de salida.

Era obvio que Clementina no era como las demás. En cierta ocasión le escuchó contar al resto de las chicas cómo les arengaba cada día un profesor en la universidad, en América, antes de iniciar su clase de redacción periodística: «Si no os dejáis la piel, si no mostráis convicción..., ¡idos al cuerno!». Había en ella peso, madurez, una cierta tristeza y un misterio indescifrable, un secreto. Todavía no había encontrado la ocasión para decirle, sin ofenderla, que más le valía ponerse trajes sencillos hechos en casa que esas malas copias de grandes modistos que solía llevar. «Pero, bueno, tiempo al tiempo», pensó, «algún día me permitirá conocer su verdadera historia».

Eran más de las nueve y a la mañana siguiente tenía que madrugar para tomar un vuelo a París. Cogió la gabardina y el paraguas y, acordándose de que tenía que hacer frente a la siguiente letra, apagó la luz antes de salir.

Agradecimientos

A Carlos, por su compañía, por ayudarme en las investigaciones y a poner orden. Pero sobre todo por cuidarme siempre.

A mis padres y a mis hijos, por tolerar mis ausencias —físicas y de las otras— durante estos tres años con una sonrisa y sin darles importancia.

A mis editores Ana y Gonzalo, por su confianza y su paciencia.

A mis hermanas, a Paloma y a Lourdes, mis primeras queridas lectoras, las más optimistas y entregadas del mundo.

A mi sobrino Miguel, por sus atinadas notas de voz y sus correcciones.

A Marta, Carmen, Beatriz y Antonio, por su generosidad y su cariño.

A Concha, por contarme cómo se salió de madre una boda. Y a Miguel y a Toño, por hablarme de abejas, colmenas y gatos.

A Edith Wharton, que me ha regalado la primera línea.

A todos ellos les estoy muy agradecida.

«Para viajar lejos no hay mejor nave que un libro».

EMILY DICKINSON

Gracias por tu lectura de este libro.

En **penguinlibros.club** encontrarás las mejores
recomendaciones de lectura.

Únete a nuestra comunidad y viaja con nosotros.

penguinlibros.club